形式
心理
反應

中國文學新詮

形式 心理 反應

中國文學新詮

陳炳良◎著

臺灣商務印書館發行

前言

窺意象而運斤

陳國球

　　——夫唯深識鑒奧，必歡然內懌，譬春臺之熙衆人，樂餌之止過客。

（《文心雕龍》）

　　當日，劉勰傲然地説："豈成篇之足深？患識照之自淺耳。"他處身的是一個主體意識由蒙昧走向清晰的時代，風度、言談、著述種種符象，浮采連翩；他關心的是：不同的言説，是否都能得到恰當和充分的解讀？在衆聲喧鬧之中，不乏輕言博徒，但劉勰體認的是有定向的知音，卓爾立爾的主體之間實有互動的可能，只是黎氓遠在視域之外。

　　今日，情數詭雜，體變遷貿；一切都可以嘲哳譏諷，因爲一切成制都可以被顛覆或者玩弄；主體瓦解分崩，庸衆爭相搶奪耀眼的邊沿位置。文化成品是否能落實（actualized）爲美感客體，已不關痛癢。今日，若還有一種人文的追尋，需要的不僅僅是勇氣，還需要利刃斤斧，更要睿鋭的靈視，以揮開迷障，以洞悉拙辭巧義，庸事新意。

　　陳師炳良教授就是今日有所堅持的批評家。兩紀以來，老師都在研閱窮照，游刃於古今紛錯的語言文本之中。面前的是又將付梓的二十多篇評論文章。

　　當中我們看到的先是一份執著。老師總是因難見巧，從語言的表象上下而求索，窺探背後的意蘊。向上的追尋，是說因文本的言語之跡上溯全篇的合成過程（composition），從而揭示意義何由生發（generation of meanings）。最爲矚目的例子是《杜甫〈詠懷古跡五首〉細析》一篇。篇中先從文本互涉的角度肯定五首是連章詩，再以“表達詩學”（Poetics of Expressiveness）爲基礎，剖析詩中各項題旨如何關涉連類，以至對照並置、增衍強化而合成一篇；由是奧義玄解，“若翰鳥縈繳，而墜曾雲之峻”。

　　雪果樂夫（Yuri Shcheglov）和梭爾哥夫斯基（Alexander Zholkovsky）二氏的文本創製理論，又被挪用於姜夔《淡黃柳》詞與也斯的小說《象》的分析之中。傳統以“清空騷雅”綜評姜詞，對於現代讀者來說，這一類“高度抽象的術語”的含意，實在不易揣摩；至如也斯這個短篇，表面看來，平淡甚而散亂。留心這些古今的符碼如何被破解，正可以見到老師的批評指向：文本不會被視作一個靜態的語意場，文義應該從文本生成的動態過程中去掌握。

　　對於文學文本的成合過程的重視，可說是老師的一貫思路。早在美國留學時期寫完初稿的《葉淨能詩探研》一文，已將重點放在文本如何“捏合”、文本創製者的“捏合能力”等關節之上。後來又在考察小說的“套語”藝術時，致力探索在話本編製的脈絡中，創作和記憶如何在個人與社會以至大傳統與小傳統之間作中介，一個話本如何成合完篇。

　　解讀也斯小說的文題是《尋言以觀象》，語出王弼《周易略例‧明象》，但取義卻同中有異；異同之間，正好説明有關問題。王弼説："大象者，出意者也；言者，明象者也。盡意莫若言。言生于象，故可尋言以觀象；象生于意，故可尋象以觀意。意以象盡，象以言著。""象"是指八卦所構成的易象符號系統，"言"是卦爻辭，以解説這些抽象符號的意義。王弼此説基本上是《繫辭》的"立象以盡意，設卦以盡情僞，繫辭焉以盡其意"的發揮。依此推衍，本篇正是以"言説"解釋《象》這篇小説的意義，這是原義的簡單挪用。細審之，"尋言以觀象"實有另一個層面的指涉；"言"不在小説文本以外而只在小説文本之中，尋言是將言拼合成可觀的象；其中涉及的是一個模塑的過程：以透闢的眼光剖析一個框架內的語言，從而整合成可生感發的客體；這樣，"觀象"更是爲了觀"象外之象"，爲了感受"味外之味"了。

在這種觀照下，文學文本中的語言已不止是媒介（medium）而儼然佔著本體的地位了。只有從這個角度，才能明白各篇論文中對"形式"不絶的強調；比方説，在《楓橋夜泊》析論中，無論泰雅洛夫（Juri Tynianov）的詩語言理論，李法退爾（Michael Riffaterre）的詩歌符號學，以至新批評的反實證主義、結構主義詩學的對等原理等等的徵用，其指向都歸一：模塑語言藝術的形式，突顯形式如何構築意義。

至若《舞雩歸詠春風香——〈論語‧侍坐〉章的結構分析》篇，更是一次別具深義的"尋言以觀象"。《論語》作爲孔門師弟問學的語錄，固可以箋疏解經的方式以求其義理，但在文中這只退居背景；雅克慎（Roman Jakobson）在《語言學與詩學》提出的傳意模式，就好比輪扁的椎鑿、匠石的斤斧，將《論語》的一章，在像真實錄（verbatim record）與編撰成文（composition）兩個體位之間，斲削規劃成周邊清晰的文本，從而讀出新的意義。明乎此，才能體會篇中所云：＂技巧的分析，並不純是形式主義的把戲，它可以幫助我們在本文中有所發現。＂

正如上文所揭，文學文本中的語言既是可資追蹤的形跡，也可能是種種的屏障；對於批評家而言，這些難點的攻克最有興味。所以，＂解讀一些似乎不通的文字＂（《水仙子人物再探——兼析〈沉淪〉及〈莎菲女士的日記〉》）、解釋〔文本中〕那些看來費解的行為或心理＂（《現代的水仙子——顧城和他的〈英兒〉論析》），是書中大部分論文的目標；而求索之門，就在人心深處。在先前出版的《神話‧禮儀‧文學》（1985）、《神話即文學》（1990）、《張愛玲短篇小說論集》（1983）和《文學散論》（1987）等文集中，老師已經引進神話心理的研究方法。究竟神話如何進佔今人的集體潛意識，折射成不同的原始類型，在這次結集的論文篇章中，不再重要；重要的還是：如何在文本中翻尋出這些潛藏的儀式和心理；白娘子與許宣的伊底柏斯式的母子關係（《母子衝突——〈白娘子永鎮雷峰塔〉的心理分析》）、胡麗麗的＂望安島之旅＂的啟蒙意義和增殖意義（《三棱鏡下看〈望安〉》、養龍人師門的成丁儀程、章永璘的閹割情意結（《養龍人與大青馬——一個心理與文化的比較分析》），凡斯種種，＂若遊魚銜鉤，而出重淵之深＂；其間對言象的透視、細繹和整合，都極見匠心。

在這系列的研究中，最具規模體系的當是＂水仙子心理＂（Narcissism）的考掘和分析。在《水仙子人物再探》一文中，＂水仙子＂已不是簡單的文學象徵；神話原型的分析與自戀症的病理學研究結合為一柄專業的手術刀，冷靜地游刃於蘇偉貞、鍾玲、張愛玲、丁玲和郁達夫的小說人物身上，擘肌分理，剖析毫釐。再如《現代的水仙子》一篇對顧城和他的自傳小說《英兒》的考斷，更似公孫舞劍；作家與作品、真實世界（actual world）與文本世界（textual world）有最精彩的印合。文章的結尾說：" 上面的分析雖未能達到一絲不漏，但已足以令我們驚詫於顧城悲劇的可分析性，就像一個病人向著醫生自白一樣。儘管我不是心理醫生（shrink），或許沒有人認為我過於誇大（magnify）顧城的心理狀態吧！"" shrink "除了可解作心理醫生之外，還有" 縮小 "、" 退讓 "的意思；能夠在" 縮小 "與" 誇大 "之間迴轉，大概是有不疾不徐的斲削妙數於其中吧！

　　如上所言，評論家能否得心應手的批郤導竅，尋言觀象，大概有兩個條件：一是他手中有沒有合適的工具，二是他有沒有駕馭工具的能力。老師在各篇論析文學作品的論文中，已清楚顯示出西方理論就是他賴以剖情析采的利刃。在此之上，他還以《精讀理論，細釋文章》一篇總結經驗的文章，為後學渡引。文中設了一個很值得注意的比喻：" 假如我們欣賞一件瓷器的時候，光是說它是宋代某窯的產品，這不過是它的歷史價值吧了。如果我們要知道它的藝術價值，我們一定要研究它的色彩、花紋、光澤等等。文學作品也是一樣……。"這個鮮明的比喻與俄國形式主義者什克洛夫斯基（Viktor Shklovsky）著名的" 紡織品 "比喻，可說是同出一機杼；什氏認為我們只需關注紡織品的式樣花紋，不必去考究外面的企業經營和市場需求。後來穆卡洛夫斯基（Jan Mukarovsky）就此作出的補充，我們可以暫且擱下不說；需要強調的是：" 形式 "是老師提倡的各種理論的出發點。這一份執著，並不是如某些人所想像的偏狹。因為，形式本就是使文學成為物質存有的唯一界面。重要的是，能否發其肯綮，以無厚入有間。這又牽涉到閱讀能力的問題。

　　老師的文章中，有兩個相關的概念：一是"文學能力"，另一是"讀書有間"。"文學能力"（ literary competence ）本發源自喬姆斯基（ Noam Chomsky ）的"語言能力"（ linguistic compe-tence ）的概念；和"讀書有間"一樣，都指向一種生發的動力（ generativeness ）。就是這種動力的大小，區別了閱讀時"尋言觀象"的能力的高下。老師的文章當中甚至文題都常有"從……的角度來看"、"提供一種閱讀方法來探索……"、"一種讀法"等的宣示，又說"讀書先要有疑"、要"發掘文學作品鮮為人知的義蘊"、"耐心去尋線索，咀嚼文字上的'味外味'"。更有《〈窗外紅花〉的"閱讀"》一文，專門討論閱讀的問題；觀其對伊賽（ Wolfgang Iser ）的" blank "及" indeterminacy "等概念的強調，可知老師對閱讀者積極主動的一面非常重視，而老師的評論的最大特色，亦在於抉剔以至墾闢伊賽所講的空間。

　　表面看來，老師對西方文論的應用，鼓吹不遺餘力，其文化素養一定以西學為主。但實際上，他操持斤斧的文學能力，主要還是來自中國學問的營修。他在《中西比較文學的困局和前景》一文，甚至提出"中學為體，西學為用"的主張。我們在閱讀這裏的各篇評論時，如果忽略了中國文學作品或文學理論的作用，就未必能真正體會其中的精義。比方說，在討論姜夔的"清空騷雅"時，《白石詩說》固然佔中樞地位，在更多的篇章中，司空圖的象外說、謝榛的"詩有可解，不可解，不必解"之說的重要性，實在不比"陌生化"、"前景化"等為低；甚至可以說，不少西方文論概念，在與中國文學觀念對照並置的情況下，都有了創造性的轉化。例如"女性主義"也是老師非常關注的議題之一；在討論鍾玲和舒非作品的文章之內，這個概念就與中國傳統的"溫柔敦厚"處於辯證互動的位置，由是其間的意義就複雜了許多。

　　操斧伐柯，其則不遠。老師的評論文章，也可以有多種的讀法。讀者固可以爲津梁，以達變識次；這是各篇文章的主要功能所在。在此以外，讀者還應該耐心咀嚼，體會其深層的意義，例如老師的批評路向和特色究竟如何有助於文學作品的閱讀、不同的批評方法和各種類型的文本如何扣合等。再而我們還可以追問這些批評論文的總合，有甚麼當世意義。作爲一個以中文系爲基地的學院批評家，老師強烈的理論導向是稀有的，甚或是驚世的。（事實上六、七十年代在西方的文學院系中冒現的理論研究，也曾被保守的學人視爲洪水猛獸。）回看老師早年的治學途徑，會訝異他原來是從最傳統的校讎、目錄、考證入手。到底這種兩極位置的調換，是在甚麼文化脈絡中完成的？這個發聲位置和周遭的文化環境又構成甚麼關係？在具體的批評文本中又有沒有見到不同取向的治學方法在爭持或協商？各種問題或者有助從比較廣闊的文化視野去思考文學和批評的意義。但無論我們怎樣去回應這些問題，老師以其清晰的立場，繁茂多姿的批評實踐，奠定當代重要批評家的地位；擺在面前的二十多篇論文再次成爲明證。

　　我追隨老師學習已經有二十年之久；老師的論文在出刊之前，我大都有幸先睹，老師也有弘量聽我信口雌黃，或許就是平時的課核吧。現在這一系列的論文結集成書，老師囑咐我在書前說幾句話；面臨期考，心裏難免惶恐，但不敢有違，於是將平日學習的一些隨想心得記錄下來，不夠資格説是序，只能算是對不上正文後語的前言好了。

序

文學研究和其他學科一樣，是應該有一套理論和方法的。否則的話，便會流於主觀，難以令人信服。可是，有些人卻特別注重作品文字的好壞，而忽略了理論和方法。因此所提出的意見未免流於膚淺。

在文學作品中，文字固然重要，但在西方，“文學語言”是否存在的問題，時有爭議。如果用“陌生化”的理論來看，生澀的語言也有它的好處。否則喬伊斯（James Joyce）的作品和王文興的《家變》便可以用來“覆瓿”了。有人說，二、三十年代作品的文字（包括魯迅的）不好，但從語言演化的角度來看，這個說法不一定對。反過來說，流行文學作品的文字都很流暢，因此，以文字來衡量作品的好壞是很有問題的。同時，這個方法往往未能達到批評的目的——發掘常人所看不到的意義。

我曾經說過，研究文學先從文字（辭章）入手，在“讀書有間”時，發現一些新的意義後，便運用適當的方法（考據）來深究這些線索，輔之以文本內證，然後把所看到的意義和盤托出（義理）。以上三個步驟和桐城派所揭櫫的“義理、考據、詞章”，次序恰巧相反。

這十多年來寫了一些文章，大體都是在讀書時“遇之於默會意象之表”（葉變語）。至於我所用的方法，主要是形式主義方

法，和心理分析。有時也用傳統的歸納法，和七、八十年代流行
的讀者反應理論。我希望這些論文能夠說明各種文論和方法對文
學研究都很重要。最低限度，它們不至使研究的結論準的無依。

　　本書的出版，蒙校方給予資助，謹此致謝。

一九九六年五月三日

目　錄

精讀理論、細釋文章

　　當談到中國文學研究時，一般人都想到作者生平、時代背景、作品風格等。有些人又以作品能否反映時代──一般指低下層人民的生活──作爲評價的標準。這些見解可說是集古今中外的大成。古是指《孟子》所提出的"知人論世"、和《禮記·經解》關於六經可以反映人民教化的意見；今是指西方現實主義的影響。古和今的結合也可以說是中外的融和，突出了中國知識分子憂國傷時的精神。

　　依據上述的觀念，一些研究者很着意地去探索作者創作的意圖。有些作者爲了要滿足讀者的要求，也寫些有關他們創作的目的和經過的文章（例如魯迅和茅盾所寫關於〈阿Q正傳〉和《子夜》的自述）。但是現代西方文論家已指出，當作家動筆寫作時，儘管他早有構思，但因爲文字規律、文體格式、內容發展等等的限制，完成後的作品會和作者的構想不盡相同。這一點見解其實不算新鮮，宋朝的蘇軾曾說過，寫作時"行乎其所不得不行，止乎其所不得不止"。清代的鄭燮（板橋）也說過下面一段話：

　　　　江館清秋，晨起看竹，烟光日影露氣，皆浮

　　　　　動於疏枝密葉之間。胸中勃勃遂有畫意。其
　　　　　實胸中之竹，並不是眼中之竹也。因而磨墨
　　　　　展紙，落筆倏作變相，手中之竹又不是胸中
　　　　　之竹也（《鄭板橋集》，中華書局一九六二
　　　　　年版，頁一六一）。

　　　況且，古人的原來意圖，很難對證。至於現代作家，也往往
很難説得清楚。因此，新批評派（New Criticism）就提出了＂意圖
的謬誤＂（intentional fallacy）的觀點，指出追索作者創作意圖是
勞而少功的。以我個人的經驗來看，很多作者對自己作品的意見
都和評論者所提出的不同。例如説，魯迅是否把阿 Q 看作中國農
民的典型呢？茅盾對吳蓀甫的看法又怎樣呢？如果作家説出了他
的意圖之後，研究者除了斟酌一下文字之外，還有甚麼可做呢？
（事實上，作者能否達到＂得之於心而注之於手，汩汩乎來＂的
境界，也成疑問。）至於阿 Q 和吳蓀甫這兩個角色，他們都曾引
起很多的討論。我的意見是：阿 Q 是個＂多餘的人＂（或譯＂零
餘者＂，〔superfluous man〕）；而吳蓀甫是個＂悲劇英雄＂
（tragic hero）。有時候，評論者的看法甚至會令作者感到驚訝。
因此，他的看法不必和作者的互相印證。清朝譚獻就説過：＂作
者之用心未必然，而讀者之用心何必不然＂（《復堂詞話》）。
例如：我用心理學中的＂閹割情意結＂（castration complex）來分
析也斯的《剪紙》，用＂水仙子人物＂（narcissistic character）來
分析鍾玲的〈女詩人之死〉，都使這兩位作者大出意外。這個事
實也幫助説明了爲甚麼我們可以用新方法（包括心理分析）來討
論前人的作品。
　　　強調文學反映現實的實證主義觀點，有時可説是似是而非。
例如：宋朝歐陽修批評張繼〈楓橋夜泊〉的＂夜半鐘聲到客船＂

不符合客觀現實。他的說法引起了不少爭議（參考拙文［從〈楓橋夜泊〉說起］，《香港大學中文系系刊》第二卷）。在外國，實證主義在十九世紀中葉至二十世紀初也很流行。它主張文學也像自然科學一樣，凡是不能聞見的事物都是猜想。在文學方面，泰納（H. Taine）在一八六三年出版的《英國文學史》對文壇（包括二十世紀初的中國新文學運動）產生了很大的影響。他認為文學作品反映出作者個人的心理，而它是受他出身的種族、生活的地域、和存在的時代所限制。這就是說，我們談文學就要注意"國族、地域、和時代"（la race, le milieu et le moment）這三個要素。平心而論，這三個要素始終是外緣的。假如我們欣賞一件瓷器的時候，光是說它是宋代某窰的產品，這不過是它的歷史價值吧了。如果我們要知道它的藝術價值，我們一定要研究它的色彩、花紋、光澤等等。文學作品也是一樣，如果我們要評價它的價值，一定要看看它的表達能力、布局、文字運用……等等。如果光是看它能否反映外在客觀現實，那就像歐陽修一樣，只留下一個文學史上的話柄吧了（至於文學史的研究，又是另一回事，這裏不談。事實上，形式主義者也談到文學史問題、接受美學等。參考陳國球：〈文學結構的生成、演化與接受——伏迪契卡的文學史理論〉，《中外文學》一五卷八期。至於時代風格問題，參考 Fritz Martini, "Personal Style and Period Style：Perspectives on a Theme of Literary Research", in patterns in Literary Style（ed. Joseph Strelka）（University Park, Pennsylvania: Pennsylvania State University Press, 1971,）pp. 90－115；Klaus Weissenberger, "The Problem of Period Style in the Theory of Recent Literary Criticism；A Comparison."Ibid., pp. 226－264）.

　　此外，還有一些人認為研究文學只要能指出它的特點，理論是不必要的。這似乎言之成理，但如果沒有理論去支持，便往往被指為主觀主義（subjectivism）或印象主義（impressionism）。中國以往的批評，往往就犯了這毛病。當我們讀詩話或詞話時，往往不太明瞭作者的意思所在。我們要知道，每個人欣賞作品的能力是跟他的學養和他所處的時代有關，因此古人的看法未必和我們相近。如果沒有理論，我們就難於猜度作者的意思。還有一點，理論給予我們的見解一種邏輯性，和一致性。這樣，當我們提出一個概念、一個原則、或一個基準（norm）時，也可以持之有故了；又或者當我們遇着不同的意見，也可以用理論來衡量一下是非高下。

回頭再說，作家風格對作品的了解固然重要，但如果對個別作品不求甚解，那就只有一個模糊的印象。有這樣的一個故事：一個應聘中學教職的大學畢業生告訴他的未來僱主說他曾修讀過杜甫詩，但當那未來僱主問他最喜歡杜甫哪一首詩時，他卻瞠目不能作答。這個真實的故事說明了現在學校裏學習中國文學的錯誤方法。在課室內老師和學生都注重，和不加批判地、囫圇吞棗地去接受前人對所讀作品的評論，根本不會親自去探索作品的意義和技巧。這種被動的填鴨式學習方法已是行之有年，並且被認作正統的方法（參考拙著〈語言與文學——一個教學上的難題〉，收在《文學散論》中）。甚至在大學內，用新觀點、新方法去教學的老師們也被視爲妄人。大家都習慣於陳陳相因，老師們以記誦爲能事，學生們喜歡以反芻式的學習方法達到較佳成績。大家都不理會所讀的文學作品和他們日常生活、思想等有甚麼關涉（relevancy），他們像孝子一樣，向靈柩膜拜，跟隨着靈車（古人的載道之車）前行，毫不想想前面只是墳地（寫到這裏，不禁想起魯迅的〈寫在《墳》後面〉）。還有一些教師還以能寫幾句古典詩詞而沾沾自喜，更強迫學生們去學寫，這實在是一種時間的浪費。

在這個科技日新月異的社會裏，學習或研究中國文學也要講求效率。我們不能把作品作爲化石般去看，而是要去分析或研究它。最低限度我們要知道它的內容意義和技巧，然後才探索它的價值和風格。經過相當的訓練，我們便可以擁有相當的"文學能力"（literary competence）了。爲了達到這目的，我們可以採取俄國形式主義和英美新批評的方法來分析文學作品。這兩種方法雖然未盡完善（事實上，每一種方法都有漏洞），但它們可給讀者一個好的指引，所以在教學方面仍不失爲一個最易掌握的方法。這兩個方法都强調作品是獨立自足的，作者與作品之間的關係是次要的，甚或是不存在的。它們都注重對文本（text）的精讀，因此我們可以說它們對作品與讀者的關係更爲注重。這一特點使這兩種方法在教學和研究方面能令讀者從作品的文字本身去追尋它的意義和價值。

俄國形式主義强調文學性是文學作品和其他文字的分水嶺。它認爲陌生化（defamiliarization）是使日常語言成爲文學語言的手法。尤其在詩歌方面，由於要符合節奏的要求，文法的組織和文字的意義都會有所改變。這情況在中國古典詩歌更易見到。中國古典詩歌講求平仄諧協，每句又有字數限制，因此陌生化是常見的。韓愈所說的"惟陳言之務去"和"橫空盤硬語，妥貼力排奡"就是陌生化的意思。蘇東坡也認爲寫詩以"反常合道爲貴"。試舉一兩個例子：

> 香稻啄餘鸚鵡粒，碧梧棲老鳳凰枝。（杜甫〈秋興八首〉）

這是"香稻是鸚鵡啄餘的穀粒，碧梧是鳳凰棲老的樹枝"的另一種說法。在文法上就和日常語言不同。

> 搖落深知宋玉悲。（杜甫〈詠懷古迹五首〉）

　　這是說：讀到＂草木搖落而變衰＂的句子（或看到樹葉搖落
的情況）便深深地體會到宋玉爲甚麼那樣悲愁。杜甫把＂搖落＂
放在句子（或全詩）的前面，而且打破了＂主語——謂語＂（sub-
ject-predicate）的常規。這就是形式主義者所說的＂前景化＂
（foregrounding）（參考 Willie van Peer, Stylistics and Psychology;
Investigations of Foregrounding [London: Croom Heim, 1986]）. 這手
法是給予讀者一個提示，並且營造了整首詩的氣氛。在韓愈〈原
道〉的＂人其人，火其書＂兩句裏面，第一個人字和火字都改變
了它們的原來詞性，變爲動詞，也改變了它們的語意。

　　什克洛夫斯基（V・Shklovsky）所說＂文學作品是所有手法的
總和＂的意見，令人誤會以爲文學作品只是文字的遊戲。後來雅
各布森（Roman Jakobson）提出了他的傳意模式，把傳意的要素
（圖一）和功能（圖二）指明出來：

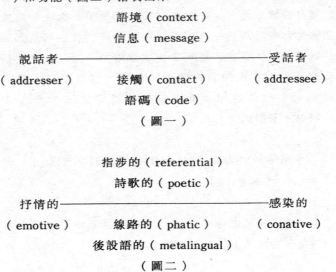

語境（context）

信息（message）

説話者————————————————受話者

（addresser）　　接觸（contact）　　（addressee）

語碼（code）

（圖一）

指涉的（referential）

詩歌的（poetic）

抒情的————————————————感染的

（emotive）　　線路的（phatic）　　（conative）

後設語的（metalingual）

（圖二）

他認爲文學作品（詩歌功能）是完滿自足的，即是說並不須要有

接受者。我曾用《論語、公西華侍坐章》來說明這個模式，但文字太長，在這裏不再引錄了。

雅各布森的對等原則（principle of equivalence）也是一個很方便的方法。它和泰特（Allen Tate）的"張力"（tension）說很相似。簡單的說，一篇作品裏面的文字（相似的或相反的）都有彼此呼應的作用。例如張繼〈楓橋夜泊〉的第一句——月落烏啼霜滿天——的三個短語，它們彼此之間好像毫不相干，但又構成一種淒清寂寞的氣氛。至於司空曙的"雨中黃葉樹，燈下白頭人"，它們的關係是：

　　雨↔黃葉
　　燈↔白頭
　　雨中黃葉↔燈下白頭

雨打黃葉的飄搖景況和人死如燈滅的想法構成了淒涼的心態（簡單的說是景中有情）。這兩句詩並沒有文法結構或邏輯關係，但卻使讀者馳騁他們的自由聯想（註）。

上面提到退特這個人，他是屬於新批評派的。新批評派並沒有一大套理論。它只認為我們不應從歷史看作品，因此提出了"意圖的謬誤"這個見解。此外，艾略特（T. S. Eliot）認為詩歌不是放縱感情，而是逃避感情。好詩是把感情客觀化，通過實物描寫來表達感情，因此，他創造了"客觀投影"（objective corre-lative）這個名詞。上面對"雨中黃葉樹"的討論可以作為例證。作者通過風雨飄搖的景況寫出年華將盡的悲哀。這一派注重詩歌裏面的悖論（paradox）和反諷（irony）。這些文字的內涵很難完全用語言表達出來，因此這派有"意釋謬說"（heresy of para-phrase）的見解。李白的"浮雲游子意，落日故人情"，和杜甫的

"江漢思歸客，乾坤一腐儒"都是很難用文字完滿地演繹出來的句子（胡適所說的"心到"、"手到"的理論，是爲一般人說的）。這和古代"言不盡意"和禪宗的"一落言詮，便成下乘"的見解相似，因爲原句給予讀者很廣闊的天地來馳騁他的自由聯想。浮雲和游子同樣飄泊無根，較易聯想；但落日和故人情就較難串起來了。在時日無多，後會難期的情況下，依依不捨的心情就給烘托出來。至於"江漢思歸客"一句，使人想到"歲月不居，時節如流"，而自己又鬱鬱不得志，故有不如歸去的感慨。"乾坤"句是自嘲。這些涵義不是可以從字面看出來的。

再舉一例，杜甫的〈絕句四首〉之三：

> 兩個黃鸝鳴翠柳，
>
> 一行白鷺上青天，
>
> 窗含西嶺千秋雪，
>
> 門泊東吳萬里船。

表面上，這是一首純是寫景的詩。但如果從一、兩/千、萬，外/內，東/西，上/下，山/水，時/空等的對比，就見出這首詩是可以用對等原理來分析的。這不單是一幅清麗的景色，同時表現出那所房子（包括房子裏面的人）巍然獨立於時空之中。所謂以一含多，須彌藏於芥子的佛家思想，也可以進入我們的聯想領域之中（上面的分析也和結構主義的二元對立〔binary opposition〕說相通）。

新批評所注意的反諷，在中國的詩歌中也常見到。例如杜甫〈詠懷古跡五首〉中的"蜀主窺吳幸三峽，崩年亦在永安宮"兩句。前人說杜甫是很早以蜀漢爲正統的人，但是他們看不到"窺"字的反諷意義，因爲如果劉備真的是正統君主的話，他會去"征"吳或"伐"吳，而不是"窺"吳了。杜甫在這裏用的是反諷。至於"崩"和"永安"又構成悖論。所以這首詩一開始就對劉備加以批評。以前的人看不到這點，所以他們的解釋就"失之毫釐，謬以千里"了。

至於作品中的歧義（ambiguity）在近代文學批評中也受到重視。一般的看法是一篇好的作品應可從多個角度、多個層次去解釋，每一解釋都可以是其所是。近年大陸的朦朧詩就是詩人重視歧義的表現。新批評派的燕卜蓀（William Empson）的《歧義七型》（Seven Types of Ambiguity）是這問題的重要著作。在中國文學中，李商隱的無題詩可說是歧義最多的作品，他的〈錦瑟〉最是撲朔迷離，令人難懂。至於文學作品應否寫得這樣難懂，則是見仁見智，我們不必一定要贊成王國維在《人間詞話》所主張的"不隔"，因爲赤裸裸的描述不一定是好的文章。

以上簡略地介紹了俄國形式主義和英美新批評派在中國文學研究上的運用。事實上，它們的說法大都平實易曉，不像稍後的現象學（phenomenology 和詮釋學（hermeneutics）等理論要從西方哲學去了解這些學問。因此，我認爲這兩派的方法是研究中國文學入門的方法。這樣，可以訓練學生們自動地去獨立思考，使他們不必依靠前人的評論去繹解文學作品，進而打破那陳陳相因的死框框。

（註）黃維樑在《中國詩學縱橫論》（台北：洪範書店，一九七七）中曾說：

明人謝榛"四溟詩話"有與梅聖俞類似的看法，其言曰：

韋蘇州曰："窗裏人將老，門前樹已秋。"

白樂天曰："樹初黃葉日，人欲白頭時。"

司空曙曰："雨中黃葉樹，燈下白頭人。"

　　　　三詩同一機杼，司空爲優：善狀目前之景，
　　　　無限淒感，見乎言表。

韋詩之失，在用老字秋字，言盡意盡。白詩已較含蓄，但用初字
欲字、日字時字以寫時序歲月之流逝，也未免露了一點，終不及
司空純以寫景爲主，耐人尋味。而且，司空詩中的雨和燈兩個象
語，是韋、白所無的。秋雨昏燈，倍增淒涼。而且在燈光映照
下，頭髮之白益加顯明，風燭殘年之感，不言而喻。謝榛評曰：
"善狀目前之景，無限淒感，見乎言表。"其意在此。（頁一三
六）

中西比較文學的困局和前景

　　中西比較文學的發軔可以上溯到王國維、魯迅那個時期[1]但一直要到六十年代以後才漸見蓬勃，首先是在台灣、香港，其後在大陸。中西比較文學在台灣得以發展的肇因，主要是一些人在外文系畢業後返台灣任教，因此比較文學便慢慢地成了一門研究所的功課。在一九七〇年，台灣大學和淡江文理學院都設了比較文學課程。在此同時，《淡江評論》（ Tamkang Review ）也出版了。這本英文刊物是以比較文學爲內容的。跟着，《中外文學》也在一九七二年六月創刊。

　　在香港，中西比較文學也在七十年代開始出現。兩所大學都設有比較文學課程。中文大學主要是台灣模式，換句話說，是以英文系爲基地。他們把翻譯看作比較文學的一個範圍。他們的翻譯中心曾出版佛克瑪夫婦寫的《二十世紀文學理論》中譯本。

　　至於香港大學的比較文學課程，它們也曾一度併入英文系（一九八九年再次獨立）。港大和中大在這方面的差別在於：中大的教師對中國文學相當熟悉，而港大的教師大多數是外國人，對學生的長處和要求未能隨時適應。此外，中文大學也招收了一些來自大陸的學生修讀碩士課程，替國內培養一些人才。

　　值得一提的是香港浸會學院和嶺南學院都在中文系的課程中引進一些比較文學的觀念，例如：文學批評、比較小說、比較神話等。這是一個相當有遠見的設計。如果能有良好師資（尤其是深於中國文學、又懂西方理論的人），這些課程應該可以培育出一些優秀的人才。

在一九七六年，香港一些志同道合的比較文學研究者組織了"香港比較文學會"。歷年來都進行一些推廣活動，近年更和大陸的學術界多方面接觸，促進了學術交流。

在中國大陸方面，比較文學近年再次重新受到重視。一九八一年，北京大學比較文學研究會成立。一九八三年，第一次比較文學會在天津召開。一九八五年，中國比較文學學會成立。在風氣帶動之下，比較文學的研究和出版就日見蓬勃了。

以上的歷史回顧，給我們一個中西比較文學在台、港、中三地發展的大概情形。我在這裏強調"中西"的比較文學（更確切一點，主要是中英［美］比較文學）原因是在這三個地方，英語成爲第二語文，學生們就因利乘便用中英（美）文學作爲比較對象。當然，從比較文學角度來看，中國和其他地方的文學是不分輕重的；但實際上，由於文化背景、教育制度等因素，從事比較文學的中國人便絕大多數以中國文學作爲主體了。

我們又注意到一點，在台、港兩地，比較文學是在外文系（英文系）開展的。因此，這方面的學者外語程度都很好，而且多數留學外國，受過適當的訓練，對外國文學和理論都有很深的了解。反過來看，在中國大陸的一些大學裏面，比較文學研究是在中文系開展的。我認爲這個趨向是正確的。因爲儘管在理論方面很純熟，如果沒有一個很扎實的中國文學基礎，在研究過程中就會顯得捉襟見肘。更何況，我們能否使學生們在短短的幾年內掌握到西方的語言和文學傳統，甚成疑問。再加上理論的研習，便會百上加斤，雖不致勞而少功，最少未能做到揮灑自如了。

上面的討論使我們聚焦到一個問題上面。那就是：中西比較文學的目標是甚麼？一般來説，比較文學的目標是：希望能顯露

出文學作品中可能有的基本形式（ basic pattern ）；考察文化遷移
或影響，和個別作家的相互影響；翻譯和誤譯的研究；文學與其
他藝術的互相影響的研究；文學和思想的關係的研究[2]。韋勒克
（ Rene Wellek ）更強調對作品分析、估價和評論。他又把理論、
歷史和評論作爲比較文學性質的三部分[3]。這些也可說是中西比
較文學研究的目標。有些人更說：" 在晚近中西間的文學比較
中，又顯示出一種新的研究途徑。我國文學，豐富含蓄；但對於
研究文學的方法，卻缺乏系統性，缺乏既能深探本源又能平實可
辨的理論；故晚近受西方文學訓練的中國學者，回頭研究中國古
典或近代文學時，即援用西方的理論與方法，以開發中國文學的
寶藏。……我們不妨大膽宣言說，這援用西方文學理論與方法並
加以考驗、調整以用之於中國文學的研究，是比較文學中的中國
派。[4]這一個說法，我是相當贊同的。對我來說，文學批評的主
要目標是闡釋文學作品的內涵，分析它的形式和技巧，隨時作出
總體評價。假如我們爲比較而比較，勉強把兩篇不同文化背景、
不同語言系統的作品擺在一起來存異求同，甚或炫耀博學，這就
會變得捨本逐末了。

　　在中西比較文學在中、港、台發展得方興未艾的時候，我們
看到一些隱憂，這些隱憂，也可說是中國學者可能遇到的困局。
第一個可能的困局是語言知識不夠深廣。無可諱言，我國學者能
精通兩種或兩種以上的外國語言的，實不多見。像錢鍾書那樣能
貫通外國典籍的人，更如鳳毛麟角。因此，在比較作品文本或主
題時，就難以左右逢源。中國學者還未有人能寫出像 W. B. Stan-
ford 的 The Ulysses Theme 把尤利西斯從荷馬（ Homer ）到喬伊斯
（ Joyce ）的演變加以描述和討論，Louise Vinge 的 The Narcissus
Theme in Western European Literature up to the Early 19th Century
把水仙子神話的流變加以研究。有小部分學者，對中國悠久的文
學傳統浸淫未深，故解説時未免" 圓而未融 "。如要爲佛洛伊德

男性象徵說舉一實例，可用"歡作沉水香，儂作博山爐"或"金爐香不燃"，較爲明顯，便不必因用蠟燭爲證而爲人詬病了。造成這個困局的原因，是台灣、香港的研究者大多出身於外文系，學的主要是英美文學，他們的知識領域自然受到限制。

至於大陸方面，學者們多來自中文系。由於外語程度較差，不能直接閱讀外國書籍，所以每每要依賴翻譯。於是發生了兩個主要的問題：（1）翻譯的文本是否準確？有沒有誤導的情況？（2）因爲有關理論書籍都經過有意無意的選擇，讀者所得的知識就有了限制。除了這兩個問題之外，還有文化政治的防衛機制。例如袁可嘉在批評"新批評派"時，五十年代和八十年代的調子就有顯著的不同。我們還常見到一些文章，當它們引述外國理論的時候，會加上一些案語，來預先保護自己。

另一個困局是在理論方面。我們可分三點來討論：

（1）我們大多沒有受過西方哲學的訓練，對於西洋哲學的傳統更難掌握，因此，對甚麼康德、黑格爾、海德格等的思想，最多只有一鱗半爪，以致對西方文學理論的來龍去脈未能了然於胸。結果，對這些理論就不能贊一詞，更不要說加以修正或發展了。

（2）由於上述的情況，所以我們把理論應用在實踐方面的信心，或多或少都會受到影響。

（3）大陸一些學者受了"左傾"思想的影響，喜歡摭拾一些外國理論，然後加以拒斥。這種"未接受，先批判"的態度，很難令人接納。此外，還有新名詞的杜撰，最令人頭痛。它一方面使讀者（甚至作者）混淆不清，另一方面，把論文所提觀點的可信性減低。談到現代主義、悲劇、美學時，對西方理論不是一知半解，就以中、西文化不同爲理由，加以漠視或拒斥。又有些人對心理學並沒有深入的了解，卻寫了創作心理學這類的書。這造成了作者華而不實，嘩眾取寵的心理。這種不負責任的做法，只會成爲行內人的笑柄。

　　我覺得我們所面臨的困境主要是如果我們一定要比較兩種在不同文化背景所產生的文學作品，我們會發現異多於同。硬要作出比較，就好像是“明知故問”。所以我認爲我們首先要弄明白我們的目的是甚麼。對我來說，不管比較不比較，我們的主要目標是闡釋中國文學作品的含義和分析它們的技巧和形式。我建議我們可以中國文學爲主，輔之以西方文學理論和西方文學。這個建議，有人會認爲是異想天開。但我卻認爲用我的方法，可以在短時間之內培養出一些新人來從事這方面的研究。作爲一個中國文學研究者，我個人就有這方面的經驗，而且成績方面也不見得很差。

　　話得說回來。這個“中學爲體，西學爲用”的辦法，並不是要我們做到“外國人有的，我們都有”這一地步。我們不能做阿Q——你說圓形，我說《墨子》的“一中同長”便是；你說算術級數，我說《莊子》的“日取其半，萬世不竭”就是。我們要看出同，也要看出異，更重要的是，外國方法和觀點的運用，對我們閱讀中國作品或研究中國文學現象時有甚麼增益。譬如說，四季的循環給予人類很大的啓示，這啓示就反映在他們的作品中。如果要在中國文學中找一個例子，李商隱的〈燕台詩〉就會很適合。不過，我們應該進一步去看看從這些外國觀點來討論這些作品，能否“發前人之覆”呢？我們不能抱有“你說甚麼，我有甚麼”（You name it, I have it）的態度；或是光作膚淺的機械式的比較（比附？）。

　　我認爲我們應該好好的學習西方的理論，才能寫出扎實的論文來。我不是崇洋。事實上，我們不能否認外國人的思維方法着重在分析。所以他們對任何一個問題都有一套看法。儘管我們不一定贊同他們的見地，我們不能不尊重和佩服他們的精神。舉例來說，“文學是什麼”這個問題就引發出無數的討論。又譬如說

"悲劇"自從亞里士多德以後,西方的學者就不斷修訂他所下的定義。到目前爲止,雖然還沒有一個無所不包的悲劇定義,但最低限度它們都各有見地,各有理由。反觀那些杜撰的,就使人難於接受了。

至於我自己的經驗,我用悲劇觀點來看《離騷》和《九歌》,用增殖儀式來解釋某一些《詩經》裏面的篇章,用樂園神話來看《紅樓夢》的大觀園。用派利—洛爾德(Parry – Lord)的理論來說明話本中的套句藝術,用心理分析去解答許宣爲什麼對白娘子又愛又怕,又用水仙子(Narcissus)的神話來解釋郁達夫、丁玲、張愛玲、白先勇、鍾玲等人的小説,都能對這些文本(text)有新的詮釋。至於我所指導的研究生,也能用"基準"(norm)的見解來剖析胡應麟的作品,用"後設詩歌"(metapoetry)來解説司空圖的《詩品》,用形式主義的文學史觀來看唐詩在明代被接受的情形,用結構主義來分析〈竇娥冤〉,用悲劇觀來看唐代傳奇,和用形式主義方法闡釋江西詩派的技巧,都有一定程度的突破。這些成果雖不算豐碩,但我認爲這樣才可和外國的文評講同一種語言(speak the same language),進而把中國文學融入世界文學中。

最後一點,我認爲出版也是提倡中西比較文學的一個重要方法。我覺得與其花錢去舉辦研討會,不如出版專集或定期刊物,它的效果會比較大和持久。

註釋

[1]　參看劉獻彪:《比較文學及其在中國的興起》(南寧:廣西人民出版社,一九八六)。樂黛雲:〈中國比較文學的現狀與前景:,載《中國比較文學年鑒,一九八六》(北京:北京大學出版社,一九八七)。

[2]　參看 Contemporary Criticism (Stratford – upon – Avon Studies 12)

(London: Edward Arnold, 1970), pp. 126－29.

[3]　韋勒克：〈比較文學的危機〉（黃源深譯），《比較文學研究論文集》（干永昌、廖鴻鈞、倪蕊琴編）（上海：上海譯文出版社，一九八五），頁134。

[4]　古添洪、陳慧樺：《比較文學的墾拓在台灣》序（台北：東大圖書公司，一九七六），頁1—2。參看劉介民：〈比較文學的學派及四種觀點〉，載《比較文學三百篇》（智量編）（上海：上海文藝出版社，一九九〇），頁32。

關於魯迅研究問題答丸山升教授

在二月的下旬，我輾轉看到了丸山升教授在北京大學的演講詞。文章的題目是〈魯迅研究方面的幾個問題〉，刊登在一九八八年第十二期的《魯迅研究動態》中。他的文章主要針對我收錄在《文學散論》（香港：香江出版公司）中的一篇文章加以批判。這篇文章是〈魯迅與共產主義——傳說與事實之間〉。作爲一個學術研究者，我當然很歡迎丸山教授的批評，因爲沒有人會相信自己所說的是永恒的真理，是不會出錯的。我尤其感謝的是：他指出我誤讀了《魯迅書簡》中的一句話——“至於他說我的小說有些近於左”，說左其實指左琴科。但這一個錯誤，對整篇文章的立論——要客觀地、分析性地來看魯迅和共產主義的關係——影響並不大，我的目標是去提醒讀者不要輕信國內一些魯迅研究者的論點，而要先綜覽各方面的資料（包括第一、二、三手資料）才去決定應否採納那些論點。純粹從學術立場來說，辯論是有建設性的。可惜的是：丸山教授一面覺得以日本人的身份在北京來批判一個香港學者的草率學問“近於無聊”，一面又覺得這樣做可以忠告“中國的年輕人”：“在這些外來的著述中，有些東西不僅在觀點上看來是不能接受的，而且在學術上也根本站不住腳，糟糕透頂。”這顯然和他在文章後面對反逆性的魯迅研究的反對論調是一致的。他的目的不是很清楚了嗎？

　　古人說：讀書先要有疑。作爲一個"學術基礎穩固"的學者，如果他囫圇吞棗地去接受一些"定論"，我相信他也穩固不到什麼地步。更何況關於魯迅的"史料"眞是眞僞雜糅。我就舉朱正的《魯迅回憶錄正誤》吧！他連許廣平的說法都多所糾正，對丸山教授來說，這大概是不可思議的吧！我試舉一個例子。朱正和我一樣，對魯迅一九三二年北平之行都有相似的見解，那就是陸萬美等人誇大其辭的說法是和事實不符的。（他指出魯迅北行不是要去蘇聯參加十月革命節的慶典，更不是接受李立三的提議去參觀或療養。他說："陸萬美的不幸，就在於把傳說當做了事實，並把它描繪得儼然有這麼一回事一樣，甚至在感覺到這中間有漏洞的時候，還要想出種種辦法來修補。"事實上，很多"回憶"都有修補的作用。）

　　我的討論和引證，雖然不能說是顚撲不破的，但也不至於像丸山教授所說的那樣"薄弱"。如果讀者有機會看到我的文章，即使不同意我的見解，總不會把它作爲無稽之談吧！在文章中，我企圖探索"傳說與眞實之間"的眞相，並沒有先存定見。反過來看，丸山教授則認爲"創作自由問題可算是馬克思主義文學理論內部的問題"；他"基本上贊成魯迅後期思想上接受了馬克思主義這一看法"；又"覺得在魯迅身上看到的……是一種透徹的眼光與强韌的精神"。這幾點都是主觀的，最低限度他完全沒有舉證。

　　丸山教授的論辯方法是很有趣的。他說："據說張向天也曾指出過胡菊人在治學方面很不嚴謹，可以說，陳炳良教授的論文也存在着同樣的毛病。"如果是指關於"一‧二八"的討論，我的不嚴謹之處在哪裏？此外，我的文章說："我認爲學者們在討論魯迅和共產黨的關係時，他們多已有先入爲主之見，以爲他是同路人，因此忽視下列幾點：……"我說的是"忽視"，而丸山教授卻把它們說成爲"理由"。我想，嚴謹的學者大概不會這樣的吧！

　　如果把丸山教授的演講作爲學術論辯來看，這對我和觀衆都是不公平的，因爲我不能即時答辯，同時，我相信聽衆中沒有幾個人曾看過我的文章，試問他們怎樣可以評定誰是誰非呢？

　　現在讓我簡略地把我那篇文章裏面的要點列在下面，好讓國內讀者稍知大概。我指出：

　　① 依據黃松康、米爾絲、夏濟安的意見，魯迅不是同路人而是中共的盟友（丸山教授也説過："在馬克思主義的運動論和組織論方面，仍然並沒有完整地爲魯迅所接受。"見樂黛雲編：《國外魯迅研究論集》，147頁）。舒衡哲也説過："（魯迅、布萊希特、和沙特）是在一個需要犀利的批判才能的時代選擇馬克思主義的。在與共產主義運動的聯繫中，他們堅持保留自己的批判立場。……他們的這種態度必然引起和意識形態指揮者的矛盾，這一點也不奇怪。"（見同上書，95頁）

　　② 魯迅有李歐梵所謂的"普羅米修斯情意結"。

　　③ 魯迅念念不忘革命文學家和一些青年對他的攻擊。

　　④ 他去中山大學是由國民黨的朱家驊所邀請。

　　⑤ 關於五十歲生日會的回憶都是故神其説，因當時他還在拿國民黨的薪金。（據劉心皇：《魯迅這個人》［台北：東大圖書公司］的統計，他共拿了一萬四千元。）

　　⑥ 他要從北京去蘇聯是"虛構的故事"（這是用朱正的看法。據劉心皇的説法，主要因爲蔣介石要爭取他，所以沒有派人去逮捕他。當然還因爲他住在租界，並和蔡元培、宋慶齡認識。參考魯迅博物館魯迅研究室編：《魯迅年譜》一九三六年七月十六日條）。

　　⑦ 許廣平早年是國民黨員。

　　⑧ 他在北伐時，對國民黨有好感。

　　⑨ 共產國際的王希禮、山上正義、尾崎秀實和史沫特萊等

人先後和他聯絡。

⑩　他先後在日人經營的花園莊和內山書店避難。我在另一篇文章裏說：＂我們知道魯迅和日本人的關係相當密切，因此，他在＇七七＇事變後，對日本人猶有恕辭。上海＇一‧二八＇之役發生，他也說些似是而非的怪論。＂我附印了一張從川合貞吉書中複製的地圖，指出北四川路一帶是日人勢力範圍。在戰爭時，國民黨軍隊的炮彈不是應該打向那一帶地方嗎？但是魯迅卻說：＂打來的都是中國炮彈，……但不爆裂居多。＂或許正如一丁所說的＂一、二八＂前後，魯迅是無法擁護＂抗戰＂的，要抗戰，先須打倒國民黨。總之，事實歸事實，如何去解釋，就見仁見智了（參考竹內實對胡菊人看法的異議，見《國外魯迅研究論集》）。

⑪　魯迅和左聯的關係並不如一些人說的那麼好。這一點很多人已談過。

⑫　魯迅追隨毛澤東文藝路綫是一個神話，因爲＂延安講話＂在一九四二年五月才提出，一九四三年十月才在《解放日報》發表，試問魯迅如何追隨呢？

⑬　我認爲魯迅是共產主義的同情者，不是信徒，因爲在思想上他們有着不同之處。

在文章中，我羅列了各種的資料，至於分析是否正確，就要由讀者去決定了。而事實上魯迅後期的思想問題是很複雜的，由於研究者的教育背景和學術訓練各有不同，取得的結論自然就有差異（參考李歐梵在《魯迅和他的流風餘韻》的導言，美國加州大學出版社）。舉例來說，林毓生認爲魯迅參加左翼政治運動是一種道德行爲，當他的名譽和文章被人作政治利用時，他毫不猶疑地去指摘。這是＂兩個口號＂論爭的原因之一（參考《魯迅和他的流風餘韻》）。在學術自由化的環境底下，我相信不會有人贊成盛氣凌人的討論的。

　　據我所知，現在國內新一代的魯迅研究者經過了＂文革＂反思之後，一部分已持有和上一代研究者不同的意見。他們的意見不可能説全是受到國外研究的影響。如果要忠告他們，叫他們不要借鑒國外研究，光是拿一兩個人的少數論點來批判，顯然是不夠而又沒有説服力的。最好是把夏濟安、林毓生、李歐梵⋯⋯等人（包括一些外國人）的觀點和方法論，逐一加以批判，那就功德無量了。

　　這一次的論辯，當然説不上是戰鬥，但魯迅下面的説話，仍然是我們的座右銘。

> 　　戰鬥的作者應該注重於論爭；⋯⋯而自己並
> 無卑劣的行為，觀者也不以為淫穢，這才是
> 戰鬥的作者的本領。

從文學史看台港文學

　　當我們談到文學史時，它就是一本依着時代先後把一些作者的生平資料和他們一些代表作羅列出來的書籍。儘管它們有些資料豐富而翔實，一般的讀者並不能從中了解文學的演化和文學作品的價值。一些文學史家還習慣性地提出：某時代或某種社會或文化情況產生了某些作家或某種文學風格或運動。這種從普遍的可能性推出特殊的結果的思維方法似乎是先驗的（ a priori ）[1]。在外國，文學史是文學理論中一個相當重要的題目。在中國，在幾年前才有些人把它提出來討論。

　　在一九三四年捷克語言學派（ The Prague Linguistic Circle ）穆卡洛夫斯基（ Jan Mukarovsky ）提出了文學作品的 “ 進化價值 ”，他說：“ 對文學史家來說，作品的價值決定於該作品的演化動力：要是作品能重新整頓組合前人作品的結構，它便有正面的價值，要是作品只接受了以前作品的結構而不加改變，那便只有負面的價值。 ” 此外，他也提出了 “ 美感價值 ”。那是指作品中凝定了的有規限的形態[2]。伏迪契卡（ Felix Vodicka ）則建議在研究文學的演化時，先明白作品的 “ 進化價值 ”，而在研究文學接受理論時，才把作品作爲美感客體去探尋它的 “ 美感價值 ”[3]。韋勒克（ Rene Wellek ）認爲太過強調創新（ novelty ）不是個好方法；應該去建構一個以某種價值取向爲根據的發展系列，才能體現那創新的地方[4]。"經典之作"卻能把趨勢的潛質展露無遺[5]。

　　一般中國文學史以擬古爲上，如：某某人追踪漢、魏，某人詩饒有唐音，某人詞直迫溫（庭筠）韋（莊），某人文章足以媲美韓愈、柳宗元等。由於過份推崇"正典化（canonized）"了的作品，創新的作品都被壓抑。伏迪契卡就指出：作家不是被動地讓文學傳統內有的動力通過自己而發揮，而是要用自己的創作行動艱辛地與各種規則搏鬥；所以他和他身處的文學傳統之間，永遠都有一種張力存在[6]。我們可以說，他和傳統之間是有着辯證的關係的。劉勰《文心雕龍‧通變》篇也說："名理有常，體必資於故實，通變無方，數必酌於新聲。"所謂常，即是 norm，變即是 deviation。他又說，如果一成不變，就不能流傳久遠了（"若乃齷齪於偏解，矜激乎一致，此庭間之迴驟，豈萬里之逸步哉！"）

　　上面提到美感價值的準則是隨時代有所改變的。由於一本作品要有人讀才成爲美感客體，因此，一件作品的價值，從歷史觀點來看，也不是恒久不變的。伏迪契卡就主張：我們必須研究美感意識的演變，因爲它影響的範圍不限於個人，而關係到整個時代對語言藝術的態度[7]。至於文學史和個人的關係，他認爲："文學史是文學結構的惰性與個體強加干擾的鬥爭。文學家的歷史，詩人的傳記，記載的是他跟文學結構的鬥爭。"[8]

　　關於文體的興替，穆卡洛夫斯基用"認同美學（aesthetics of identity）"和"反對美學（aesthetics of opposition）"來描述。一個文體受人注意時，很多人都用這文體來寫作，於是變爲文學的主流，這就是認同美學。但過了一段時期，形式和內容都發展得差不多了，便會有人用不大受人注意的文體寫作，以求新變，這就是反對美學。這和什克洛夫斯基（Viktor Shklovsky）所說的一樣。史氏說：一個作品無可避免地走上從生到死的路上：首先被人發現，繼而被人咀嚼尋味，稍後只被人知道它的存在，最後給人淡忘[9]。柏堅斯（David Perkins）則用英雄由生到死的過程做比喻：出生，走出鴻濛，忽略和承認，鬥爭，霸權，繼承，取代，沒落等等[10]。清代趙翼《論詩五絕》中的兩首詩[11]也道出這種文學趨勢。

滿眼生機轉化鈞，天工人巧日爭新。
預支五百年新意，到了千年又覺陳。

李杜詩篇萬口傳，至今已覺不新鮮。
江山代有人才出，各領風騷數百年。

形式主義者認爲文體的興替是叔姪相承，而不是父子相繼[12]

　　後來，堯斯（Hans R. Jauss）引述布爾斯特（Walther Bulst）的說法，認爲"從來沒有一個文本是爲了讓語文學家作語文學的閱讀和解說而寫的。"[13]堯斯強調讀者與作品的對話關係也是文學史的首要事實。因爲文學史家本身總要先再度成爲一個讀者。他質疑文學文本中的文學性是永遠不會過時的見解；而認爲對一部作品以往的理解和今天的理解之間在闡釋學上是有差異的。他建議"文學史只有當它不僅按文學生產體系的次序共時和歷時地去描述文學生產，而且還在文學生產與一般歷史的特有關係中把文學生產看作特殊歷史才算完成了自己的任務。"[14]簡單的說，他把文學史看成文學作品接受史。

　　從索緒爾（ Ferdinand de Saussure ）的語言學說來看，文學史是文學（共時性）和歷史（歷時性）的結合。而文學作品則相當於言語（ parole ），而文學的時代風格（ period style ）則相當於語言（ langue ）。柯爾斯狄奧斯（ Jan Brandt Corstius ）認爲一個時代的文學系統（ the poetic langue of the time ）一般的創作過程是不易察覺到的，但我們可以想像得到一個作家在創作時，會受到他所看過的同時代作品的影響[15]。這相當於克莉斯蒂娃（ Julia Kriste-va ）提出的“文本互涉（ intertexuality ）”。一本文學史應包含每個時代的風格和個別作品的特色。這些特色是經過了評論家的鑑賞而突顯出來的。柯爾斯狄奧斯指出，很多作品植根於非常强力的文學傳統中，尤其在文體和主題方面，因此只有對這種歷史現象有深刻知識才使我們能評價它們的個別價值。他以爲文學創作好比一場棋賽，好的表現是既不違反規則，又可突出新奇之處[16]。

　　幾年前，劉再復在《二十一世紀》發表了〈文學史的悖論〉這篇文章，指出了文學史中的五組悖論。（一）文學是發展的；文學又是沒有發展的。（二）文學發展具有共時性質；文學發展具有歷時性質。（三）在歷時性的範圍內，文學發展是周期性的，又是非周期性的。（四）文學歷時性運動中，其時間是不可逆的，又是可逆的。（五）文學發展是有規律的；文學發展又是沒有規律的[17]。劉氏在討論第一組的悖論時，認爲“一部具有藝術價值的作品產生之後，或一種文學模式、文學傳統形成之後，它便成爲一種獨立的永久存在，並不隨着時間的流動而失去審美價值，這就是文學的永久性。”如果從讀者接受理論的角度來看（見上引堯斯的說法），這個論點是有問題的。在討論第二組悖論時，他說：＂隨着時間的推移，接受主體不斷發生轉移，文本的意義也不斷地被再創造。＂這顯然跟上面所說的互相矛盾了。如果說文學發展，那就是歷時的。我們只可以說，文學作品是共時的，但它的美感價值是歷時的。至於雅、俗的交替現象。各容格（C.G. Jung）的原型論（archetype）是否可以解釋爲周期，實在是個問題。雅俗交替和上面提到的認同和反對美學相近。至於原型只不過是行爲模式在潛意識的沉澱吧了。更大的問題是佛萊（Northrop Frye）所提出的文學原型論——以春、夏、秋、冬四季配不同文學類型——又能否算是周期論呢？第三組悖論的依據顯然是薄弱不安的。

文學發展的可逆性是第四組悖論中的觀點。劉氏引述錢鍾書《談藝錄》說：＂宋之柯山、白石、九僧、四靈，則宋人之有唐音者。＂便提出文學發展之可逆性。但是宋、明時代之唐詩，和清代之宋詩是否真的回歸到唐代或宋代？陳國球和吳淑鈿曾分別就這問題作出研究[18]。這些詩不是奴性的模仿，充其量只是諧仿（parody）吧了。

第五個悖論談到文學發展是有規律的，也是沒有規律的。劉氏認爲文學作品儘管千變萬化，但都不出＂理、事、情＂三者。但這不是發展的規律啊！他的論點根本是站不住腳的。他的說法大概源於《文心雕龍·鎔裁》篇。它說：＂是以草創鴻筆，先標三準：履端於始，則設情以位體；舉正於中，則酌事以取類；歸餘於終，則撮辭以舉要。＂這幾句顯然不是甚麼發展規律。宋、元以來的文學評論多談到＂法＂，但這法是和發展無關的，更不要說有沒有規律了。

劉再復的錯誤在於把文學和文學作品混爲一談，所以不免推論錯誤。文學和文學作品的關係，正如上面指出過，就像語言和

言語的關係，前者是整體的，後者是個別的。把它們混而爲一，
自然產生謬誤了。大體說來，劉氏的看法實在未中肯綮。

　　嚴格來說，文學史應該是文學批評和歷史的結合，而不是作
家和他們的代表作的一個歷史的敘述。因爲一個對文學創作的歷
史評估會給予他的美感價值更深刻、更豐富的意義。相反地，文
學批評是文學史的起點，它使後者不致迷失於不重要的工作中。
文學作品並不是一動不動的，它是朝向歷史性（ historicity ）的。
我們先從作品的內在世界探索，然後除去它的個性，把它和其他
的作品相對比，在歷史潮流的辯證運作中，從它的外在世界作一
審察，然後又回到它的內在世界裏[19]。文學史包括了作品、個別
作者和藝術系統這些基本要素在內，傾向於把文學演化首要地視
爲連串的革新、突破、波動、創作力的突然爆發、典範
（ paradigm ）（包括文類、主題、風格、思想）的轉換、延續性的
斷裂等等[20]。菲什（ Stanley Fish ）認爲文學是一種有動力的藝術
（ Kinetic art ）。[21]表面上，它是靜止不變的。但對讀者來說，
它迫使他注意到它是在變動的。此外，形式主義者認爲作者在寫
作時，一面要跟隨當時的文學基準（ Literary norm ），另一面又要
偏離這個基準。如果不是這樣，便很難有所表現，爲人注意。前
者構成了接受的歷史，而後者則是文學演變的過程。這兩者分別
對應着前面提到穆卡洛夫斯基所說的 “ 美感價值 ” 和 “ 進化價
值 ” 。

　　最理想的是：寫文學史的人同時是文評家和歷史家[22]。一方
面他可以分析作品的精要，一方面又可以建立歷史和知性的聯貫
（ historical and intellectual coherence ）。雨貝特（ J. D. Hubert ）認
爲：文學作品不是模擬外界或內在的真實。相反地，作家就像波
特萊爾（ Baudelaire ） “ 藝術家的懺悔 ” （ Confiteor de L' artiste ）

一詩中的主角，要和真實作生死鬥，然後才能使他的作品獲勝[23]。他的意思是：我們不能在作品中去找歷史的真實，也不應用歷史真實作爲評價作品的參考。

交代了文學史的一些基本知識之後，我們可以看看台灣和香港文學在文學史上的位置。葉石濤在《台灣文學史綱》承認"台灣新文學是中國文學的一環"。但是他推崇日治時代文學，認爲日據時代的文學是台灣文學的典範。他以歷史的政治事件，社會經濟的變遷作爲文學的參照和背景[24]。顯然地，他忽略了文學風格和藝術技巧的討論。他的這個原則，是一個循環論證：

印證

歷史　　　　　　　　　　　作品

影響

換句話說，文學作品不過是歷史的文獻。這種看法，實在是非常狹窄的。

李魁賢更進一步以作家的省籍、作家的居留地區、作家的意識形態作爲界定"台灣文學"的標準[25]。這個看法大概沒有很多人支持的。唐朝白居易強調他的"新樂府"是爲時而作、爲事而作的，寫得也不錯，但總比不上〈長恨歌〉、〈琵琶行〉那樣受到後世讀者的歡迎。這大概是因爲如果要看人民的困苦委屈、社會的不義不公，何不去找本社會史來看呢？事實上，歷史的描述會更深入、更全面，不像文學作品那樣零碎和主觀。

香港文學所遇到的問題又有些不同。到目前爲止。坊間還沒

有一本完整的香港文學史。例如謝常青的《香港新文學簡史》
（廣州：暨南大學，一九九○）只寫戰前那一段。那時香港作家
極大多數是暫居香港的，如茅盾、戴望舒、許地山、蕭紅等，他
們的作品還是以國內讀者爲對象。反而是張愛玲，她以香港爲背
景寫下了〈沉香屑〉和〈傾城之戀〉這幾篇佳作。

　　一九四九年以後，由於中國政權的轉移，香港人可說是三面
不討好。中共忙於政治運動，台灣則處於克難時期。兩者都自顧
不暇。香港人在殖民統治之下，不得不自謀出路。這情況在商
業、小手工業和文學都可看出來。雖然香港人都可以接觸到五四
以來的文學作品，但是香港政府的教育政策並不鼓勵學生去學習
這些作品，亦避免在學校課程中涉及鴉片戰爭和民國歷史。因
此，一些文藝愛好者便向外國文學吸取養料。黃繼持便指出：現
代主義傳入香港早過台灣，台灣是受香港影響的[26]。

　　香港是個自由港，我們不必規定香港作家一定是土生土長的
香港人。只要他們在香港住過一段時期，在香港寫作和發表作
品，或者帶動了一種風氣，我們便可稱他們是香港作家。余光中
就是個恰當的例子。我們也不能規限作家去寫某些題材，爲某一
階級而寫。試問我們看過有哪一本文學史是這樣寫的呢？很多年
以前，錢鍾書編過《宋詩選註》，內容以勞苦人民生活爲中心。
這只是一個特殊的例子。
　　香港文學往往被視爲中國當代文學的組成部分。許翼心說：
“由於歷史、政治和社會制度等種種原因，香港與祖國處於暫時
隔離的狀態，……香港的文學也走上了相對獨立的發展階段，有
自己的特殊形態，同內地的社會主義文學主流有着明顯的區別。
然而，香港的文學仍然是生活在這裏的中國人用中國的語言文字
創作出來的。所反映的仍然是中國人的社會生活，更何況中華民

族的新文化的傳統並沒有被切斷，……因而，當代香港文學仍然是當代中國文學的組成部分，一個具有自己特殊形態的組成部分。"[27]在大陸學者的眼中，香港文學只是邊緣的、無關重要的。他們主要還是用寫實主義作衡量作品的標準，即使對現代派文學稍示好感也不外表現一種安撫（condescending）的語調。下面是兩個例子：

台灣現代派小説中，確實有不少作品描寫了人物的各色各樣的變態心理，殊不知，它乃是當代台灣社會生活的一種折射。……隨着經濟的畸形發展，台灣社會競爭趨向劇烈，人際關係出現反常，自殺、兇殺、搶劫、色情、墮落等，已日益成爲嚴重的社會問題；而在資本主義經濟畸形發展的猛烈沖擊下，農村自然經濟也開始解體，本來在這種經濟基礎上形成的傳統的價值觀、道德觀、倫理觀必然處於崩潰的邊緣。這樣，現代派小説所流行的主題，從虛無、孤獨、病態，到性與暴力，都可以在台灣當代社會中找到它的現實的影子。換句話説，透過現代派小説所展示的生活層面，我們可以看到台灣轉型時期社會病態的現實，了解資本義制度以及西方腐朽文化對人們心靈的毒化和對傳統的家庭、倫理、道德等方面的破壞。也許，這就是通常説的作品蘊含的認識價值。僅就這一點看，也足以説明現代派小説不是逃避現實的[28]。

香港的現代主義文學同西方以及台灣的現代主義文學一樣，有其相同.的趨向與缺陷。然而，由於具體的歷史社會條件的差別，它又有自己的若干特色。儘管現代主義傳入香港的時間較早，但它的真正流行卻已是七十年代。這時期，以海外同胞的"保釣運動"爲標幟，香港青年一代中民族意識的覺醒和對社會問題的關心已蔚爲風氣。他們對祖國的文學傳統，特別是"五

四 ” 以來的新文學傳統又有較多的接觸和了解，加之這時台灣現
代主義文學那種 “ 只是橫的移植，不是縱的繼承 ” 的口號已暴露
其嚴重缺陷而受到批判。因而，香港的這些青年作者在接受現代
主義影響時，大都沒有因 “ 全盤西化 ” 而走向極端，一般比較注
重繼承民族文化傳統，也比較關注社會現實。然而，由於內容上
過於追求主觀和藝術上自命 “ 曲高寡和 ” ，脫離群眾，這在重商
輕文的香港社會中更難以發展，沒能形成一股強大的文學潮
流。[29]

　　現代主義在台灣和香港是否像他們所說的那樣呢？我認爲現
代主義雖然在香港未形成一個主流，但它的影響是不容抹殺的。
老一輩的如劉以鬯，中年一輩的也斯、吳煦斌、西西，年青一輩
的羅貴祥都是現代派作家。他們的作品雖然是 “ 曲高和寡 ” ，令
人難懂，但我們也不能無視它們的存在。
　　上面已經說過，文學史以文學批評爲基礎，所以我曾經呼籲
過要提高對香港文學的批評水準。同時編印《香港文學探賞》
（香港三聯書店出版），希望能拋磚引玉。但可惜，到目前爲
止，沒有太大的反應。坊間雖也有些評論和選本，但令人滿意的
實在不多。有些人喜歡從文字來評價作品，這本來不是個壞主
意。但太過注重文字，不免墮入魔障，就像清人妄改《楓橋夜
泊》一樣。批評者不是作文老師；他應該用最客觀的態度、藝術
標準（不是社會學標準）去看作品（客恩 [R. S. Crane] 強調 “ 形
式、材料、技巧、和個人成就是文學史的主要成份。”[30]）。他
不應用黨同伐異的態度去看作品。菲什認爲詮釋作品的正確手段
是揭發作品的深層結構和深層意義[31]。當然，正如劉勰《文心雕
龍·體性》所說：“ 才有庸俊，氣有剛柔，學有淺深，習有雅鄭
” ，批評的成果，就會因人而異。因此，西方文論家就提到
“ 文學能力（ literary competence ） ”[32]。舉例來說，李昂的

《暗夜》一般的評價並不高，但古繼堂卻認為：它" 不管是内容的豐富，主題的深化，人物的塑造方面，都顯示了她創作上的進一步成熟，這篇作品無疑是李昂創作上的一個里程碑。"[33]評論失當的資料，是會引致文學史的偏差的。

總括來說，我們現在所看到的文學史都有很多瑕疵。當涉及台灣和香港文學時，更會發現" 中原心態 "、' 萬法歸一（寫實主義 ）"、" 黨同伐異 "等情況。我們只能期望學者們對這些問題多加注意。

註釋

[1]　R. S. Crane, Critical and Historical Principles of Literary History(Chicago: University of Chicago , 1971), p. 53.

[2]　參陳國球：〈 文學結構與文學演化過程——布拉格學派的文學史理論 〉，《 文學史 》（ 北京大學 ）第一輯，（ 一九九三年四月 ），頁八八。 史羅因斯基提出原創性（ originality ）和生產力（ productivity ）。前者是對僵化的文學系統的突破，相當於美感價值；後者指作品在流傳過程中所引起影響的闊度和深度。參 Janusz Slawinski, "Reading and Reader in the Literary Historical Process," New Literary History 19 : 3(Spring, 1988), p. 527, 528.

[3]　陳國球，上引文，頁九二。

[4]　同上，頁九三。

[5]　同上，頁九四。

[6]　同上。

[7]　同上，頁九九。

[8]　同上，頁一〇七。

[9]　David Perkins, "Discursive Form Versus the Past in Literary History," New Literary History 22 : 2(Spring, 1991), p. 369.

[10]　See Michael Holquist , "Bakhtin and the Formalist: History as Dialogue," Russian Formalism: A Retrospective Glance (ed. Robert Louis

Jackson & Stephen Rudy)(New Haven: Yale Center for International and Area Studies, 1985), p. 88.

[11] 羊春秋等：《 歷代論詩絕句選 》（ 長沙：湖南人民出版社，一九八一 ），頁二七九——二八〇。

[12] Michael Holquist, op. cit, p. 88.

[13] 外國文藝理論研究資料叢書編委會：《 讀者反應批評 》（ 北京：文化藝術出版社，一九八九 ），頁一四二。

[14] 同上，頁一四一——一七三。

[15] Jan Brandt Corstius, "Literary History and the Study of Literature, "New Literary History 2 : 1 (Autumn, 1 9 7 0), p. 6 8. See also Milos Sedmidubsky, "Literary Evolution as a Communicative Process, "in The Structure of Literary Process: Studies Dedicated to the Memory of Felix Vodicka(ed. P. Steines, M. Cervenka and R. Vroon) (Amsterdam: John Benjamins, 1982), pp. 483 – 502.

[16] Corstius, op. cit. , pp. 69 – 70.

[17] 《 二十一世紀 》第一期（ 一九九〇年十月 ），頁九〇——九七。

[18] 陳國球：《 唐詩的傳承——明代復古詩論研究 》（ 台北：學生書局，一九九一 ）。吳淑鈿在香港大學中文系的博士論文題目是" 近代宋詩派詩論研究 "。

[19] Istvan Soter , "The Dilemma of Literary Science, "New Literary History 2 : 1(Autumn, 1970), pp. 95 – 96.

[20] Janusz Slawinski , op. cit, p. 525.

[21] Stanley Fish, "Literature in the Reader: Affective Stylistics, "New Literary History 2 : 1(Autumn, 1970), p. 140.

[22] J. D. Hubert, "Random Reflections on Literary History and Textual Criti – cism, "New Literary History 2 : 1(Autumn, 1970), p. 168.

[23] Ibid. , p. 171.

[24] 參王晉民：〈 評葉石濤的《 台灣文學史綱 》〉，《 台灣研究集刊 》（ 廈門大學 ）1990：1，頁八一——八六。

[25] 參李魁賢：〈 初評《 現代台灣文學史 》〉，《 遼寧大學學報 》）哲社版 ），1990：6，頁二八——三〇；武治純：〈 探討台灣文學的主流和界說 〉，同上書，頁三一——三六；張恒春：〈 凸現主流與兼容並蓄 〉，同上書，頁三六——三九。

[26] 參梅子：〈木棉花開時節的盛會——追記全國第二次台港文學學術討論會〉，《台灣香港文學論文選》（福州：海峽文藝出版社，1985），頁三二五。

[27] 許翼心：〈香港文學的歷史考察〉，同上書，頁二六二——二六三。

[28] 黃重添：《台灣當代小說藝術采光》（廈門：鷺江出版社，一九八七），頁六一——六二。

[29] 許翼心，上引文，頁二七六。

[30] R. S. Crane, op. cit., p. 50.

[31] Stanley Fish, op. cit., p. 144.

[32] Ibid., p. 145. 參楊怡（譯）：〈文學能力〉（Jonathan Culler 原作），《讀者反應批評》，頁一七四——一九五。

[33] 古繼堂：《靜聽那心底的旋律——台灣文學論》（北京：國際文化出版公司，1989），頁十一。

舞雩歸詠春風香
——《論語·侍坐》章的結構分析

　　形式主義者雅克慎（Roman Jakobson，或譯雅各布森）曾提出了一個傳意模式（communication model[1]。他指出任何言語的六個組成因素：

語境（context）

信息（message）

說話者（addresser）——————————受話者（addressee）

接觸（contact）

語碼（code）

任何傳意都由" 說話者 "的" 信息 "構成，而以" 受話者 "爲終點。信息需要傳、受雙方之間的" 接觸 "，而這接觸包括了口頭的、視覺的、電子的形式接觸亦需通過言語、數學、書寫、音樂等媒介" 語碼 "才產生效果。而傳、受雙方亦要有共同可以理解的" 語境 "，否則信息便變得沒有意義：例如對不懂中國話的人說中國話，就等於白費氣力，又如在球賽中大談儒家哲學，都不會收到任何效果的。

　　從功能的角度來看，上表可轉成下表：

指涉的（referential）

詩歌的（poetic）

抒情的（emotive）─────────────────感染的（conative）

線路的（phatic）

後設語的（metalingual）

　　說話者要抒發思想感情，故他代表抒情功能，受話者得到信息後產生反應，故代表感染功能。傳、受雙方要先立接觸途徑，以方便信息的傳遞，這叫做線路功能。傳、受雙方要有共同語境，才可以把信息解讀，這就是言語的指涉功能。爲了澄清彼此間可能的誤會，有時我們對一些語碼加以解釋（例如球賽術語的解釋），這就是後設語功能。在文學作品中，信息不一定向別人傳遞，它可以是一個自足的整體。這種自相指涉情況就叫做詩歌功能。

　　以上是雅克慎的傳意模式的簡略介紹。古添洪曾以宋人話本〈碾玉觀音〉爲例來說明這模式[2]。我卻認爲《論語‧先進》的〈侍坐〉章更適合用作這模式的例子。首先，讓我們把原文抄錄下來：

　　　　子路曾皙冉有公西華侍坐。子曰：“以吾一
　　　　日長乎爾，毋吾以也！居則曰：不吾知也，
　　　　如或知爾，則何以哉？”
　　　　子路率爾而對曰：“千乘之國，攝乎大國之
　　　　閒，加之以師旅，因之以饑饉，由也為之，
　　　　比及三年，可使有勇，且知方也。’夫子哂
　　　　之。
　　　　“求！爾何如？”對曰：“方六七十，如五
　　　　六十，求也為之，比及三年，可使足民。如
　　　　其禮樂，以俟君子。”
　　　　“赤！爾何如？”對曰：“非曰能之，願學

焉。宗廟之事如會同，端章甫，願為小相
焉。"

"點！爾何如？"鼓瑟希，鏗爾，舍瑟而
作，對曰："異乎三子者之撰。"子曰：
"何傷乎，亦各言其志也。"曰："暮春
者，春服既成，冠者五六人，童子六七人，
浴乎沂，風乎舞雩，詠而歸。"夫子喟然嘆
曰："吾與點也。"

三子者出，曾皙後，曾皙曰："夫三子者之
言何如？"子曰："亦各言其志也已矣。"
曰："夫子何哂由也？"曰："為國以禮，
其言不讓，是故哂之。""唯求則非邦也
與？""安見方六七十如五六十而非邦也
者！""唯赤則非邦也與？""宗廟會同，
非諸侯而何？赤也為之小，孰能為之大！"

一開始，孔子是說話者，而子路四人是受話者。孔子叫學生們不
要拘謹，隨便發言。這樣就建立了接觸。他們的共同語境是治
國。（案"不知吾也，如或知爾"的"知"字，含有任用的意
思：例如〈憲問〉篇的"不患人之不己知，患其不能也。"就是
恐怕不勝任用的意思。）因此，第一段（"子路、曾皙……則何
以哉？"）可用下表說明

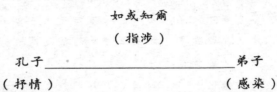

如或知爾
（指涉）

孔子＿＿＿＿＿＿＿＿＿＿＿＿弟子
（抒情）　　　　　　　　（感染）

毋吾以也

（線路）

第二段是子路的回答和孔子的反應。

子路＿＿＿＿＿＿＿＿＿＿＿＿＿＿孔子（哂之）

（抒情）　　　　　　　　　　　（感染）

三、四兩段是孔子的問和冉有、公西華的的回答。

求、赤＿＿＿＿＿＿＿＿＿＿＿＿＿＿孔子

求/赤爾何如

（線路）

　　第五段的＂點，爾何如＂和＂何傷乎，亦各言其志也＂兩句和上面的＂求/赤爾何如＂一樣都是用來打通線路的。並於＂暮春者……＂的答案表面上答非所問，但正代表曾晳對政治的烏托邦的嚮慕。它是自相指涉的，表現了詩歌功能。它呈現出一個理想的大同世界。（楊樹達《論語疏證》說：＂孔子所以與曾點者，以點之所言爲太平社會之縮影也。＂）

暮春者……

（詩歌功能）

曾　晳＿＿＿＿＿＿＿＿＿＿＿＿＿孔子（吾與點也）

（抒情）　　　　　　　　　　　　（感染）

《論語》的作者把曾晳的答案和其他的三個幷列，就如雅克愼所說的詩歌特色——把選擇軸移到組合軸上，從而產生譬喻作用。也即是說，讀者被迫去作自由聯想。不過，這類似於禪宗的對話，就會導人走入玄學方面去。例如朱熹的《集註》就說：

> 曾點之學，蓋有以見夫人欲盡處，天理流行，隨處充滿，無少欠闕。故其動靜之際，從容如此。而其言志，則又不過即其所居之

位，樂其日用之常。初無舍己為人之意，而
其胸次悠然，直與天地萬物上下同流，各得
其所之妙，隱然自見於言外。視三子之規於
事為之末者，其氣象不侔矣。故夫子歎息而
深許之。[3]

故錢地的《論語漢宋集解》說：＂此註甚玄，不易明了。＂（頁
六〇〇）又說：＂此章經文，本無難解之處，由於孔子喟然歎
曰：吾與點也，於是朱註進入玄道之境矣。＂[4]（頁五九九）

　　至於孔子的讚歎（＂吾與點也＂），它表現出感染功能。這
說明了文學作品對讀者所起的作用。只要讀者（受話者）和作品
（說話者）所說的＂心有所同然＂，就產生了共鳴。

　　最後一段，曾晳問孔子對其他三人的意見，這就相當於後設
語功能。孔子首先確定了＂言志＂是個範圍，然後以禮作為基準
（norm）來評論子路、冉有、公西華三人的答案。在儒家思想
中，禮是治國的基本原則，《左傳·昭公五年》說：＂禮所以守其
國，行其政令，無失其民者也。＂《國語·晉語》說：＂夫禮，國
之紀也。＂《禮記·樂記》說，＂禮者，天地之序也。＂這和＂荀
子·禮論》把它說成是宇宙的秩序一樣：＂天地以會，日月以明，
四時以序，星辰以行。＂總之，禮就是一切的秩序。《禮記·經
解》對禮的重要性特別強調：

禮之於正國也：猶衡之於輕重也，繩墨之於
曲直也，規矩之於方圓也。故；衡誠縣，不
可欺以輕重；繩墨誠陳，不可欺以曲直；規
矩誠設，不可欺以方圓；君子審禮，不可誣
以姦詐。是故，隆禮由禮，謂之有方之士；

> 不隆禮不由禮，謂之無方之民。敬讓之道
> 也。故以奉宗廟則敬，以入朝廷則貴賤有
> 位，以處室家則父子親，兄弟和，以處鄉里
> 則長幼有序。孔子曰：安上治民，莫善於
> 禮。此之謂也。

在《論語・八佾》篇中，孔子對季氏的越禮甚為氣憤，他説：' 是
可忍也，孰不可忍也。"這都可以看到儒家對禮的重視。

　　回到〈侍坐〉章。我們從本文可以看到四個弟子的答案是由
無禮進展到大同世界：

> 有勇、知方→禮樂則俟君子→宗廟會同→舞
> 雩歸詠

孔子對勇不甚贊同：故《陽貨》篇有" 惡勇而無禮者。"《顏
淵》篇亦有這樣的一段：

> 子貢問政，子曰："足食，足兵，民信之
> 矣。"子貢曰："必不得已而去，於斯三者
> 何先？"曰："去兵。"子貢曰："必不得
> 已而去，於斯二者何先？"曰："去食。自
> 古皆有死，民無信不立。"

子路的使民有勇的答案雖然不錯，而且也符合他的性格，（〈雍
也〉篇的" 由也果。"本篇的" 由也嗲"）但在孔子的眼光來
説，那是有所欠缺的，所以在本篇有" 由之瑟奚為於丘之門"之
間；而在〈公冶長〉篇則有" 不知其仁"的評語。在對答時，弟

子的態度則愈爲謙抑，由子路的"率爾而對"，冉有的"俟君子"，公西華的"願學"，到曾皙的"異乎三子之撰"，可見這一章並不是隨意的堆叠。泰雅諾夫（Juri Tynianov）說："作品的整體性不在於一個封閉的對稱的聚合，而是在一個開展的能動的結合。"[5]上面對四個弟子的見解和態度的分析可證明這一章可作爲文學作品看。

雅克愼對定式（Pattern）亦非常注意[6]。當我們細看這一章時，會發現很多重複的字和句所構成的定式。例如第一段的"無吾以也"和"不吾知也"都是"否定詞＋吾＋動詞＋也"的語法結構。而且吾和"如或知爾"的爾對稱，間接指明説話者和受話者的關係。

第二、三、四段中的"求/赤/點爾何如"，第一、二段的"由/求也爲之，比及三年，可使……"，第三段的"願學/爲小相焉"，第四、五段的"亦各言其志也"，和第五段的"唯求/赤則非邦也與"都用重複手法構成定式。

第三段的"願學焉"和"願爲小相焉"一同放在一個句子內，間接指出和強調了公西華的謙虛，因爲"學"和"爲小相"就成爲相類似的行爲，根據雅克愼的"對等原理（principle of equiva-lence）"，讀者會覺得公西華很謙遜。第四段的"鼓瑟希"和"舍瑟而作"把瑟字突出。孔子對音樂治國的關係很重視。〈衛靈公〉篇中孔子説治國要用韶舞；〈陽貨〉篇中孔子同意子游用絃歌治武城，"割雞焉用牛刀"不過是戲言罷了。《禮記・樂記》説："聲音之貴，與政通矣。"又説："審樂以知政，則治道備矣。"這兩句話就可以看出儒家對禮的重視。本篇記有孔子對子路的批評："由之瑟奚爲於丘之門？"根據《説苑・脩文篇》，孔子的理由是："今由也，匹夫之徒，有亡國之聲，豈能保七尺之身哉！"

至於"唯求/赤則非邦也與"兩句，據邢昺的説法，它們是孔

子的說話（朱熹則以爲是曾皙的問題）。作爲修辭性問題
（ rhetorical question ），它們表示孔子讚許他們的謙遜態度。公西
華可能過於謙虛，他和子路比較，可謂 " 過猶不及 "（本篇〈師
與商孰賢 〉、〈 聞斯行諸 〉章亦同此意）。

　　上面的分析使我們對雅克愼的學說更深入的了解：而定式的
認識和對等原則的運用則說明了這章的文學性。我們亦看到要明
白這章意義，就要牽涉到其他篇章，這也證明了茱利亞·克莉斯蒂
娃（ Julia Kristeva ）所指出的：任何 " 文本 " 都不能完全脱離其他
本文。它將捲入她所謂的所有作品的 " 本文相互作用性（ intertex-
tuality ） "[7]。兩個瑟字和它所賦有的涵義，把曾皙的答案更突
出來，而它裏面的數字（五六和六七）和冉有答案裏面的（六七
十和五六十）又遙相呼應，所以整章文字結構非常嚴謹。

　　我們也可以用巴爾特（ Roland Barthes ）的五個語碼來分析這
章文字[8]。這五個語碼是：

　　①詮釋語碼（ hermeneutic code ）——叙述本身提出問題和懸
念，慢慢給予解答。

　　②能指語碼（ code of signifiers ）——叙述後用文字的暗示和
多種內涵。

　　③象徵語碼（ symbolic code ）——和（ 2 ）差不多，指以不同
方式或手段有規律的重複的結構。

　　④行動語碼（ proairetic code ）——本文中有 " 合理地確定它
本身結果的能力 " 的行動。

　　⑤文化語碼（ cultural code ）——在閱讀過程中，確認約定俗
成的權威性的文化形式。在〈 侍坐 〉章裏，我們可以依次指認：

　　①詮釋語碼：整段的問答過程最後指向一個結論——用禮樂
治國達到大同世界。

　　②能指語碼：文本中的 " 有勇 "、" 知方 "、" 足民 "、
" 宗廟會同 " 等都和政治有關，構成了這章的主題。

③象徵語碼：瑟可作爲禮樂代表，"風乎舞雩，詠而歸"同樣可作爲象徵。

④行動語碼：子路的"率爾"作答，和曾晳的"鼓瑟"，都有"合理地決定行動結果的能力。"

所以子路被哂，而曾晳則被老師所賞。

⑤文化語碼：以禮治國是儒家思想的基本原則，故"爲小相"去處理"宗廟會同"之事實和治國有關。

綜合上面的討論，〈侍坐〉章的結構和它的文學性就顯現出來；而雅克慎的傳意模式中的六個元素和功能也可以借上面的分析使我們更加了解語言的功用。雖然這種分析並不包括價值判斷，對作品的好壞不能作出評估，但是通過它，我們可以看到作者/編者的匠心。他把讀者從足食、足兵（"加之以師旅，因之以饑饉"）帶到去大同世界。比較隱晦的是孔子對謙虛的要求。他對"不遜以爲勇"的子路的批評，和對冉有、公西華的心許，加上曾晳"異乎三子者之撰（作'善'解）"的自謙，就顯示出謙遜這個副主題。技巧的分析，並不純是形式主義的把戲，它可以幫助我們在本文中有所發現。

最後，"暮春者"幾句抒情說話在平實的問答中更覺突出，使這一章出色不少，難怪受人傳誦千古了。至於"吾與點也"一句，後世解經的人雖然走入了玄道，但它也說明了現代西方文論家伊賽（Wolfgang Iser）所提出的"文學作品留有空白（blank），讓讀者去馳騁其想像"這個意見。中國歷來所謂"讀書有間"的說法，倒也和它相似。

從語言行爲（speech act）的角度來看，一個句子（locution）有授意（illocutionary）和受意（perlocutionary）兩方面。換句話說，講者說話時通常有授意的作用，例如提出己見（叫人去接受它）、提出問題（要人去回答），提出要求（要人去做某些事）等。而聽者在聽了說話之後，作出適當反應，這就叫授意效果

（perlocutionary effect）。在〈侍坐〉章中，孔子叫學生説出個人志願，是"授意"，而學生的回答是"受意"。至於"暮春者"幾句，雖然是曾晢答案的一部分，但似乎是答非所問。上文已説過，這幾句有詩的功能。根據萊文（Samuel R. Levin）的説法，一首詩的前面通常隱含一句前言，如"我幻想這麼一個世界，請你也參與"等，這叫做隱藏的前言（implict higher sentence）"暮春者"幾句的前言，可能是："我有一個理想世界，在這世界中……。"它表面好像是答非所問，實際是邀請讀者參與一個詩的世界的訊號，而且導致讀者願意地把不信任的心理收起（willing suspension of disbelief）。如果讀者堅持詩的歷史真實或客觀真實時，他就對詩的意義完全誤解。[9]

　　綜合來説，上面的分析使我們清楚了解雅克慎等人對語言的見解。通過它們在〈侍坐〉章的應用，我們對詩和散文的分野，和〈侍坐〉章的意義更加了解。總之，形式／結構主義對文學研究是有很大幫助的。

註釋

[1]　參考 Terence Hawkes, Structuralism and Semiotics（Berkeley: University of California Press, 1977）, pp. 83－86. 中譯本題《結構主義和符號學》（瞿鐵鵬譯）（上海：上海譯文出版社，1987），頁83－86。

[2]　古添洪，《從雅克慎底語言行爲模式以建立話本小説的記號系統》，《中外文學》十卷十一期（一九八二年四月），頁一四八——一七五；又轉載於寧宗一、魯德才編，《論中國古典小説的藝術——台灣香港論著選輯》（天津：南開大學出版社，一九八四），頁八六————一一。

[3]　朱熹，《論語集註》（台北：中華叢書委員會，1958），卷6，頁525。

[4]　錢地，《論語漢宋集解》（台北：自印本，1978），卷11。

[5]　見 Juri Tynianov, The problem of Verse Language（tr. Michael Sosa

and Brent Harvey (Ann Arbor: Ardis, 1981), p. 33.

[6]　見 Jonathan Culler, structuralist Poetics: Structuralism, Linguistics, and the Study of Literature(Ithaca: Cornell University Press, 1975), p. 56

[7]　Terence Hawkes, op. cit. , p. 144；中譯本，頁150。

[8]　Terence Hawkes, op. cit. , pp. 116－118；中譯本，頁119－122。

[9]　參考 Samuel R. Levin, "Concerning what kind of speech act a poem is, "in Pragmatics of Language and Literature(ed. Tuen A. van Dijk) (Amsterdam: North－Holland Publishing Co. , 1976), pp. 141－160.

杜甫〈詠懷古跡五首〉細析

　　〈詠懷古跡五首〉（見附錄一）雖然不及〈秋興八首〉那麼
有名，但也是杜詩中的表表者。這幾首詩是否是連章之作，曾經
引起了一些爭論。浦起龍《讀杜心解》認爲：“此（第一首）詠
懷也，與古跡無涉，與下四首亦無關會。古跡則各人其人，各事
其事”（頁六五七）。但楊倫《杜詩鏡詮》卻說：“此五章乃借
古跡以詠懷也。……或疑首章與古跡不合，欲割取另爲一章，何
其固也”（卷十三，葉二六下）。朱東潤也說：

> 　　到達夔州以後，杜甫在這方面經過不斷的琢
> 磨，因此寫成〈諸將五首〉、〈秋興八
> 首〉、〈詠懷古跡五首〉這三組有名的律
> 詩，前後呼應，成爲不可磨滅的大篇。明代
> 鍾惺、譚友夏選《唐詩歸》把這幾組拆散，
> 挑選其中的幾首，完全抹殺了組詩的偉大意
> 義，因此成爲中國文學史裏的笑柄，實在是
> 不勝遺憾的。（《杜甫敍論》，頁一六二）

饒宗頤師亦認爲這組詩是聯章詩（〈論杜甫夔州詩〉，《中國文

學報》十七册，頁一一二，馮至《杜甫詩選》，頁二二三，則説：" 每首分詠 ")。四川文史研究館編的《杜甫年譜》説得更清楚：" ＜秋興＞、＜諸將＞、＜詠懷古跡＞諸詩皆七律之連章詩，雖每首各爲一章，然合起全篇又成爲有機體之互相連貫組織；此種體製是作者就普通格律形式而加以新的發展，是前人所未有而爲作者之所獨創 "（頁一〇五下）。

至於杜甫在這時期所寫的詩（即所謂 " 夔州詩 " ）有甚麼特色這問題，也有不同的見解。黃庭堅 " 以理爲主 "，故認爲這些詩 " 簡易而大巧出焉 "。這就是説他的詩不重在感情的宣洩，辭藻的修飾，而是以理性爲主，文字則歸於質樸。習慣於 " 詩賦欲麗 " 的人就覺得不學 " 選體 " 的詩就不太好。尤其是連章詩常令人有複沓的感覺，所以朱熹説：" 夔州詩卻説得鄭重煩絮 "，又説 " 杜子美晚年詩，都不可曉 "（以上取自上引饒文）。不管我們對黃、朱兩人的意見有甚麼樣的看法，下面的分析會使我們了解夔州詩的特色──以理性和質樸爲主。（三寶政美亦指出夔州詩的特色是内省的。見＜夔州における杜甫──その回想詩をめぐつて＞，《東洋學集刊》十五期，頁四九。

一

先從文字來看。（1）由於中國古典詩要避重複字句，因此當我們遇到有重複字的時候，就要特別留心，因爲這不會是作者的疏忽所致。（2）用作虛字的連接詞亦暗示出前後的關係。（3）由於避免重複，作者常會用 " 文本互涉 "（intertextuality）的方法暗示章句間的關聯。（4）同一主題的篇章當然亦指向相連的關係。根據這四點，我們可以看到下面的事實。

（一）第一首的 " 三峽 " 又見於第四首。可見它們彼此有點關係。

（二）第二首 " 風流儒雅亦吾師 "，沈德潛《杜詩評鈔》引楊西河評云：“亦字承庾信來，有嶺斷雲連之妙”（頁二四六）。

　　（三）第三首“生長明妃尚有村”句中的“尚”字顯然是承着第二首的“最是楚宮俱泯滅”而來。

　　（四）第一首的“蕭瑟”是用〈哀江南賦〉的“壯士不還，寒風蕭瑟”的典實。第二首的“搖落深知宋玉悲”顯然是用宋玉〈九辯〉中的：“悲哉秋之爲氣也！蕭瑟兮草木搖落而變衰。憭慄兮若在遠行；登山臨水兮送將歸。……坎廩兮貧士失職而志不平，廓落兮羈旅而無友生；惆悵兮而私自憐。”我們注意到〈九辯〉的“蕭瑟”和第一首的“蕭瑟”也是桴鼓相應。

　　（五）此外，〈九辯〉還說：“有美一人兮心不繹；去鄉離家兮徠遠客，超逍遙兮今焉薄？專思君兮不可化，君不知兮可奈何！……願一見兮道余意，君之心兮與余異。”這幾句也帶出第三首的王昭君。

　　（六）第四、第五首同詠諸葛亮，它們的關係至爲明顯，不必再贅。

　　如果我們以文本互涉的角度來看杜甫在當時所寫的詩，我們可以看到很多文字或意義相近的句子。例如〈秋興八首〉第一首的“玉露凋傷楓樹林，巫山巫峽氣蕭森”兩句就很容易使我們聯想到宋玉的〈招魂〉和〈九辯〉，也當然和（四）有關了。而第七首的“織女機絲虛夜月”，文字上就和“環珮空歸月下魂”很近似。又例如〈第五弟豐獨在江左，近三四載寂無消息，覓使寄此二首〉的第二首有“風塵淹別日”句，它和“支離東北風塵際，……三峽樓台淹日月”相近；〈有歎〉的“天下兵常鬥，江東客未還”和“詞客哀時且未還”相近。〈謁先主廟〉的“如何對搖落，況乃久風塵”和“支離東北風塵際”、“搖落深知宋玉悲”相近。從這些例子看，〈詠懷古跡五首〉和其他的夔州詩是可以互相印證的。詩人王嗣奭認爲“公（指杜甫）自蕭瑟，借詩以陶冶性靈，而借信以詠懷也”（《杜臆》，頁二七九）。如果我們仔細一點去看，我們可以見到一個事實，那就是這五首詩或多或少都和〈哀江南賦〉有關。因此，仇兆鰲所說“首章拈庾信，從自敘帶言之耳”（《杜詩評註》，頁一五〇〇）的話，是不正確的。

第一首的“支離”、“暮年”應出於“藐是流離，至於暮齒。”“蕭瑟”出於“壯士不還，寒風蕭瑟。”它又和第二首“搖落”暗中呼應。

第二首的“風流儒雅”出於庾信的〈枯樹賦〉。

第三首，“一去”和“空歸”都出於〈哀江南賦〉，

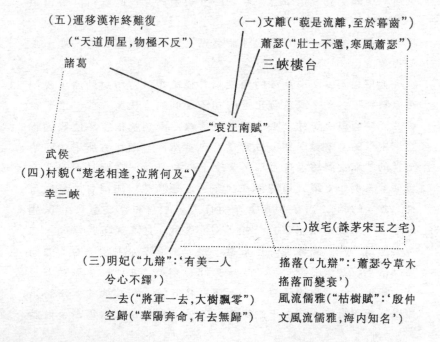

　　第四首，"走村翁"一般都以爲是田夫野老忙於爲祭祀奔走。但用"走"字似乎和常理不合。我以爲這短句應出於"楚老相逢，泣將何及。"這組詩是對劉備/唐主的批評（說詳後），故用"文本互涉"的看法可以發揮出"走村翁"的隱義。又"三峽"和第一首呼應。

　　第五首"運移"句亦出自〈哀江南賦〉。

　　以上的說明都指出〈詠懷古跡五首〉是互相扣連的，不是隨便把同題目或同主題的詩集合在一起那麼簡單（參見上圖）。

二

　　這一組詩的主題究竟是甚麼呢？山東大學中文系古典文學教研室的《杜甫詩選》說：五首"都或顯或隱地表現了作者生活漂泊，政治失意的身世之感"（頁二六四）。但是，我卻認爲主題不是這麼簡單。我現在用雪果樂夫（Yuri Shcheglov）和梭爾哥夫斯基（Alexander Zholkovsky）合著的《表達詩學——理論和實踐》（Poetics of Expressiveness：A Theory and Applications）一書中的方法來分析這組詩的主題。首先要指出的是《表達詩學》這本書是俄國形式主義的著作。它指出主題和文本（text）有着密切的關係。而主題是通過"表達技法"（expressive devices）來顯現。這些技法包括具體化（concretization）、變化（variation）、擴增（augmentation）等。現在讓我們先解析一下這五首詩。

　　第一首的主題應包括（1）自傷漂泊（前四句），（2）評論時事（第五句），（3）懷才不遇，有志未伸（末二句）。開始時，作者不用"流離"而用"支離"，更見漂泊之苦，因爲"支離"是形體不全"的意思。第四句的"衣服"使人想起〈秋興八首〉的"文武衣冠異昔時"。第五句的"無賴"，周振甫以爲是指安祿山（《唐詩鑒賞集》，頁一六五。明顏過架《杜律意箋》，頁二四一，也說："祿山事主無賴，爲亂之首"）。我則以爲它是形容"羯胡事主"這事。所謂"非我族類,其心必異",胡人替中國朝廷做事始終是靠不住的。(張性《杜律演義》,頁一三三,説:"言此羯胡事君之節,終不可仗";又見虞集《杜律虞註》,頁二八。)由於"終"字是副詞,"無賴"應是形容詞,不應是名詞。末句"動江關"應是"感動(南)江(北)關的人"的意思。有人認爲最後兩句和〈戲爲六絶句〉的"庾信文章老更成,凌雲健筆意縱橫"相似;更引伸説"杜甫入川以後,風格更爲沉鬱蒼勁,情況也(和庾信)有些相似"(《唐詩鑒賞集》,頁一六六)。這就是"以斯文爲己任"(仇《註》,引《杜臆》,頁四九九)的變調。但是,從整首詩看來,這個解釋似乎未能契合前面所表達的意思。我覺得這兩句的意思是:庾信晚年的〈哀江南賦〉,表達他那時最淒涼的況味,因此大家讀過之後,都會很感動。另一方面,它表露出杜甫自己的羈旅和不得志的情懷,來回應開頭的四句。我們可以表解如下:

第　一　首

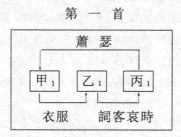

甲₁:漂泊
乙₁:評論時政
丙₁:不得志

　　第二首的"搖落深知宋玉悲"顯然是承接第一首的"蕭瑟"和它所暗示的〈哀江南賦〉序而來(宋玉〈九辯〉的末句是"魂兮歸來哀江南")。第二句的"風流儒雅"一般人以爲指宋玉。《杜律意箋》說：“是吾師謂宋玉之詞賦也”（頁二四三）。浦起龍《讀杜心解》說：“四人（指庾、宋、劉、諸葛）中，獨宋玉文章，與公相似，……故……以〈風雅吾師〉推之”（頁六五八）。仇兆鰲更說：“宋玉以屈原爲師，杜公又以宋玉爲師，故曰亦吾師”（頁一五〇一；施鴻保，《讀杜詩說》，頁一六七，亦說以宋玉爲師）。我以爲這四字出於〈枯樹賦〉，故“亦吾師”指庾信，對上面一首有着承接作用。故用“亦”字來表示連接作用。第三句失粘（宋胡仔《苕溪漁隱叢話》前集卷七說：“七言律詩至第三句便失粘，落平側，亦別是一體”）。從形式主義觀點來看，這是作者提示讀者注意這首詩的一個辦法。第四句的“異代”和“不同時”在意義上是重複的（郭正域《批點杜工部七言律》，頁九九，說：“異代即不同時，今人便以爲重”）。但事實上，異代是指宋、庾二人，而“不同時”則是杜甫的歎息。“江山”兩句，《杜臆》的解釋是不錯的。它說：“玉之故宅已亡，而文傳後世。其所賦陽台之事，本託夢思以諷君。”不過，楚國宮室已湮沒不存。末句的“疑”字，可指宮室或荒台遺址來說，正像李白詩所說“楚王台榭空山丘”（〈江上吟〉）的意思。仇《註》引另一個說法，引申了這兩句的意思，認爲“富貴而名湮沒者，烏足與詞人爭千古哉。”黃生《杜工部詩說》：“若夫宋玉之辭賦長存，楚王之富貴灰滅，百世而下，士之懷文采而不得志者，亦多可以慨然而興起矣”（頁四九五）。他們說這些話，倒有點自我陶醉了。倪其心說：“前人或說，此言古人不可復作，而文采終能傳也。則恰與杜甫本意相違，似爲非是”（《唐詩鑒賞詞典》，頁五七六——七）。這個強調文章不朽的說法似乎不太配合上面的“悲”、“恨”、和“蕭條”，而且有點阿Q精神。我以爲“疑”是對〈高唐賦〉的疑。這正如李商隱的詩句——“一自高唐賦成後，楚天雲雨盡堪疑”（〈有感〉）。不過，作者並非對託諷的事有所懷疑，而是對託諷的效果有懷疑。因爲如果它有效，楚國不會滅亡；楚國滅亡，即是説諷諫無效。對希望能"致君堯舜上"（〈奉贈韋左丞丈二十二韻〉）的杜甫來説，這是一個自嘲。這一個解釋增强了整組詩的悲劇效果。（我們要注意詩中的虛字。黃生在《杜工部詩説》，頁四九六，指出："空字、豈字、最是字是詩中筋節眼目，多少言外之意，皆以數虛字見之。"）

第二首的表解以及第一、第二首的關係如下圖：

第　二　首

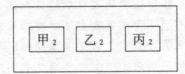

甲₂：漂泊不得志
乙₂："高唐"諷諭
丙₂：諷諫是否有效

第一、二首

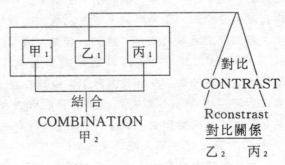

第三首"羣山"句有"造化鍾神秀"（〈望嶽〉）的意思（案"荆門"指荆楚門户，見舒化龍、蕭淑琴，《古詩文詞語紛

義辯析 》，頁二九）。它和第二句的"尚有村"是作者特意安排
來和"楚宮泯滅"作一對比的。從形式主義觀點來看，詩裏面的
兩個"明"字並不是缺點（仇《註》引陳注："明字犯重"），
而是作者要點"明"他的目的是議論時政。這首詩是把第二首的
諷諭加以具體化（concretization）。作者用人人皆知的昭君故事來
說明：她離開中國之後，就給無邊際的空間和長流不息的時間孤
立起來（"一去紫臺連朔漠，獨留青塚向黃昏"）。"畫圖"句
的"省"字應作動詞（有人認爲應作副詞，解作"大約"；《杜
律意箋》說，"省，少也"），和"識"字合成一複詞（施鴻保
《讀杜詩說》亦說："省，審也"，見頁一六七；參考傅庚生
《杜詩析疑》，頁一九七──九八）。這一句含有反諷，即是
說：他們要從畫圖來知道活人的眞面目，因而造成了王昭君的悲
劇。

死物（畫圖）→生物（春風面）
生物（有環佩的人）→死物（魂）

這一個並列（Parataxis），就顯出帝王的顢頇（浦起龍上引書，頁
六五八，說："'省識'只在畫圖，正謂不'省'也"，亦是這
個意思）。他們的錯失，給人民很多的痛苦（明朝王文祿《詩
的》，頁五，說："春風面，生也；畫圖，死也；死中見生也。
……月夜魂，死也；環珮，生也；生中見死也）。高陽（許晏
駢）認爲"環珮"句"亦指元帝單戀之情。……然則省識以後如
何？自然有無限追悔，無限的相思"（《高陽說詩》，頁一
五）。這可以說是小說家言，全無故實。王弼所謂"一失其原，
巧愈彌甚，縱或復值，而義無所取"，是值得研究者鑒誡的。
"琵琶作胡語"亦是陌生化（defamiliarization）的手法，因爲琵琶
是樂器，可作胡聲、胡音，不可作胡語。末句說明作者在委

“曲”中作一些議“論”來表“明”自己（或昭君）的“入朝見
妒”（仇《註》）的怨恨。

第三首的表解以及第二、第三首的關係如下圖：

第　三　首

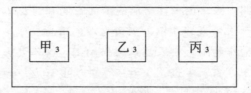

甲₃：靈氣所鍾之昭君被派和番

乙₃：帝王態度造成不幸

丙₃：評論

第二、第三首

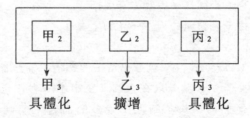

第四首中的第一句，有人以爲作者以蜀爲正統。仇《註》
說：“當云‘漢主征吳幸三峽’，尤見正大”（浦起龍《讀杜心
解》，頁六四九，亦認爲杜甫以蜀漢爲正統）。這是古人讀書不
通，亂改原作的最佳例子。（王文祿亦要改“分明怨恨曲中論”
爲“分明黃鵠曲中論”。）杜甫用“窺”字是對劉備爲關羽報仇
去攻打吳國的批評。他在膾炙人口的〈八陣圖〉也說：“遺恨失
吞吳”（意思是：“遺恨在於吞吳計劃之失”。這和下一首“失
蕭曹”句中的“失”字含義一樣。參考傅庚生《杜詩析疑》，頁

一九三）。如果“幸”字真的表示蜀漢是正統的話，“窺”字就
成了反諷了（《杜律意箋》，頁二四八，也說：“孔明出草廬
時，言吳爲可援，今乃窺吳，是先主失計也”。第二句“崩年亦
在永安宮”是不合邏輯的，因爲“年”和“宮”有著時、空的差
別，而且劉備是在伐吳的第二年才死，因此“亦在”這兩個字在
字面上是說不通的。這也是陌生化的手段。這一句詩的意思是
“禍不旋踵”。同時，根據歷史，劉備戰敗後，把魚服這地方改
名爲永安。因此，崩年和永安就構成悖論（paradox）。“翠華想
像空山裏，玉殿虛無野寺中”兩句的意思是“夢想成空”，更加
強了反諷的意味（徐仁甫《杜詩注解商榷續編》，頁一〇六，指
出“想像”是“彷彿”的意思）。“古廟杉松巢水鶴”這一句的
意思，以往的解釋都認爲是荒涼景況的描寫。但是，我以爲鶴是
水鳥，不巢在松杉之上。〈古柏行〉說，孔明廟前的古柏是“黛
色參天二千尺”，雖然是誇大來說，但可見它的頂部和水面距離
是多麼的遠了。而且作者強調“水”字，顯然是暗示不協調的意
思。這和《楚辭·九歌》裏面的“采薜荔兮水中，搴芙蓉兮木末”
和“麋何食兮庭中，蛟何爲兮水裔”這幾句一樣，表示出《孟
子》所謂“緣木求魚”的意思。在文學手法上，這是因“地方失
當”（dislocation）而產生反諷的效果。換句話說，劉備攻吳，一
意孤行，又想長治久安，那真是“緣木求魚”了。如果這個解釋
是正確的話，下一句的“村翁”就是〈哀江南賦〉裏面的“楚
老”（見上）了。全句的意思是：在田家休息的時候（農夫在春
秋二祭時得以休息；楊惲〈報孫會宗書〉：“歲時伏臘，烹羊炰
羔，斗酒自勞”），聚在一起談論古事，不免歎息。這是中國文
學傳統中的“漁樵話興亡”的原型（archetype）。以往的解釋
（“走村翁，以見祭之勤”，見仇《註》）把前面五句的反諷效
果都破壞了。我們要知道，杜甫在這時期寫的詩，所含的諷諭有
時是很隱微的。例如〈能畫〉這首詩，就是明證：

　　　　能畫毛延壽，投壺郭舍人，每蒙天一笑，復
　　　　似物皆春。政化平如水，皇明斷若神，時時
　　　　用抵戲，亦未雜風塵。

　　說到第七句，"武侯祠屋"的"屋"字一向都不受注意。但是
"祠屋"這個詞兒並不常見，而"屋"字是蓋上頂蓋的意思。古
代把敵國打敗以後，便把敵方的祝廟加上頂蓋，使他們不能再和
上天交通（《禮記・郊特牲》："是故喪國之社屋之，不受天陽
也"）。因此，"屋"字就有亡國的意思。根據這個意思，我認
爲作者用"祠屋"不用"祠廟"是對劉備的攻吳有所批評。至於
"君臣一體"的意思，一般人都因劉備而及諸葛亮，所謂"君明
臣忠"。但金聖歎卻說："非幸其君臣一體，正傷其君臣無別
也"（《唱經堂杜詩解》，頁三七八），即是說，人們不能分清
楚劉備在歷史上的責任。他的錯誤決定使漢祚難復，諸葛身殲
（《杜律意箋》，頁二四八，說："孔明出草廬時言吳可援，今
乃窺吳，是先主失計也"）。只知歌頌君臣一體，實在未算有
識。這樣說來，下一首特別標出諸葛是有意義的。因爲如果不是
諸葛，劉備就會聲沉響絕了（濮禾章〈略談杜甫詩中所詠的劉
備〉認爲，在〈八陣圖〉詩中，第四句下了一個"恨"字和一個
"失"字，就對劉備的過失作了有力針砭。見《草堂》一九八五
年第一期，頁七二）。
　　第四首的表解以及第三、第四首的關係如下圖：

第 四 首

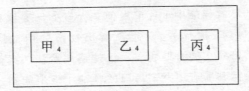

甲₄：劉備伐吳
乙₄：夢想成空
丙₄：評論（無臣不有君）

第三、第四首

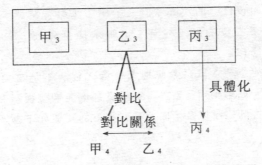

最後一首表明主題——借劉備不聽諸葛之籌策遂致漢祚難復，總結全篇。這一首詩以議論見稱，《杜臆》說：“有太史公筆力，薄宋詩者謂其帶議論，此詩非議論乎？”（頁二八一）《杜詩評鈔》說：“此議論之最高者，後人謂詩不必著議論，非通言也”（頁二四七）。前四句簡明易曉，但第四句略要加以討論。一般人把“一羽毛”解作“鳳凰”，用來比喻諸葛亮之才華品格（仇《註》，頁一五〇六，引俞氏說：“一羽毛如鸞鳳高翔，獨步雲霄，無與爲匹也”；焦竑亦說：“三分割據……正如雲霄間一羽毛耳”）。但我以爲“一羽毛”是說劉備對諸葛不加重視。范肇雲《歲寒堂讀杜》說：“所謂高義薄雲霄者，徒付之

灰飛煙滅，不啻輕於鴻毛。此痛惜之詞，非贊誦語"（頁八七
七）。在別的詠武侯詩中，杜甫讚他"大廈如傾要樑棟，萬牛迴
首丘山重"（〈古柏行〉）。這就看出杜甫的用意所在（其實
"紆籌策"的紆字，亦有貶義）。根據這一看法，我們可以解釋
五、六兩句：諸葛雖有伊尹、呂尚的才能，但不能指揮即定，不
能和蕭何、曹參相比。一般說法認爲蕭曹比不上諸葛（參考周振
甫文，頁一六九———一七〇），金聖歎卻說："然耕莘釣渭，得
與尹呂同其清高；而蕩秦滅楚，不得與蕭曹同其功烈；何邪？此
由漢祚之已改，非軍務之或疏也"（上引書，頁三七九）。就是
說，蕭曹能助劉邦建立漢朝，但諸葛則復漢不成，徒然有"鞠躬
盡瘁，死而後已"的決心，但一子錯，滿盤皆落索，聯吳失敗，
遂令軍事上左支右絀，終至"出師未捷身先死，長使英雄淚滿
襟"（〈蜀相〉）。

　　《杜律意箋》以爲蕭曹是"霸者之佐，不足言矣"。這說法
是錯誤的。如果劉邦是霸王，劉備爲甚麼要恢復漢室？

　　第五首的表解以及第四、第五兩首的關係如下圖：

第　五　首

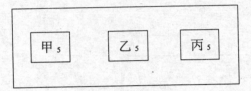

甲₅：稱諸葛之才略

乙₅：劉備不聽諸葛之勸

丙₅：爲諸葛惜,亦論帝王不聽臣下之言,
　　　遂令臣下作無謂之犧牲。

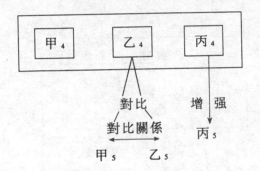

我們可以把上面的圖表綜合起來，得出下面的關係：

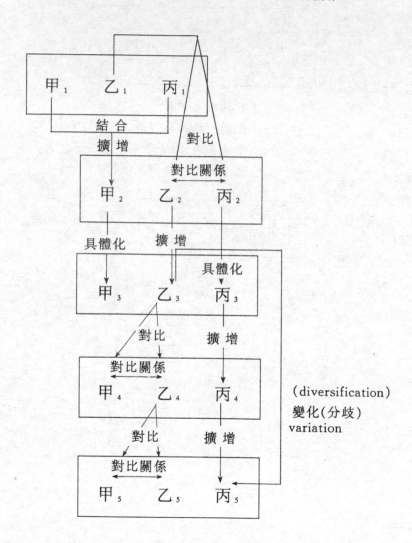

　　從上面的圖表中，我們可以看到杜甫喜歡用對比造成反諷的
效果。同時在分析過程中，他喜歡用模稜（ambiguity）來提出他
的批評。可能這是他晚年寫詩的手法，所以胡夏客說他：" 夔州
以後，又縱情雜亂，不及前矣 "（轉引自方瑜《杜甫夔州詩析
論》，頁二）。日人黑川洋一也說：" 杜甫……晚年詩則不明
確，而且相當複雜……"（《杜甫の研究》，轉引自方瑜，上引
書，頁三）。

　　杜甫又用分歧，（diversification）的手法分詠古跡，故此表面
上每首詩都可以獨立，彼此間無必要的聯繫。這種手法目的是偽
裝，把要說的話，不太明顯地說出來，以減輕突兀程度。我們從
表解分析中，可以看到詠懷部分到第三首就不再發展下去。這部
分說明了他為甚麼會漂泊流離。

　　　（第一首）　　　（第二首）　　　（第三首）
　　　漂　　　泊 ← 諷　　　諫 ← 君主不明

至於評論部分則從第一首的" 終無賴 "（" 是靠不住的 "）發展
到第五首的" 物極不反 "，孔明齎志以歿，可說是愈來愈尖銳。

（第一首）（第二首）（第三首）　　　（第四首）　　　（第五首）　　　（主題）
終無賴→雲 雨 荒 台→怨恨曲中論→窺吳，翠華玉殿純屬夢想→漢祚難復→君不納諫終至覆滅

　　　上面的分析說明了杜甫夔州詩的特色和〈詠懷古跡五首〉的
章法。更重要一點是證明了這組詩是以〈哀江南賦〉為基礎。因
此，那些認為第一首借庾信以發端（《杜詩鏡銓》，卷十三，葉
二六下），或" 從自敘帶言 "庾信的說法是錯誤的。對杜甫這時
期的詩，我們或許應接納清代黃子雲的說法：

　　　七律上下千百年，無倫比。其意之精密，法之變化，句之沉

雄，字之整鍊，氣之浩瀚，神之搖曳，非一時筆舌所能罄（《野
鴻詩的》，頁八五〇）。

　　總結來說，用形式主義的方法，我們可以確知〈詠懷古跡〉
的主題，同時這五首詩是一組詩，是不應分割成爲獨立的篇什
的。

　　　　　　　　一九八八年十月八日定稿於香港大學中文系

附錄一 詠懷古跡五首

支離東北風塵際，漂泊西南天地間。三峽樓台淹日月，五溪
衣服共雲山。

羯胡事主終無賴，詞客哀時且未還。庾信平生最蕭瑟，暮年
詩賦動江關。（其一）

搖落深知宋玉悲，風流儒雅亦吾師。悵望千秋一灑淚，蕭條
異代不同時。

江山故宅空文藻，雲雨荒臺豈夢思？最是楚宮俱泯滅，舟人
指點到今疑。（其二）

群山萬壑赴荊門，生長明妃尚有村。一去紫台連朔漠，獨留
青塚向黃昏。

畫圖省識春風面，環珮空歸夜月魂。千載琵琶作胡語，分明
怨恨曲中論。（其三）

蜀主窺吳幸三峽，崩年亦在永安宮。翠華想像空山裏，玉殿
虛無野寺中。

古廟杉松巢水鶴，歲時伏臘走村翁。武侯祠屋長鄰近，一體
君臣祭祀同。（其四）

諸葛大名垂宇宙，宗臣遺像肅清高。三分割據紆籌策，萬古
雲霄一羽毛。

伯仲之間見伊呂，指揮若定失蕭曹。運移漢祚終難復，志決
身殲軍務勞。（其五）

附錄二　引用書目

人民文學出版社編：《唐詩鑒賞集》（北京：人民文學出版社，一九八一）。

三寶政美：〈夔州における杜甫──その回想詩をめぐって〉，《東洋學集刊》十五期（一九六六年五月）頁三八──五〇。

上海辭書出版社編：《唐詩鑒賞詞典》（一九八四）。

山東大學中文系古典文學教研室：《杜甫詩選註》（北京：人民文學出版社，一九八〇）。

仇兆鰲：《杜詩詳註》（北京：中華書局，一九七九）。

方瑜：《杜甫夔州詩析論》（臺北：幼獅文化事業公司，一九八五）。

王文祿：《詩的》（《叢書集成》影印《百陵學山》本）。

王嗣奭：《杜臆》（北京：中華書局，一九六三）。

四川省文史研究館：《杜甫年譜》（成都：四川人民出版社，一九五八）。

朱東潤：《杜甫叙論》（北京：人民文學出版社，一九八一）。

朱偰：《杜少陵先生評傳》（臺北：東昇出版事業公司，一九八〇）。

沈德潛：《杜詩評鈔》（日本明治三十年（一八九七）刊本）。

金聖歎：《唱經堂杜詩解》（臺北：大通書局影印宣統庚戌年（一九一〇）本）。

施鴻保：《讀杜詩說》（上海：中華書局，一九六二）。

徐仁甫：《杜詩注解商榷》《續編》（成都：四川人民出版社，一九八六）。

高陽（許晏駢）：《高陽說詩》（臺北：聯經出版事業公司，一九八二）。

浦起龍：《讀杜心解》（北京：中華書局，一九六一）。

張性：《杜律演義》（臺北：大通書局影印明嘉靖本）。

郭正域：《批點杜工部七言律》（臺北：大通書店影印崇禎本）。

傅庚生：《杜詩析疑》（西安：陝西人民出版社，一九七九）。

舒化龍、蕭淑琴：《古詩文詞語紛義辯析》（廣西人民出版社，一九八三）。

黃子雲：《野鴻詩的》，見丁福保編：《清詩話》（上海：古籍出版社，一九七八）。

黃生：《杜工部詩說》（京都：中文出版社影印本，一九七六）。

馮至：《杜甫詩選》（北京：人民文學出版社，一九五七）。

楊倫：《杜詩鏡銓》（清同治十一年刊本）。

虞集：《杜律虞註》（臺北：大通書局影印明刊本）。

濮禾章：〈略談杜甫詩中所詠的劉備〉，《草堂》一九八五年第一期，頁六九──七二。

顏廷榘：《杜律意箋》（臺北：閩南同鄉會影印萬曆本，一九七五）。

饒宗頤：〈論杜甫夔州詩〉，《中國文學報》十七冊（一九六二年十月），頁一〇四──一一八。

Yuri Shcheglov and Alexander Zholkovsky, Poetics of Expressiveness: A Theory and Applications (Amsterdam/Philadelphia: John Benjamins Publishing Company, 1987).

《楓橋夜泊》析論

　　張繼[1]的〈楓橋夜泊〉最近幾年來引起了一些爭論。這些爭論可以給我們一點啓示。故此，我們不妨在這裏複述一下。首先，我們先把這首膾炙人口的詩抄錄下來：

　　　　月落烏啼霜滿天，江楓漁火對愁眠。

　　　　姑蘇城外寒山寺，夜半鐘聲到客船。

我們注意到唐人高仲武編的《中興閒氣集》（卷下）錄此詩時，題目作〈松江夜泊〉。而一六〇六年趙宧光、黃習遠編定宋人洪邁所編的《唐人萬首絕句》一書中，"江楓"作"江村"（卷二六）（一五四〇年翻宋刻本卷三十八仍作"江楓"）。宋人龔明之《中吳紀聞》也作"江村"[2]。今人黃得時又補充說："傳入日本的古文獻，亦作'江村'，可知原詩是作'江村'"。進而謂宋人周遵道《豹隱紀談》所說"楓橋舊名封橋"這一段話不能成立[3]。據我個人的意見，"江村"並不一定是原文，而且不及"江楓"好（說詳後），實在不必接受。

　　第二個爭論點是："烏啼"、"江楓"、"愁眠"三個詞語的解釋。有人認爲“烏啼”是橋名或山名；“江楓”指“江村橋”和“楓橋”；“愁眠”也是山名。換言之，這三個語詞都是地名。馮英子說：

> 楓橋地當漕運通道，本名封橋，封者，封閉也。自從張繼詩出，相沿成楓，其實楓橋兩岸，看不見甚麼楓葉。而對張繼那首詩，迄今也議論紛紛，莫衷一是。有人說是寫其夜泊愁眠之狀，但夜半不應有鐘聲；有人說江楓、愁眠，是兩塊石名，是形其環境之狀。[4]

周瘦鵑也說：

> 寒山寺在吳縣西十里的楓橋旁，因此又稱楓橋寺；起建於梁代天監年間、原名妙利普明塔院，宋代太平興國初、節度使孫承祐又造了一座七層寶塔，嘉祐年中由宋帝賜號普明禪院；可是在唐代已稱之為寒山寺，所以自唐至今，大家只知寒山寺了。[5]

這些問題由於年代湮遠，地名亦有變遷，孰先孰後，難以查考。但盧文輝似乎就很肯定“江楓”指江村橋和楓橋，他說：

> 一、詩題明言“楓橋夜泊”，可知“江楓”之楓指“楓橋”，非指楓樹或楓葉。

二、楓橋本作"封橋"，可見此橋原與楓字
無關。自張繼作宿楓橋詩，世因相沿作楓。
至於張繼為何改"封"為"楓"，想不必因
楓樹（唐時寒山寺左近是否有楓樹，無從考
知）而改，殆為"封"不如"楓"有詩意
歟？

三、首句"霜滿天"已點明時令為秋，可見
"江楓"是二橋名。

四、江村橋創建於何時，現已無從查考。今
日的單孔石拱橋為同治年間重修。但據寒山
寺的創建時代（梁代天監年間）大略可以推
知：有寺即有橋，因江村橋正對寒山寺，若
無橋，僧人及進香者往來一定不便，最晚不
能晚於隋代，即張繼寫此詩時，這橋是應該
存在的。

五、寒山寺有張繼詩碑，碑側陳夔龍識語
云："……《中吳紀聞》此詩作江村漁火，
宋人舊籍足可依據。"可見"江楓"可能原
作"江村"，"江"為"江"村橋無
疑。[6]

但是，即使詩人是用地名入詩，這些地名都有另一層的意義，做
成了語意相關的模稜效果。這一點，蕭虹已在一篇文章講過

了[7]。從另一角度來說，這和王夫之所謂"寓意則靈"（《薑齋詩話》）同一意思。

另外一個爭論的焦點是：夜半鐘聲是不是寫實？還是虛擬？首先提出這問題的是歐陽修，他指出這句詩與事實不符：

> 詩人貪求好句，而理有不通，亦語病也。唐人有云"姑蘇城外寒山寺，夜半鐘聲到客船。"說者亦云：其如三更不是打鐘時。（《六一詩話》）

此說一出，很多人指出歐公的錯誤：

> 渠（指陳正敏）嘗過姑蘇宿一寺，夜半聞鐘。因問寺僧，皆曰分夜鐘，曷足怪乎？尋問他寺皆然。始知半夜鐘惟姑蘇有之。以上皆《閒覽》所載也。予考唐詩，知歐公所記，及唐張繼〈楓橋夜泊〉詩。然唐詩人皇甫冉有〈秋夜嚴維宅〉詩云："昔聞元度宅，門向會稽峰，君住東湖下，清風繼舊蹤，秋深臨水月，夜半隔山鐘，世故多離別，良宵詎可逢。"且維所居正在會稽，而會稽鐘聲，亦鳴於午夜，乃知張繼詩不為誤。而半夜鐘聲，亦不止於姑蘇也。又陳羽〈梓州與溫商夜別〉詩："隔水悠揚午夜鐘。"乃知唐人多如此。（宋吳曾《辨誤

錄》）

歐公嘗病其夜半非打鐘時。蓋公未嘗至吳
中，今吳中寺實半夜打鐘。（宋葉夢得《石
林詩話》）

歐公以“夜半鐘聲到客船”為語病。《南
史》載齊武帝景陽樓有三更五更鐘。丘仲孚
讀書以中宵鐘為限。阮景仲為吳興守，禁半
夜鐘，至唐詩人如于鵠、白樂天、溫庭筠尤
多言之。今佛宮乙夜鳴鐘，俗謂之定夜鐘。
不知唐人所謂半夜鐘者，景陽三更鐘耶？今
之定夜鐘耶？然於義皆無害。文忠偶不考
耳。（宋范元實《詩眼》）

《王直方詩話》云：“余觀于鵠送宮人入道
詩云：‘定知別往宮中伴，遙聽縱山半夜
鐘。’而白樂天亦云：‘新秋寸影下，半夜
鐘聲後。’豈唐人多用此語也。儻非遞相沿
襲，恐必有說耳。溫庭筠詩亦云：‘悠然逆
旅頓回首，無復松窗半夜鐘。’”（宋胡仔
《苕溪漁隱叢話》，並見《詩話總龜》）

世疑半夜非打鐘時，某案《南史・文學
傳》，丘仲孚吳興烏程人，少好學，讀書常
以中宵鐘鳴為限，然則半夜鐘固有之矣。

（宋王觀國《學林新編》）

唐張繼〈宿楓橋詩〉云："夜半鐘聲到客
船"，昔人謂鐘聲無半夜者，《詩話》嘗辨
之云：姑蘇寺鐘，多鳴於半夜。予以其說為
未盡，姑蘇鐘惟承天寺至夜半則鳴，其他皆
五更鐘也。（宋龔明之《中吳紀聞》）

張繼〈楓橋夜泊〉云："姑蘇城外寒山寺，
夜半鐘聲到客船。"此地有夜半鐘，謂之無
常鐘。繼志其異耳。歐陽以為語病，非也。
（宋計敏夫《唐詩紀事》）

僕觀唐詩言半夜鐘甚多，不但此也，如司空
文明詩曰："杳杳疏鐘發，中宵獨聽時。"
王建宮詞曰："未臥嘗聞半夜鐘。"陳羽詩
曰："隔水悠揚半夜鐘。"許渾詩曰："月
照千山半夜鐘。"按許渾居朱方，而詩為華
嚴寺作，正在吳中，益可驗吳中半夜鐘為信
然。又觀《江南野錄》所載，則吳中以半夜
鐘為異，僕謂非也。所謂半夜鐘，蓋有處有
之，有處無之，非謂吳中皆如此也。今之蘇
州能仁寺鐘亦鳴半夜，不特楓橋爾。（宋王
楙《野客叢書》）[8]

從文學角度來看，夜半鐘聲是否爲實有是不必爭論的。張震

注元朝楊士弘編的《唐音》説：＂蓋言夜半者，狀其太早而怨之
辭。説者不解詩人語，乃以爲實半夜，故多曲説，殊不知首句
＇月落烏啼霜滿天＇乃欲曙之後矣，豈真半夜乎？＂[9]用現代的
話來説，就是：＂那惱人的寺裏的鐘聲從半夜就噹噹噹的敲起
來，我怎能睡呢？＂傅述先用物理時間和心理時間來看這句詩，
得到兩個相反卻相成的解釋。

> 在詩中對着江楓漁火失眠的旅客，但覺長夜
> 漫漫，恨難破曉。在漁火江楓之外，月落烏
> 啼及滿天的霜氣，是他所注意的透明景色，
> 三種形象都在描繪他的心理時間，但願已經
> 透光破曉，以便讓客船啟航回鄉。可是寒山
> 寺的鐘聲，卻點明物理時間，還是在夜半，
> 使他倍覺惘然。

> 反過來說，我們也可以接受宋人歐陽修的暗
> 示，在詩話傳統中來試解唐詩。於是，落月
> 啼鳥與透明之霜天，景色所表現的時間，其
> 實已近破曉。可是失眠的詩人，可能在懷念
> 故鄉與親人，愁思不絶，使他在永恆的心理
> 時間中，忽略了流逝的物理時間，以致破曉
> 的晨鐘，在他當時的意識中，還以為是夜半
> 的鐘聲。[10]

這個解釋不但可以解決夜半是否敲鐘的問題，還可對詩意作深一
層的理解。

　　交代過最近的論爭之後，現在讓我們看看這首詩。第一句
"月落烏啼霜滿天"包含了三個短語："月落"、"烏啼"、
"霜滿天"。這三個短語分別和視覺、聽覺、觸覺有關[11]；同
時，含有夜將闌、日將曉、年將盡的意思。詩中人通過三種感覺
產生了一種焦慮——這就是心理時間的效果。正如《古詩十九
首》中的"四時更變化，歲暮一何速"所表現的遊子思歸的心
境。此外，儘管"烏啼"可能是山名，但從"作品互涉（intertex-
tuality）"（或叫用典）角度來看，這句短語使我們想起了曹操的
〈短歌行〉

　　　　月明星稀，烏鵲南飛，繞樹三匝，無枝可
　　　依。

異鄉羈旅的心情更是躍然紙上。有人說這只是偶然的巧合罷了。
但是語言學家雅克慎（Roman Jakobson）就曾指出：詩人寫詩時是
經過選擇後，然後才把單詞片語組織起來成爲詩句的。鄭樹森指
出："唐詩裏好些名詩名句意義的組成，雖以接連性爲主，但其
'趣味'往往來自潛藏的或被壓抑的類同性。"[12]"月落""烏
啼""霜滿天"依據着雅克慎的對等原則（principle of equiva-
lence）並列在一起，於是產生了上述那種時不我與的感覺。（這
也是退特［Allen Tate］所說的張力［tension］。）這種並列手法
（parataxis）迫使讀者尋索句子的意義，同時填補作者要說而未說
的空白（blank）。形式主義者強調詩歌有意破壞語句的直線進行
和歷時的性質，代之以空間的、阻隔的和共時的性質。"月落"
三個短語是共時的，同時佔了一個廣闊的空是。第二句"江楓漁
火對愁眠"由於具有非文法性，可說是阻隔的（說詳下），因此
我們可以用形式主義的說法來分析這兩句話。

此外，高適有一首詩（〈夜別韋司士得城字〉），內容和上面所說的非常近似，或許可以作爲旁證：

> 高館張鐙酒復清，夜鐘殘月雁歸聲，只言啼
> 鳥堪求侶，無那春風欲送行。黃河曲裏沙爲
> 岸，白馬津邊柳向城，莫怨他鄉暫離別，知
> 君到處有逢迎。

詩中的“夜鐘殘月雁歸聲”不是和“月落烏啼”，“夜半鐘聲”很相似嗎？張繼詩中的“烏啼”還可指破曉時分。唸過詩詞的人當然會記起溫庭筠的“驚塞雁，起城烏，畫屏金鷓鴣”這幾句詞。因此，“月落烏啼”這句詩並不純是描寫客觀的景象，這是含有多義性的。

　　有人認爲“霜滿天”這個短語是形容月色的。但落月的光輝是否像張若虛〈春江花月夜〉所描寫的一樣呢？如果我們認爲“空裏流霜不覺飛”和“落月”配不上對的話，也就是說，“霜滿天”不是“落月”的描寫。那麼，它就是客觀的描寫嗎？我們都知道霜是在地上的，所以“霜滿天”就產生了“陌生化（defamiliarization）”的作用，這樣，作者就可以促使讀者去玩味它的意義了。

　　從音調來說，“月落烏啼霜滿天”這句詩中，開頭兩個字用入聲，令人有短促的感覺；第五個位置應用仄聲字卻用了陰平的“霜”字，亦使讀者提高警覺，不輕易隨便滑過去。王夫之《薑齋詩話》曾論及杜甫和孟浩然詠洞庭湖的首二句，可以作爲參考：

　　"昔聞洞庭水"，"聞""庭"二字俱平，
正爾振起。若"今上岳陽樓"，易第三字爲
平聲，云"今上巴陵樓"，則語蹇而戾於聽
矣。"八月湖水平"，"月""水"二字皆
仄，自可；若"涵虛混太清"易作"混虛涵
太清"。爲泥磬土鼓而已。（《薑齋詩
話》）[13]

　　由此可見平仄的位置對於古典詩是非常重要的，並不可以輕
易地用"一三五不論，二四六分明"來解釋。

　　張繼詩的第二句"江楓漁火對愁眠"中的江、楓、愁眠是不
是地名呢？很難說。即使是，也和"烏啼"一樣，除實指外還包
含了另一層的意義。首先，"江楓"和《楚辭·招魂》的結句互相
指涉：

　　湛湛江水兮上有楓，目極千里兮傷春心，魂
　　兮歸來哀江南。

由於互相指涉的關係，詩中人的悲傷也就不言而喻。所以我認爲
另一本作"江村"是不大好的。作者把"江楓"突出，即是形式
主義所謂"前景化"（foregrounding），亦是吸引讀者注意的手法
之一。其次，江邊的楓樹（不管虛寫或實有）和閃爍不定的漁火
形成了動和靜的對比，這和後面寒山寺／客船的對比一齊突出了詩
中人浮遊不定、無所歸屬的境況。如果以詩中人爲主體的話，那
麼，這句詩應作"愁對江楓漁火眠"。現在的句子顯然有了李法
退爾（Michael Riffaterre）說的"非文法性（ungrammaticality）"

（如果說，“江楓漁火對着遊子的愁眠”這句話在文法上還可接受的話，遊子徹夜不曾合眼的情況卻沒能表現出來）。周慶基認爲：“一個‘愁’字正是我們要把握的‘詩魂’。”但是他認爲這首詩是反映安史之亂時江南人民的悲慘生活，那就未免想入非非了。[14]

第三句的“姑蘇”和“寒山”是疊韻，而蘇、城、山、寺都是 S 或 Z 音，就像在靜夜中傳來鐘聲一樣。第四句是以聲寫靜[15]，就像常建的“萬籟此俱寂，惟聞鐘磬音”（〈破山寺後禪院〉），和王籍的“鳥鳴山更幽”以一種清聲來襯託出周圍環境的靜寂。這一句說鐘聲到船，船中已預設（presupposed）有人。孫聯奎解釋司空圖《詩品·雄渾》“超以象外，得其環中”句時，曾作譬喻：“人畫山水亭屋，未畫山水主人，然知亭屋中之必有主人也。”[16]這見解也可在這兒用得上。而船上人何以聞鐘？是因爲他不眠；何以不眠？是因爲作客他鄉；何以誤將曉爲夜半（據《唐音》註和傅述先的意見）？是因爲不眠而致精神恍惚。事實上，不眠的人因外界的單調聲音往往更增煩惱[17]。下面溫庭筠的〈更漏子〉和宋代聶勝瓊的〈鷓鴣天〉可以作爲佐證：

> 玉爐香，紅蠟淚，偏照畫堂秋思。眉翠薄，
> 鬢雲殘，夜長衾枕寒。　　梧桐樹，三更
> 雨，不道離情正苦。一葉葉，一聲聲，空階
> 滴到明。

> 玉慘花愁出鳳城，蓮花樓下柳青青。尊前一
> 唱陽關曲，別個人人第幾程？　　尋好夢，
> 夢難成。有誰知我此時情？枕前淚共階前

雨，隔個窗兒滴到明。

　　由於鐘聲傳自寒山寺，故此它亦可能含有佛教的意味。上面
已說過，江楓/漁火和寒山寺/客船可作爲靜/動或久/暫的對比。
因此，鐘聲便會使飄泊的遊子感到人世無常，就如杜甫所寫的
"欲覺聞晨鐘，令人發深省"（〈遊龍門奉先寺〉）了[18]。

　　綜合來説：《楓橋夜泊》這首詩，在音節上是先密後疏。

　　　　月落/烏啼/霜滿天，
　　　　江楓/漁火/對/愁眠，
　　　　姑蘇城外/寒山寺，
　　　　夜半鐘聲/到/客船。

《唐代絕句賞析》説：

　　　　此詩布局疏密有致。前兩句交織着各種感覺
　　　　印象，詩歌形象的密度較大；後兩句對鐘聲
　　　　這一細節刻劃細膩，筆致疏朗。統一中有變
　　　　化。因此，此詩在藝術結構上也是很完美
　　　　的。[19]

在結構上，它用客船爲焦點，

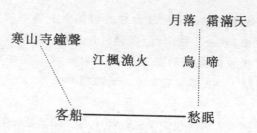

用最後一句收束全篇：作客他鄉（江楓）———→愁———→對時間敏感（月落、烏啼、霜滿天）———→不眠（鐘聲）———→悟人世無常（漁火，船）。我們可以再用結構主義的二元對立（binary opposition）方法來分析這首詩。

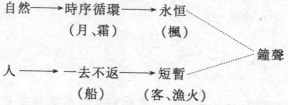

用人和自然對比，更顯得人世之無常。作者用鐘聲點出寓意；而鐘又成爲中介者，因爲鐘是實體，而聲是虛空，鐘聲合二爲一，便成中介。詩中“到客船”的“到”，可謂萬感交集。能否百慮盡消，就要看讀者的反應了。徐應佩和周溶泉也說：

　　　　在這樣的環境中，一葉孤舟泊橋畔，一縷夜
　　　鐘蕩夜空，把詩人內心的“愁”渲染得淋漓
　　　盡致。由此可見，這首詩如無夜半鐘聲，則
　　　寂靜荒漠，而鐘聲一響，便如微風拂湖，激
　　　起千萬漣漪，靜中有動，動靜相補，境界全

出。[20]

如果用沈祖棻的説話，這首詩的描寫是逆時序的[21]，表解如下：

愁眠

（入夜）──→（午夜）──→（將曉）

江楓漁火　　　鐘聲　　　月落烏啼

　　這種時間倒錯也可以托出詩人的精神狀態。現代西方文評對作品中的時間結構（time structure）都很注意。這首詩可以作爲例子，給我們一個新的認識。

　　作者在文字上能用景物寄情，亦實亦虛，正合古人論詩之旨，例如明朝謝榛説：

　　　　景乃詩之媒，情乃詩之胚，合而為詩，以數
　　　　言而統萬形，元氣渾成，其浩無涯矣。
　　　　（《四溟詩話》卷三）

清朝李漁説：

　　　　詞雖不出情景二字，然二字亦分主客，情為
　　　　主，景是客。説景即是説情，非借物遣情，
　　　　即將人喻物。有全篇不露秋毫情意，而實句
　　　　句見情，字字關情者。（《窺詞管見》）

而笪重光在《畫筌》中也説：

虛實相生，無盡處皆成妙境。

宋范晞文《對床夜話》說：

> 不以虛為虛，而以實為虛，化景物為情思，
> 從首至尾，自然如行雲流水，此其難也。

景是實，情是虛，以景寓情，即以實作虛。故說詩時要辨其虛實，否則遺神取貌，難免棄寶鼎而取康瓠之譏了。

　　總結一下：“江楓”或作“江村”，是個校勘學的問題，黃得時的說法稍嫌過於武斷。至於“烏啼、江楓、愁眠”是否地名，便涉及歷史地理的考證。作者是否以地名入詩，抑或後人因這首詩的流行，而把地名附會呢？在缺乏確實證據的情況下，很難得到答案。而夜半鐘聲是否寫實就涉及文學欣賞和美學中藝術真實的問題[22]。文學作品是不是一定要描寫客觀的事實，還是像新批評所說：文學作品的特色是它的虛構性（fictionality）呢？歐陽修顯然是一個實證主義者，除了張繼外，他還批評了其他人：

> 《西清詩話》曰：“歐公嘉祐中見王荊公詩：‘黃昏風雨瞑園林，殘菊飄零滿地金。’笑曰：‘百花盡落，獨菊枝上枯耳。’因戲曰：‘秋英不比春花落，為報詩人仔細吟。’”（吳景旭《歷代詩話》卷五十七引）

《西清詩話》曰：“三吳僧義海，以琴名世。六一居士嘗問東坡：‘琴詩孰優？’東坡答以退之〈聽穎師琴〉。公曰：‘此只是聽琵琶耳。’或以問海。海曰：‘歐陽公一代英偉，然斯語誤矣。“昵昵兒女語，恩怨相爾汝”，言輕柔細屑，真情出見也。“劃然變軒昂，勇士赴敵場”，精神餘溢，竦觀聽也。“浮雲柳絮無根蒂，天地闊遠隨飛揚”，縱橫變態，浩乎不失自然也。“喧啾百鳥群，忽見孤鳳凰”又見穎孤絕，不同流俗下俚聲也。“躋攀分寸不可上，失勢一落千丈強”，起伏抑揚，不主故常也。皆指下絲聲妙處，惟琴為然。琵琶格上聲，烏能爾邪！退之深得其趣，未易譏評也。’”（胡仔《苕溪漁隱叢話‧前集》卷十六）

近日也有人用科學眼光來說鐘聲的傳遞[23]，那只是一種趣味罷了。對於這問題，陳植鍔曾寫了一篇長文來討論。他用舊題王昌齡著的“詩格”中的三格（生思、感思、取思）來解釋〈楓橋夜泊〉。他把三格演繹為意象的三個基本特徵：一、意象的主觀象喻性；二、意象的遞相沿襲性；三、意象的物我同一性。他認為霜滿天是主觀象喻性的表現。他的解釋近乎李法退爾的hypogram——活用前人用過的字眼或典實。整首詩中的“我”完全安息在所用的意象之上，是物我同一性的表現[24]。換言之，張繼不一定在作詩時看到月落霜飛，聽到鳥啼鐘響，他只運用這些意象來創造一個新的詩的世界。明代胡應麟說得好：

> 張繼"夜半鐘聲到客船"。談者紛紛，皆為
> 昔人愚弄。詩流借景立言，惟在聲律之調，
> 興象之合，區區事實，彼豈暇計？無論夜半
> 是非，即鐘聲聞否，未可知也。（《詩藪·
> 外編》卷四）

借景立言的時候詩人當然不會一筆一劃的去描摹外物，反而會因
爲文法規範的限制而注重聲律之調呢！鄭板橋和方士庶的說法，
可以借來說明作家從現實世界構想乃一心中的世界（腹稿），但
當寫之於紙上時，已非原來的腹稿了：

> 江館清秋，晨起看竹，煙光日影露氣，皆浮
> 動於疏枝密葉之間。胸中勃勃遂有畫意。其
> 實胸中之竹，並不是眼中之竹也。因而磨墨
> 展紙，落筆倏作變相，手中之竹又不是胸中
> 之竹也。（《鄭板橋集》，中華書局一九六
> 二年版，頁一六一）
> 山川草木，造化自然，此實境也。畫家因心
> 造境，以手運心，此虛境也。（《天慵庵隨
> 筆》）

應付了上面所提到的問題後，我們可以心安理得的去探討這
首詩。作者用作品指涉和即實即虛的手法寫出了遊子思鄉的感
受，而夜半鐘聲更透出了多種意義，難怪這首詩傳誦千載了。

補　記

　　這篇文章主要是嘗試從幾個角度來討論〈楓橋夜泊〉這首詩。首先，我指出了板本問題，歷史地理問題，和是否有夜半鐘的問題。但是，這些問題沒法解決。如果我們一定要說某一個板本才正確的話，那就未免太武斷了。徐新生在〈爲《楓橋夜泊》正名〉（見《學術月刊》一九八四年五月號）說："唐代高仲武所編《中興閒氣集》選張繼此詩，題作〈夜泊楓江〉（註："楓江"地名古代習稱"楓江"）。檢《四部叢刊》本《中興閒氣集》，詩題作〈夜泊松江〉，武進費氏影刊宋本則作〈夜宿松江〉，都和徐氏所說不同。文章又無附註，徐氏不知何據。又費氏本"愁眠"下註"一作愁眼"，這是個明顯的錯誤，可證明古本未必都可信。明嘉靖十九年本《萬首唐人絕句》（宋洪邁編）卷三十八題作〈楓橋夜泊〉。《四庫全書珍本》《御選唐詩》卷二十九同，並有註引《楚辭》"湛湛江水兮上有楓"和崔信明"楓落吳江冷"句來解釋"江楓"。而《四庫全書珍本》《御定全唐詩錄》卷五十六中"江楓"則作"江村"。我們可以說，現在通行的板本，即使曾被人潤飾，卻可以證明了它較其他板本爲人所接受。在正文中，我已說明了"江楓"較"江村"在意義上豐富得多。徐新生以爲"江村漁火"是指"漁村的打漁者爲了求生，在霜天寒水中徹夜不寐地點燃燈火捉蟹。"這說法雖新穎，卻欠缺說服力。至於清人王端履所說詩人多誤水邊烏桕樹爲長於山中的楓樹的說法（引見陳友琴〈修改《楓橋夜泊》〉，《藝術世界》一九八〇年第一輯［一月］），即使正確無誤，但從《楚辭》流傳以來，"江楓"已成了一個文學象徵，強辯適足以暴露說者對文學的無知。

　　作爲一個文字的藝術品，這首七言絕句是值得我們仔細去欣

賞的。我們不能像五柳先生一樣略知其意，便不再去探究它的藝
術性。在正文中，我用形式主義和新批評的方法討論過這首詩的
藝術。事實上，形式主義者泰雅諾夫（Juri Tynianov）認爲文學作
品並不是一個封閉的對稱的聚集，而是一個開展的能動的結合。
在它的元素中，並不是靜態的、對等和附加的符號，而是能動的
互相鈎連和結合的符號（見 The Problem of Verse Language[tr. &
ed. by Michael Sosa and Brent Harvey][Ann Arbor：Ardis, 1981], p.
33）。根據這個説法，我們應該去追問作者爲甚麼創造出這些詩
句？它的意義何在？藝術價值何在？當然，根據讀者反應學説的
“期望水平（horizon of expectation）”的觀點來看，作品意義的
發揮是和讀者的能力（competence）有關；也和“闡釋圈子
（interpretation community）”有關。換句話説，如果把新的、外
國的方法都視作奇技淫巧，一筆加以抹殺，那麼，我們只有和板
本等問題糾纏得没完没了。

　　廖炳惠在〈人稱代名詞之删略——淺談中國古典抒情詩的主
體〉（收入《解構批評論集》[臺北：東大圖書公司，一九八
五]中）指出中國詩的“抒情主體是以本身與他人（物）的關係
來界定自己，並不宣稱自己爲中心。”（頁三〇〇）它“只暗示
自我的存在。”（頁三〇七）這個説法也可用在〈楓橋夜泊〉
上。“江楓漁火對愁眠”和“夜半鐘聲到客船”兩句都把詩中的
我（poetic“I”）變成客體，而愁眠和客船亦没有指明是誰的愁眠和
誰的客船，這就是所謂“除去中心（decentralization）”。於是詩
中就好像没有抒情主體。這種情況配合起這首詩的漂泊主題，更
能把“我生非我有也”的感慨呈現出來。

　　　　　　　　　　　　　　　　　一九九三年十一月十日補記

註釋──────────────────────────────────

[1]　張繼，字懿孫，襄州人，唐天寶十二年（七五三）進士，曾官檢校
　　　　祠部員外郎。

[2]　宋龔明之：《中吳紀聞》，卷一，見《小說筆記大觀》二十二編，
　　　　冊一（臺北：新興書店，一九七九），頁二四四。

[3]　黃得時：〈談《楓橋夜泊》詩〉，見《聯副三十年文學大系·中國
　　　　古典文學論》（臺北：聯經出版事業公司，一九八一），頁一一
　　　　六。

[4]　馮英子：《蘇杭散記》（無出版地；浙江人民出版社，一九八
　　　　二），頁一〇五──六。

[5]　周瘦鵑：《蘇州遊蹤》（無出版地：金陵書畫社，一九八一），頁
　　　　三九。參考張墀山、葉萬忠、廖志豪：《蘇州風物志》（無出版
　　　　地；江蘇人民出版社，一九八二），頁一二九──三四，一六三
　　　　──四。江惠迪：〈關於《楓橋夜泊》的爭論〉，《明報》一九八
　　　　三年三月十五日，第二十一版；蕭虹：〈《楓橋夜泊》有爭論必要
　　　　嗎？〉，一九八三年四月十六日，第十三版。黃蕭秋選，陳新注：
　　　　《唐人絕句選》（北京：中華書局，一九八二），頁八八。

[6]　盧文輝：〈《江楓》新解〉，《唐代文學論叢》，一九八二年第一
　　　　期（四月），頁二七八──九。魏耕原則持相反意見，見〈也說
　　　　《江楓》〉，《唐代文學論叢》總第五期（一九八四年四月），見
　　　　二九九──三〇一。

[7]　見註5引文。

[8]　以上引書皆轉錄自彭國棟：《唐詩三百首詩話薈編》（臺北：中華
　　　　文化出版事業委員會，一九五八），頁四〇八──一〇。

[9]　《唐音》（《四庫全書》本），卷七，頁十二上、下。

[10]　傅述先：〈讀《楓橋夜泊》〉，《中外文學》九卷二期（一九八〇
　　　　年七月），頁一一四。黃得時指出日人亦有相似解釋，見上引文。

[11]　參沈祖棻：《唐人七絕詩淺釋》（上海：上海古籍出版社，一九八
　　　　一），頁一二四。劉學鍇、趙其鈞、周嘯天：《唐代絕句賞析》
　　　　（合肥：安徽人民出版社，一九八一）頁一五七。

[12]　見〈選擇/組合：類同性/連接性──雅克慎和語言的兩軸〉，《幼獅月刊》四十八卷第一期（一九七八年七月），頁六○──六一。

[13]　王夫之：《薑齋詩話》卷下，第二十則。見《清詩話》（上海：中華書局，一九六三），冊上，頁一二。

[14]　周慶基：〈詩中有畫、情景交融──張繼《楓橋夜泊》賞析〉，《詩詞曲賦名著賞析（二）》（無出版地；山西人民出版社，一九八五），頁三一四。

[15]　見陳邦炎：〈"夜半鐘聲"談〉，載霍松林、林從龍選編：《唐詩探勝》（無出版地；中州古籍出版社，一九八四年），頁二二○──四。

[16]　孫聯奎：《詩品臆說》，見《司空圖詩品解說二種》（無出版地；齊魯書社，一九八○），頁一二。

[17]　參艾治平：《古典詩詞藝術探幽》（長沙：湖南人民出版社，一九八一），頁六九。

[18]　曹憲湘以爲："夜半鐘聲"即是一種集體無意識原型。見〈萬古有靈永恒不絕的心靈的回聲〉，《名作欣賞》一九九○年四期（八月），頁一一○。這說法未免太玄了。

[19]　劉學鍇、趙其鈞、周嘯天：《唐代絕句賞析》（合肥：安徽人民出版社，一九八一），頁一五八。

[20]　徐應佩、周溶泉：〈結韻傳神，遺響蘊味──談幾首唐詩的結尾〉，《唐代文學論叢》，一九八二年第一期（四月），頁二八六。

[21]　見上引書。

[22]　黃維樑認爲："詩中所寫，都是現實世界中確有之事物，而由於詩人精於選擇鍛鍊，這些事物都具有言外之意，也就是說景中有情，有象徵含義了。"見〈《楓橋夜泊》的寫實和象徵〉，《百姓》，一九八三年五月，頁四六。

[23]　見唐魯峰、勵藝夫、楊光、黃洽：《詩詞中的科學》（無出版地；江蘇科學技術出版社，一九八四，頁八三──八六。

[24]　〈唐詩與意象〉，《文學評論叢刊》，一九八二年第十三期（五月），頁三一八──五二。關於這首詩的討論，又可參考陳一琴：〈漫說歷史上關於《楓橋夜泊》詩的聚訟〉，《福建師大學報》，一九八二年一期，頁七一──七四；胡經之：〈美感終必蘊真

實〉，見《文史知識》編輯部編：《古典詩詞名篇鑒賞集》（北京：中華書局，一九八四）頁九二——一〇三。

"葉淨能詩"探研

在現存的七十八篇變文中，〈葉淨能詩〉（以下簡稱〈葉〉）相信是很特出的一篇，因爲它講的是一個道教尊師的故事。大家都知道，變文最初是源於佛教的唱導的；其後，漸漸演變而爲俗講。後來，更變得世俗化，非佛教的題材也被採用。講述變文的地方也不限於佛寺，人們可以到"變場"去聽故事。至於講述變文的人，也並非盡是佛徒。我們所熟知的吉師老〈看蜀女轉昭君變〉讓我們知道了一些關於講述變文的情況：

> 妖姬未着石榴裙　　自道家連錦水濱
> 檀口解知千載事　　清詞堪歎九秋文
> 翠眉顰處蜀邊月　　畫卷開時塞外雲
> 說盡綺羅當自恨　　昭君傳意向文君

（1）講述變文時，有說有唱，故叫"轉變"。郭湜《高力士外傳》記唐玄宗做太上皇之後，高力士"或講經論議，轉變說話，雖不近文律，終冀悅聖情。"而"轉變"實由佛教之"轉讀"而來，因爲"若唯文而不聲，則俗情無以得入"。敦煌寫卷中有"轉經文"及"五更轉"等，可見佛教唱經方法已流行一時，取媚當世，故《續高僧傳》斥爲鄭衛之音，"以哀婉入神，用騰擲爲輕舉，致使淫音婉變，嬌弄頗繁，……且貴一時傾耳，斯並歸宗女衆，……殊虧雅素。"[1]特殊唱法（即後世所謂腔調）可稱爲"囀"。《太平廣記卷》二三八〈寧王〉條記一少女"莫氏能爲新聲，當時號莫才人囀"。"莫才人囀"即莫才人腔。這些都證明變文是又說又唱的。〈漢將王陵變〉更有"而爲轉説"一詞在詩偈之前（頁三九、四五），可爲旁證。而〈太子成道經〉第一篇詩偈上註有"吟"字（頁二八六）；〈《維摩詰經》講經文〉內註有"側吟"、"平"、"平詩"、"古吟上下"、"側"、"斷"、"吟上下"、"平側"等（頁五二五、五四一、六二四、六二五、六二八、六三〇、六三一、六三六），亦是"轉變"的明證[2]。

（2）講唱者有女性（雖然佛教已有尼講），可以推知轉變已相當普遍。

（3）講唱詩有圖輔助。《敦煌變文集》收有圖畫可證。其中一篇目連故事且題作〈大目乾連冥間救母變文並圖一卷並序〉。

（4）講唱者頗有姿色，又表情十足。這和元時胡祇遹所説女説書者之條件相近似：

> 女樂之百伎，惟唱說爲。一，姿質濃粹，光彩動人，二，舉止閒雅，無塵俗態。三，心思聰慧，洞達事物之狀。四，語言辨利，字真句明。五、歌喉清和圓轉，纍纍然如貫珠。六，分付顧盼，使人人解悟。七，一唱一說，輕重疾徐，中節合度，雖記誦閒熟，非如老僧之誦經。八，發明古人喜怒哀樂憂悲愉佚，言行功業，使觀聽者如在目前，諦

聽忘倦，惟恐不得聞。九，溫故知新，關鍵
詞藻，時出新奇，使人不能測度，為之限
量。九美既具，當獨步同流。[3]

我們注意到吉師老詩的末句微有挑逗之意，故可以想像如果
一個有姿色而歌喉又好的女子自然可以吸引大量的男女聽（觀）
眾。錢易《南部新書》戊說："長安戲場多集於慈恩，小者在青
龍，其次在薦福永壽。尼講盛於保唐；名德聚之安國：士大夫之
家入道，盡在咸宜。"末句語焉不詳，不知是否指道教徒的講
說。但是韓愈的〈華山女〉則肯定是指女冠開講的盛況：

街東街西講佛經，撞鐘吹螺鬧宮庭。廣張罪
福資誘脅，聽眾狎恰排浮萍。黃衣道士亦講
說，座下寥落如明星。華山女兒家奉道，欲
驅異教歸仙靈。洗妝拭面著冠帔，白咽紅頰
長眉青。遂來升座演真訣，觀門不許人開
扃。不知誰人暗相報，訇然振動如雷霆。掃
除眾寺人跡絕，驊騮塞路連輜軿。觀中人滿
坐觀外，後至無地無由聽。抽釵脫釧解環
珮，堆金疊玉光青熒。天門貴人傳詔召，六
宮願識師顏形。玉皇頷首許歸去，乘龍駕鶴
來青冥。豪家少年豈知道，來繞百匝腳不
停。雲窗霧閣事慌惚，重重翠幔深金屏。仙
梯難攀俗緣重，浪憑青鳥通丁寧。

從上面所描述的背景來看，〈葉〉可能就是碩果僅存的宣揚道教

尊師法力的變文。

　　此外，〈葉〉的題目相當特別，因爲用"詩"字作爲題目的可以説是別無先例。張錫厚就索性把它改爲"話"字[4]。但是，這是不對的，因爲變文的末尾有一段韻文：

> 朕之葉淨能，世上無二。道教精修，清虛玄
> 志。錬九轉神丹，得長生不死。服之一粒，
> 較量無比。元始太一神符，印能運動天地。
> 要五曹喚來共語，呼五岳隨手驅使。造化須
> 移則移，乾坤要止則止。亦能扶朕月宮觀
> 看，伏向蜀川遊戲。朕興異心，干戈倫矣。
> 呼之上殿，都無志畏。問之道術，奏言無
> 比。鋒刀遍身，投形柱裏。相之無處，寧知
> 其意。劍南使迴，他早至彼。令傳口奏，能
> 存終始。朕實幸卿，願卿知意。遙望蜀川，
> 空流雙淚。開闢已來，一人而已。與朕標
> 題，列於青史。

我們試翻檢一下《敦煌變文集》[5]，就可以看到很多篇都是以韻文或詩偈結束，例如〈漢將王陵變〉以一偈作結；〈王昭君變文〉以祭詞作結等[6]。而在傳奇小説方面，亦有此種情況，不過文和詩的作者不是同一人而已，例如陳鴻的〈長恨傳〉配以白居易的〈長恨歌〉，元稹的〈鶯鶯傳〉配以李紳的〈鶯鶯歌〉[7]，白行簡的〈李娃傳〉配以元稹的〈李娃行〉[8]，沈亞之的〈馮燕傳〉配以司空圖的〈馮燕歌〉[9]，蔣防的〈霍小玉傳〉配以無名氏的〈小玉歌〉[10]，薛調的〈無雙傳〉配以無名氏的〈無雙歌〉等[11]。從文類的角度來看，這是值得我們注意的現象。

　　至於故事的主人翁葉淨能是怎樣的一個人，一些學者曾加以
討論。西野貞治認爲他和敦煌寫卷〈龍樹菩薩九天玄女咒〉（S26
15）所提到的葉淨是同一個人[12]。《太平廣記》七二引《河東
記》有葉靜能的故事，同書三〇〇引《廣異記》的葉淨能故事，
小川陽一認爲這兩人其實是一個人[13]。而這個人則實有其人，遊
佐昇在《新唐書》和《宋史》等書找到了葉靜能著作的記錄，其
中一本題《大易誌圖參同經》一卷是"玄宗與葉靜能、一行問答
語"（《宋史》二〇五〈藝文志〉）[14]。這一條資料指出了葉是
玄宗時人，但是《舊唐書》〈后妃傳〉（卷五一）卻有這幾句説
話：

　　　　淄臨王（指玄宗）……分遣萬騎誅其（指韋
　　　　后）黨與韋溫、溫從子捷及族弟嬰、宗楚
　　　　客、弟昬卿、紀處訥、馬秦客、葉靜能……
　　　　無少長皆斬之。

而趙璘《因話錄》五亦説：

　　　　有人撰集怪異記傳云："玄宗令道士葉靜能
　　　　書符。"不見國史。不知葉靜能，中宗朝坐
　　　　妖妄伏法。玄宗時，有道術者，乃法善也。
　　　　談話之誤差尚可，若著於文字，其誤甚矣。

由此可見把他們兩人事跡相混的情況在唐時已存在，這亦見於
〈葉〉中，下文當再指出。從歷史角度來看，這當然是錯誤的，
但是對那些要傳揚道教的人來説，把他們的事跡加以捏合是無可
厚非的。晁公武《郡齋讀書志》卷十六有《天真皇人九仙經》一

卷的著錄，題一行、羅公遠、葉法靜注。從"法靜"這個名字就知他們兩人名字混淆的普遍情形。《太平廣記》二六〈葉法善〉條稱葉靖能是法善的叔祖，又把他們變成一家人了。

現在讓我們看看〈葉〉中情節的來源並加以討論吧。首先，這篇變文一共由十五個故事組成。下面就個別情節加以討論：

（1）這一節先介紹葉的來歷。他在會稽山會葉觀見女冠悉解符籙，便入道，感動大羅天帝釋，送給他符本一卷，日後他便成爲宇宙之內符籙最絶的人。

會葉觀這名字已告知聽衆/讀者這故事的主人翁是個"組合人物"。《廣記》二六說他是法善的叔祖（《道藏》本《歷世真仙體道通鑒》［下簡稱《通鑒》］三九同），是否屬實，無從考證。如果根據上引的《舊唐書》〈后妃列傳〉，葉的後人應被殺盡，法善没有可能生還且受玄宗禮遇。因此我認爲叔祖之説多不可靠（《道藏》本《唐鴻臚卿越國公靈虚見素真人傳》［下簡稱《傳》］無此説）。

葉因見女冠悉解符籙，便入道。這點也可反映出唐代女冠和士人的密切關係（可參考［蘇］雪林《李義山戀愛事跡考》［上海：北新書局，1927］［又名《玉溪詩謎》］，及陳寅恪〈讀鶯鶯傳〉［見《元白詩箋證稿》］）。從上引韓愈詩我們可以了解何以這麼多人去聽女道士講述道教故事了。

《廣記》二六〈葉法善〉條、《傳》及《通鑒》都説在括蒼白馬山石室遇三神人傳太上密旨，説他"本太極紫微左仙卿，以校錄不勤，謫於人世。"但〈葉〉則説，他自大羅宮帝釋得符本一卷，可見在講説這篇變文時，道教徒仍要依附一下佛教。

（2）這一節描述葉的異行，並頌揚玄宗；最後記大羅王考驗葉之法術，使之在無橋或船的情況之下渡過一條寬五里的河。

《廣記》二六〈葉法善〉條説："玄宗累與近臣試師道術，不可殫盡，而所驗顯然，皆非幻妄，故特加禮敬，其餘追岳神、致風雨、烹龍肉、袪妖僞、靈效之事具在本傳。"遊佐昇認爲所謂"本傳"即《新唐書》〈藝文志〉（卷四九）著錄之《葉法善傳》（劉谷神撰）。

　　葉使水枯竭而得以行過五里寬的河這一情節，和摩西率領以色列人走過紅海的故事相似（《舊約聖經》〈出埃及記〉十四章二一至二二節）。葉的故事不見於其他記載。《廣記》二六卻有一內容相反的故事，可作參考：

> 　　初，師居四明之下，在天臺之東數年。忽於五月一日有老叟詣門號泣求救，門人謂其有疾也，師引而問之。曰："某，東海龍也。天帝所敕，主八海之寶，一千年一更其任，無過者超證仙品。某已九百七十年矣，微績垂成。有婆羅門還其幻法，住於海峰，晝夜咒，積三十年矣，其法將成，海水如雲，卷在天半，五月五日，海將竭矣，統天鎮海之寶，上帝制靈之物，必為幻僧所取。五日午時，乞賜丹符垂救。"至期，師敕丹符飛往之，海水復舊，其僧愧恨，赴海而死。

《傳》和《通鑑》都有這故事。我們注意到〈葉〉無佛道鬥法之事。在佛教流行之時，這是合乎情理的。

　　（3）這一情節記張令之妻被華岳神娶去，葉以黑符、朱符及雄黃符先後促使華岳神放回。

　　《廣記》二六〈邢和璞〉條記一相似之故事，但擄人者是山神，而救人者是邢。至於上一節所引"追岳神"之事，應指〈葉〉這一情節。此外，同書二九八〈趙州參軍妻〉（泰山三郎擄人，明崇儼救人）、三〇〇〈河東縣尉妻〉（華山府君擄人，不知名者救人）、三〇一〈仇嘉福〉（嶽神擄人，仇救人）、三七八〈李主簿妻〉（擄人者金天王，救人者葉仙師）等條都有類似的記載。

（4）這一情節記葉住在玄都觀內，爲人治病袪邪，長安百姓都知道他"符籙之能"。

《傳》說："帝及皇后、諸王、公主、朝士以下，親受道法，百官子弟、京城及諸州道士從真人受經法者前後計數千餘人。"

（5）這一節記康太清之女爲狐所惑，葉以劍斷女爲三斷，康報官，查核之下，所殺的其實是一狐狸。

《廣記》二八五〈葉道士〉條說：陵空觀葉道士"將雙刀斫一女子，應手兩段，"後來"取續之，噴水而咒，須臾平復如故。"同卷〈祖珍儉〉條亦說祖有術使五段斷肢復合。《傳》則說，有狐化爲僧。惑中書侍郎女，葉爲袪除。我們在這一點又見到《傳》强調了佛道鬥爭。小川陽一根據《廣記》二八五〈河南妖主〉條所提出的"西域幻法"的解釋，推論這些法術和密教有關[15]。

（6）皇帝要學"長生不老之術"，因此，"百姓已來，皆崇道教。"

《廣記》二二〈羅公遠〉條則記玄宗想學隱遁之術，羅公遠加以拒絕：

> 時玄宗欲學隱遁之術，對曰："陛下玉書金
> 格，以簡於九清矣。真人降化保國安人，誠
> 宜習唐虞之無爲，繼文景之儉約，卻寶劍而
> 不御，棄名馬而不乘。豈可以萬乘之尊，四

海之貴，宗廟之重，社稷之大，而輕徇小
術，為戲玩之事乎？若盡臣術，必懷璽入人
家，困於魚服矣。”玄宗怒罵之。遂走入殿
柱中，數玄宗之過。玄宗愈怒，易柱破之，
復入玉礎中，又易礎葉破之為數十片，悉有
公遠之形。玄宗謝之，乃如故。

　　（7）葉殺惡蜃，取得仙藥。高力士設計試葉之術，使人藏地
道中擊鼓，葉噴水化蛇入地道中，地道中人便“不敢打鼓”。

　　《廣記》二六〈葉法善〉條記：“錢塘江常有巨蜃，時為人
害，淪溺舟楫，行旅苦之，投符江中，使神人斬之，除害殄凶，
玄功遐被。”又記葉用黑符平息風浪，殺其禍首，原來是一長百
尺有多的白魚。《傳》則說：“錢塘江有巨蜃，淪溺舟航，經涉
者苦之。清沙鎮長沈愈躬自來迎真人，由是往焉，候潮信至，以
鐵符丹篆鎮之，至今絕其患。”至於考驗之事，可用《廣記》十
一〈劉憑〉條為證。它說：

　　　漢孝武帝聞之（劉憑），詔徵而試之，曰
　　“殿下有怪，輒有數十人，絳衣披髮，持燭
　　相隨走馬，可效否？”憑曰：“此小鬼
　　耳。”至夜，帝偽令人作之。憑於殿上以符
　　擲之，皆面搶地，以火爇口，無氣。帝大驚
　　曰：“非此鬼也，朕以相試耳。”乃解之。

　　《傳》所記與〈葉〉大致相同。《朝野僉載》三亦有一相似的故
事，可供參考：

> 明崇儼有術法。大帝試之,為地窖,遣妓奏
> 樂。引儼至,謂曰:"此地常聞管絃,是何
> 祥也?卿能止之乎?"儼曰:"諾。"遂書
> 二桃符,於其上釘之,其聲寂然。上笑喚妓
> 人問,云見二龍頭張口向上,遂怖懼,不敢
> 奏樂也。上大悅。

樂人因見蛇或龍而停止奏樂,可見這故事和〈葉〉的情節是同一
來源的分化。

　　(8)這一節記述葉變一酒甕爲一道士,與皇帝飲酒,其後道
士不肯再飲,葉乃殺之,酒甕的原形又再恢復。

　　《廣記》二六則說飲酒的人是張說,道士則姓麴(同書三六
八則謂飲者爲麴秀才)。同書三〇〈張果〉條仍說玄宗是飲酒
者。同書七二〈葉靜能〉條則記客人爲汝陽王,而道士爲常持
滿。《通鑒》兩事皆載。三七〇〈姜修〉條亦載同樣故事,由此
可見,這故事在唐時流傳甚廣。

　　(9)玄宗吃龍肉。

　　《廣記》二六亦記有烹龍肉的事。《朝野僉載》三有一近似
的故事,可供參考:

> 蜀縣令劉靜妻患疾,正諫大夫明崇儼診之,
> 曰:須得生龍肝,食之必愈。靜以為不可
> 得,儼乃畫符,乘風放之上天。須臾有龍
> 下,入瓮水中,剔取食之而差(瘥)。

這和〈葉〉的文字相近:"(淨能)作法書符一道,抛着盆中,
……良久中間,霧收雲散,空中有一神人,送龍腿一隻,可重三

十餘斤。"

（10）葉追五嶽值官要雨，以救亢旱。

《廣記》二六亦記葉曾"追岳神，致風雨"。可惜没有細節。《傳》則説："時值旱暵，命真人向河祈雨，……禱祈纔畢，雨遂滂沱，人馬盡濕。"

（11）葉帶玄宗往劍南觀燈，途中奏樂，並留一汗衫在蜀王殿中。其後，當地地方官果奏聞其事。

《廣記》七七〈葉法善〉條則説所去之地是涼州，而葉則將鐵如意去質酒。《傳》和《通鑒》同。《淵鑒類函》十七引《幽怪錄》，觀燈之地是廣陵。

（12）皇帝求子，葉牒問地府，得知"皇后此生不合有子"。

《廣記》三〇〇〈葉淨能〉條則説"奏上玉京天帝"。

（13）葉携皇帝於中秋夜遊月宮，其中有樹，直赴三千大千世界。歸後，帝欲拜葉爲師，葉拒之。

《廣記》二二〈羅公遠〉條記羅携玄宗到月宮，聞《霓裳羽衣曲》。同書二六〈葉法善〉條中所聞者是《紫雲曲》，後改之爲《霓裳羽衣曲》；回程經潞州城上時，皇帝吹玉笛並投金錢於城中，《傳》和《通鑒》同。同書七七〈葉法善〉條亦説所聞之曲是《霓裳羽衣》。柳宗元《龍城錄》則説申天師和鴻都客帶同玄宗往遊月中，聞樂音，歸而編《霓裳羽衣曲》。但據白居易〈《霓裳羽衣曲》和微之〉（《全唐詩》卷四四四）則説是楊敬述所作。

（14）這一節記葉私一宮人，帝欲殺葉，伏兵在殿内，葉變身柱内，後歸大羅天。

《廣記》七七〈羅思遠〉條則説玄宗向羅思遠學隱形之法，不成，用油榨壓殺之，但日後，羅在蜀道中向使者説："上之爲戲，一何虐也"。

《廣記》二二〈羅公遠〉條載玄宗學隱身術，常有不盡，便斬羅公遠。數年後，中使輔仙玉在蜀見羅，羅對輔說："加我以丹頸之戮，一何遽遽哉！"使輔送蜀當歸給玄宗，目的在暗示玄宗幸蜀之事。《說郛》二四引《逸史》謂羅被射殺。

（15）使者在蜀道見葉，便告知皇帝，帝大哭，作詩一首。

《廣記》二二〈羅公遠〉條所載已見上引文。而蜀當歸這一細節在《廣記》一三六〈蜀當歸〉條則歸之於僧一行。

探索了〈葉〉的情節來源後，我們可以得出一些結論：

（1）這篇變文比句道興改寫的"搜神記"見（《敦煌變文集》）更進一步，因爲它篇幅較長，而且全篇以葉淨能爲主角。

（2）李騫以爲〈葉〉是一篇定型的"話本"，這是可信的，因爲它以詩來結束，和其他幾篇一樣[16]。唐傳奇是否受這種形式的影響，雖乏實證，仍可存疑。

（3）認爲"詩"字是"話"的誤字之說，難以令人相信。現存變文的標題有不同的名稱，如"詞文"、"賦"、"傳"、"話"、"畫（話）本"、"書"、"論"等，不必勉強把"詩"改作"話"。日後孟棨的《本事詩》、宋代的《大唐三藏取經詩話》未必和〈葉〉沒有文體上的關係。

（4）〈葉〉處理佛道兩教的手法採融和態度，"大羅天帝釋"就是明證（"大羅天"是道教，"帝釋"是佛教）。

（5）從看到的情節來源，可見〈葉〉的作者捏合的能力很強（"捏合"一詞見《夢粱錄》卷二十〈小說講經史〉條："蓋小說者，能說一朝一代故事，頃刻間捏合。"《都城紀勝》作提破，疑非是）。凌濛初《拍案驚奇》卷七的有關道教尊師的擬話本，純屬抄襲舊籍，並無捏合，和〈葉〉比較，相差甚遠。

（6）《廣記》二六〈葉法善〉條說他七歲，"溺於江中，三年不還。……十五中毒殂死，……天臺苗君飛印相救，於是復蘇，……東入蒙山，神人授書，詣嵩山，神仙授劍。"（《傳》

較爲詳細，而《通鑑》則祇記遇溺之事）。這些情節和啓蒙儀式（Initiation Rite）若合符節：遇溺，就是跨過冒險的門檻（Crossing the Threshold of Adventure），授書授劍就是要被啓蒙者接受知識和男性權威，使他能負起成人的責任。

一九八九年五月卅一日於中文系

後　記

　　這篇文章的初稿是我在一九六七年春天在耶魯大學時寫的。隔了二十多年再拿出來修改，倒想不到已有好幾篇論文談到〈葉〉了。不過，我的重點倒不像一些作者盡力地去查稽其他的同類故事，我所注意的是想從〈葉〉來看宋代説話人如何捏合一些故事而湊成一篇。至於〈葉〉中的故事和他書所引的，究竟孰先孰後，從口傳文學的角度而言，很難確定；彼此間的關係也難指實，而講變文的人未必一定有所"附會"（見劉銘恕文）。此外，葉淨能盜取宮女一節，固然像金榮華所説的，對葉和玄宗的形象有損，但講者或不以此爲意。試看宋代有説諢經，及現存話本有〈月明和尚度柳翠〉、〈明悟禪師趕五戒〉的故事，可知佛、道中人在説話人口中未必都能擺脱俗情，一塵不染（唐代變文亦有〈孔子項託相問書〉，孔子形象亦不怎樣偉大）。而且〈葉〉是否一定由道教徒在道觀中講述，亦未可確定。如果講者以娛悦聽衆爲主，那末葉的行爲也就不足爲怪了。最後，關於"葉"的年代問題，張鴻勳提出了一些意見，我們可以接受。

　　這次在"民間文學國際研討會"中，得到博學多聞的杜德橋（牛津）和鄭志明（輔仁）兩位教授匡正不逮之處，甚爲感謝；可惜對他們所提供的資料（見下面附錄的書目）未能一一閱讀，從而把拙作加以補訂，那就難免於敝帚之譏了。

一九九〇年一月十三日

註釋

[1]　參考孫楷第：〈唐代俗講軌範與其本之體裁〉見《滄州集》（北京：中華書局，1965），上冊，頁1－60。

[2]　詳參羅宗濤：《敦煌變文用韻考》（臺北（？）：眾人出版社，1969），頁1－23。

[3]　〈黃氏詩卷序〉，見《紫山大全集》（《四庫全書珍本》四集，臺北商務印書館影印）卷8，葉13a－b。

[4]　見《敦煌文學》（上海：上海古籍出版社，1980），頁102。李騫說："張震澤教授認爲它的原標題〈葉淨能詩〉可能是〈葉淨能話〉的筆誤，是完全有可能的。"見〈唐話本初探〉，見周紹良、白化文編：《敦煌變文論文錄》（上海：上海古籍出版社，1982），下冊，頁762。胡士瑩《話本小說概論》認爲應是〈葉淨能傳〉之誤，張鴻勳已辨之，見〈敦煌話本《葉淨能詩》考辨〉，刊甘肅省社會科學院文學研究所編，《敦煌學論集》（甘肅人民出版社，一九八五年），頁130－144。

[5]　王重民等編：《敦煌變文集》（北京：人民文學出版社，1957），2冊。上文所引變文之頁碼，亦據此書。

[6]　李騫亦指出〈㓟齟書〉和〈孔子項托相問書〉後亦附以詩體或歌謠體文字，在形式上是韻散合組的。見上引文，頁790。

[7]　參考戴望舒：〈李紳《鶯鶯歌》逸句〉，見《小說戲曲論集》（北京：作家出版社，1958），頁2－3。

[8]　見許顗：《許彥周詩話》（《叢書集成》本），頁2；又任淵：《後山詩註》（《叢書集成》本），卷2，頁35。

[9]　收入《全唐詩》卷六三四。

[10]　見陳元龍：《片玉集注》（《四部備要》本），卷1，葉4a。

[11]　同上書，卷2，葉4a。

[12]　引自小川陽一：〈《葉淨能詩》の成立について〉，《東方宗教》16（1960年11月），頁56－57。

[13]　同上引文，頁57。

[14]　遊佐昇，〈葉法善と葉淨能──唐代道教の一側面〉《日本中國學會報》35（1983），頁158。

[15]　小川陽一，上引文，頁64－66。

［16］　李奭，上引文，頁796。

參考書目

金榮華：〈 讀《 葉淨能詩 》札記 〉，《 敦煌學 》8（ 1984年7
　　　　月 ），頁27－46。

張鴻勳：〈 敦煌話本《 葉淨能詩 》考辨 〉，《 敦煌學論集 》（ 甘
　　　　肅人民出版社，1985年 ），頁120－144。

權寧愛：〈 敦煌寫本《 葉淨能詩 》研究 〉，淑明女子大學文學碩
　　　　士論文。

─────：〈 葉淨能詩創作動機 〉，《 中國文化 》（ 淑明女大 ），
　　　　1985年10月。

劉銘恕：〈 敦煌文學四篇札記 〉，《 敦煌語言文學研究 》（ 北京
　　　　大學出版社，1988年 ），頁83－85。

蕭登福：〈 敦煌變文《 葉淨能詩 》，一文之探討 〉，《 敦煌俗文
　　　　學論叢 》（ 臺北：商務印書館，一九八八年 ），頁132－
　　　　174。

陳祚龍：〈 從敦煌古抄《 葉淨能詩 》談到凌濛初《 唐明皇好道集
　　　　奇人 》與《 武惠妃崇禪鬥異法 》〉，《 敦煌學 》13
　　　　（ 1988 ）年6月 ），頁1－78。

丁　　煌：〈 葉法善在道教史上地位之探討 〉，《 第一屆國際唐代
　　　　學術會議論文集 》（ 1989年2月 ），頁561－646。

遊佐昇：〈 文學文獻より見た敦煌の道教 〉《 講座敦煌 》4（ 東
　　　　京：大東出版社，1983年 ），頁263－290。

小川陽一：〈 道教說話 〉，同上書，頁291－304。

話本套語的藝術

　　話本小說本來屬於口傳文學（oral literature），這是人所熟知的一個中國文學史上的事實，但是在這方面從事研究的人並不多。晏君強（Alsace Yen）曾用派利──洛爾德（Parry‑Lord）的理論來研究主題模式[1]。內由道夫曾提及話本中重複用的詞和句[2]；荒木猛亦有文章討論這問題，但可惜都不夠全面[3]。

　　由於套句（formulaic expressions）是口傳文學最明顯的特徵[4]，我們可以用兩篇範文作一觀察。首先，我們看一下《警世通言》第二十八卷的〈白娘子永鎮雷峰塔〉。它裏面的套句有：

　　（子）山外青山樓外樓，西湖歌舞幾時休，暖風薰得遊人醉，直把杭州作汴州。

　　這首詩常見於話本小說中，見《喻》二四七/一七，《醒》三一○/一六，《水》一一九四/九四，《西》二○/一，《熊》六三/四，《錢》三 b[5]。

　　（丑）依稀雲鎖二高峰。

　　《清》二○：“南北二峰，雲鎖樓臺，煙籠梵寺”，《水》一二九九/九五，《錢》五 a：“暮雲深鎖二高峰”，《錢》四 b：“重重雲鎖二高峰”。

　　（寅）起（“啓”字之誤）一點朱唇，露兩行碎玉。

　　《清》三八○，四○○；四一○作“露一點絳唇，開兩行碎玉"，《錢》八ａ："啓一點朱唇，露兩行皓齒。"

（卯）啓櫻桃口。

《五‧晉上》一一〇："啓開一點櫻桃口"。又見《薛》三一。

（辰）金雞三唱，東方漸白。

《清》五七，《醒》六五七／三一，《水》一七九／一四。《錢》八ｂ："三唱雞聲，東方漸白"。

（巳）歡娛嫌夜短，寂寞恨更長。

元人小令亦有"想着每日歡娛嫌夜短，今宵寂寞恨更長"之句[6]。《醒》二二六／一一，二四七／一三，《警》三五二／二四，《西》五四一／二八：《警》二八四／二〇在這兩句之前加上"雲淡淡天邊鸞鳳，水沉沉交頸鴛鴦"兩句。

（午）數隻皂鵰追紫燕，一羣餓虎啖羊羔。

《喻》四〇〇／二六，《水》四四五／三三，一〇五一／七六作"猛虎"。《警》九七／八："皂雕追紫燕，猛虎啖羊羔"；五六八／三七："好似皂雕追紫燕，渾如餓虎趕黃羊"；又："有似皂雕追困雁，渾如雪鶻打寒鳩"。《醒》二六〇／一三："渾似皂雕追紫燕，真如猛虎啖羊羔。"

（未）怒從心上起，惡向膽邊生。無明火焰騰騰高起三千丈，掩納不住。

《喻》五七七／三八，《醒》一四六／七，七一四／三四只有前兩句。《喻》二二九——三〇／一五末兩句作："心頭一把無明火，高三千丈，按捺不下"。

（申）踏破鐵鞋無覓處，得來全不費工夫。

《警》二四／一五，《醒》二五六／一三，四五六／二一。

（西）三魂不附體，七魄在他身。

未見相同的句子，但"三魂"和"七魄"對舉的套語則常見。《清》四一二，四一六，《五‧梁上》一四——一五，《警》

二六四/一九，五三二/三四，五六一/三七，《醒》五三五/二
六，《西》二五四/一三。

（戌）不知一命如何，先覺四肢不舉。

《喻》六〇一/三九，《警》四三七/二八，《醒》二六九/一
四，《西》八九/五，個別文字稍有出入。

《醒》一〇五/五下句作"已見亡魂喪膽"；《水》一一二/
八，三四七/二五上句作"未知五臟如何"。

（亥）人無害虎心，虎有傷人意。

《五·梁上》三〇，《喻》六〇〇/三九。

我們再看《水滸傳》第十回的那首詞：

> 凜凜嚴凝霧氣昏，空中祥瑞降紛紛。須臾四
> 野難分路，頃刻千山不見痕。銀世界，玉乾
> 坤，望中隱隱接崑崙。若還下到三更後，彷
> 彿填平玉帝門。

它又可以在《醒》六〇〇/三一看到。《水》三一二/二四有《銀
舖世界，玉碾乾坤"兩句。以上的例子可以給我們一個對於套句
在話本中出現的情況的了解。

關於話本中所用套語，我們可以稍作分析：

甲、兩句字數相同，或爲對偶

1·鰲魚脫卻金鈎去，擺尾搖頭更不回。

《清》八三，《樂》中四二，《警》六五/六，四九〇/三
二，《醒》三八九/一九，六八八/三二，六九六/三三，
《水》八六一/六二，個別字眼略有出入。

2·金風未動蟬先覺，暗送無常死不知。

《清》三三一，《宣》亨二八作"暗算"，《警》一七二/一

三，二七六/二〇，《醒》二五〇/一三，六五四/三四。

3・青龍與白虎同行，吉凶事全然未保。

　　《清》四一八，《喻》一〇九/六，二八六/二〇，五八〇/三八，《警》二一一/一五，四六五/三〇，《醒》四七三/二二，五二四/二六，五三八/二八，《警》二七七/二〇作"烏鴉與喜鵲"，《醒》一〇七/五"然"誤作"無"。

4・豬羊奔屠宰之家，一步步來尋死路。

　　《清》二五七，四一三，《喻》八八/四，三九一/二六，《警》一九二/一四，五七六/三八，《醒》七〇三/三三。

5・塵隨馬足何年盡，事繫人心早晚休。

　　《清》二四，《喻》五一四/三五，《警》二二二/一六。

6・春爲花（茶）博士，酒是色媒人。

　　《清》五五，《醒》二四七/一三，《西》五五五/二九。

7・雪隱鷺鷥飛始見，柳藏鸚鵡語方知。

　　《清》三六三，四〇二，《警》一七四/一三。

乙、四句詩

1・窗外日光彈指過，席前花影座間移。一盃未盡笙歌送，階下辰牌又報時。

　　《宣》亨一三，《武》上一九，《水》二七/二。《清》二一八，《喻》二九一/二〇，四三四/二九，三處都只用前兩句。

2・盡道豐年瑞，豐年瑞若何，長安有貧者，宜瑞不宜多。

　　《清》三七六，《水》三一二/二四。《水，一二〇回本》一四六二/九三演作：《紛紛柳絮，片片鵝毛。空中白鷺羣飛，江上素鷗翻覆。飛來庭院，轉旋作態因風；映徹戈矛，燦爛增輝荷日。千山玉砌，能令樵子悵迷蹤；萬戶銀裝，多少幽人成佳句。正是盡道豐年好，豐年瑞若何？邊關多荷戟，宜瑞不宜多。"

3・二八佳人體似酥，腰間仗劍斬愚夫，雖然不見人頭落，暗裏教君骨髓枯。

　　《喻》七三/三，《水》六二〇——二一/四四。

4・無形無影透人懷，四季能吹萬物開，就地撮將黃葉去，入山推
出白雲來。

　　《清》一四六，《水》二九九/二三“地”作“樹”，《錢》
六 b——七 a “季”誤作“起”，《清》二二七作“二月桃花被綽
開”，《警》一九五/一四同。

丙、八句詩

1・柄柄芰荷枯，葉葉枯桐墜，蛩吟腐草中，雁落平沙地，細雨濕
楓林，霜重寒天氣，不是路行人，怎諳愁滋味。

　　《水》一八九/二二，《五・梁上》中間四句作：《細雨灑霏
微，催促寒天氣，蛩吟敗草根，雁落平沙地。”《警》五五七/三
七同。

2・雲拂烟籠錦旆揚，太平時節日舒長。能添壯士英雄膽，會解佳
人愁悶腸。三尺曉垂楊柳岸，一竿斜刺杏花傍。男兒未遂平生
志，且樂高歌入醉鄉。

　　《喻》五三二/三六；《水》四二——四三/三，個別字眼稍
有不同。

3・玉蕊旗槍真絕品，僧家造化極工夫。兔毫盞內香雲白，蟹眼湯
前細浪腴。斷送睡魔離几席，增添清氣入肌膚。幽叢自好嚴溪
畔，不許移根傍上都。

　　《五・漢上》一七〇，《醒》二八一/一五有錯字。《水》五
六/四，文字出入甚多。

丁、整篇文字

1・黑絲絲的髮兒，白瑩瑩的額兒，翠彎彎的眉兒，溜度度的眼
　兒，正隆隆的鼻兒，紅艷艷的腮兒，香噴噴的口兒，平坦坦的
　胸兒，白堆堆的妳兒，玉纖纖的手兒，細裊裊的腰兒，弓彎彎

的腳兒。

　　《喻》五二九/三六。《水》六二○/四四作：「黑鬢鬢鬢兒，細彎彎眉兒，光溜溜眼兒，香噴噴口兒，直隆隆鼻兒，紅乳乳腮兒，粉瑩瑩臉兒，輕嬝嬝身兒，玉纖纖手兒，一捻捻腰兒，軟膿膿肚兒，竅尖尖腳兒，花簇簇鞋兒，肉妳妳胸兒，白生生腿兒。」《水・一二○回本》一五九四/一○四有：「露出白淨淨肉嫻嫻乳兒」。《金》五 a/二化：「但見他黑鬢鬢賽鴉翎的鬢兒，翠彎彎的新月的眉兒，清冷冷杏子眼兒，香噴噴櫻桃口兒，直隆隆瓊瑤鼻兒，粉濃濃紅艷腮兒，嬌滴滴銀盆臉兒，輕嬝嬝花朵身兒，玉纖纖葱枝手兒，一捻捻楊柳腰兒，軟濃濃白面臍肚兒，窄多多尖蹺腳兒，肉妳妳胸兒，白生生腿兒。」

2・開言成匹配，舉口合和諧。掌人間鳳隻鸞孤，管宇宙孤眠獨宿。折莫三重門戶，選甚十二樓中？男兒下惠也生心，女子麻姑須動意。傳言玉女，用機關把手拖來；侍香金童，下說辭攔腰抱住。引得巫山偷漢子，唆教織女害相思。

　　《喻》四九二/三三，《警》二二三/一六作：「開言成匹配，舉口合姻緣；醫世上鳳隻鸞孤，管宇宙單眠獨宿。傳言玉女，用機關把臂拖來；侍案金童，下說詞攔腰抱住。調唆織女害相思，引得嫦娥離月殿。」《水》三二二/二四則多加變化：「開言欺陸賈，出口勝隋何。只憑說六國唇鎗，全仗話三齊舌劍。隻鸞孤鳳，霎時間交仗成雙。寡婦鰥男，一席話搬唆捉對。解使三重門內女，遮麼九級殿中仙。玉皇殿下侍香金童，把臂拖來；王母宮中傳言玉女，攔腰抱住。略施妙計，使阿羅漢抱住比丘尼；稍用機關，教李天王摟定鬼子母。甜言說誘，男如封涉也生心；軟語調和，女似麻姑須動念。教唆得織女害相思，調弄得嫦娥尋配偶。」《金》九 a——b/二大致相同，末兩句作：「藏頭露尾，攛掇淑女害相思，送暖偷寒，調弄嫦娥偷漢子。」

3・前臨剪徑道，背靠殺人岡。遠看黑氣冷森森，近視令人心膽喪。料應不是孟嘗家，只會殺人並放火。

《警》五五九/三七，《五・梁上》一三。

從上面的例子可以看出作者可在文字上稍作改動，這亦可表現出“說話”的活潑性，除改動外作者還可在文字上作增減。

（1）“金風未動蟬先覺，暗送無常死不知”兩句在《水》四一一/三一加上“暗室從來不可欺，古今奸惡盡誅夷”兩句，湊成一絕句。《水・一二〇回本》一五八〇/一〇三作：“爽口物多終作病，快心事過必為殃，金風未動蟬先覺，無常暗送怎提防。”又如“鹿分鄭相終難辨，蝶化莊周未可知”兩句，《五・漢上》一六三——四加上“縱使如今不是夢，能於為夢幾多時”兩句在後面，湊成絕句一首，“踏破鐵鞋無覓處，得來全不費工夫”兩句在《水》四九二/三六變成絕句（加“冤仇還報難回避，機會遭逢莫遠圖”兩句在前面）。“三寸氣在千般用，一日無常萬事休”在《清》一五八演成七律一首：“一日無常萬事休，半床席捲不中留，憂愁戀兒（應為貌字）年紀小，愛子貪妻不到頭，使盡機關爭名利，魂離魄散做骷髏，人人盡是痴呆漢，難免荒郊臥土坵。”此外例子甚多。“雲淡淡天邊鸞鳳，水沉沉交頸鴛鴦，寫成今世不休書，結下來生合歡帶”四句，見《警》一九〇/一四，《熊》六五/四；在《醒》六六六/三一中，有六句加在前面：“繡幌低垂，羅衾漫展，雨情歡會，共訴海誓山盟，二意和諧，多少雲情雨意。”（案《宣》亨一五只有兩句：“天淡淡雲邊鸞鳳，水澄澄波裏鴛鴦”）。

（2）上面乙1・所引之絕句，亦有只用前面“窗外”兩句的例子，此外《清》六五，《喻》五七九/三八所用的四句（“喫食少添鹽醋，不是去處休去，要人知重勤學，怕人知事莫做。”）在《清》三五八，《警》五〇八/三三卻只用末二句。

作者又可用相同或近似的文字描寫相同或類似的情況。這一點已在晏君強的文章中加以討論。現再舉一例。

（3）"南柯一夢"在《警》四二三/二八用原意，但在他處則形容忽然死亡。《清》四一六："誰知今日無常，化作南柯一夢"。《警》三〇五/二一："可憐閨秀千金女，化作南柯一夢人"。《西》一一七/七："可憐一代奸臣，化作南柯一夢"。《水》七五九/五四："可憐半世英雄漢，化作南柯夢裏人"；一二一五/八九："堪歎遼國英雄，化作南柯一夢"。

（4）有些套語，比較複雜，在文字上，我們只看到一些可以稱爲"母題"（motif）的句子或片語，作者的文字技巧可在母題組合方面表現出來。

1a　莊，莊！臨堤，傍岡，青瓦屋，白泥牆。桑麻映日，榆柳成行，山雞鳴竹塢，野犬吠村坊，淡淡煙籠草舍，輕盈霧罩田桑。家有餘糧雞犬飽，戶無徭役子孫康。（《喻》）二六七/一九）

1b　前臨村塢，後倚高岡。數行楊柳綠含烟，百頃桑麻青帶雨。高隴上牛羊成陣，芳塘中鵝鴨成羣。正是：家有稻粱雞犬飽，架多書籍子孫賢。（《水》四九八/三七）

1c　前通官道，後靠溪岡。一週遭楊柳綠陰濃，四下裏喬松青似染。草堂高起，盡按五運山莊，亭館低軒，直造倚山臨水。轉屋角牛羊滿地，打麥場鵝鴨成羣。田園廣野，負備莊客有千人。家眷軒昂，女使兒童難計數。正是：家有餘糧雞犬飽，戶多書籍子孫賢。（《水》二三/二）

1d　門迎闊港，後靠高峰。數千株槐柳疏林，三五處招賢客館。深院內牛羊騾馬，芳塘中鳧鴨雞鵝。仙鶴庭前戲躍，文禽院內優游。疏財仗義，人間今見孟嘗君。濟困扶傾，賽過當時孫武子。正是：家有餘糧雞犬飽，戶無差役子孫閒。（《水》二九〇/二二）

這四個例子中，除最後兩句相似外，還有多個組成分子相同，如1a──1b間有"臨、岡、桑麻、柳"，而"村塢"則分拆成"竹塢、村坊"。1b—1c 間有"岡、楊柳綠、青、牛羊、鵝鴨成羣"。1c－1d 間亦有"後靠、柳、牛羊、鵝鴨"。後三例同出《水滸傳》，比較來説，1b 應是基礎，1c 和 1d 都有增飾，而 1a 則爲了符合形式，要加韻腳，又可見 1a 之技巧有限，故有重字，當出民間藝人之手。

2a　紅輪西墜，玉兔東生，江上漁翁罷釣，佳人秉燭歸房。（《宣》亨一三）

2b　紅輪西墜，玉兔東生，佳人秉燭歸房，江上漁人罷釣。漁父賣魚歸竹徑，牧童騎犢入花村。（《警》一九二/一四）。

2c　紅輪西墜，玉兔東生。佳人秉燭歸房，江上漁翁罷釣。螢火點開青草面，蟾光穿破碧雲頭。（《警》五六二/三七）

2d　金烏西墜，玉兔東生，滿空"薄"（據《清》一四一的"薄霧朦朧四野，殘雪掩映荒郊"兩句，以意補"薄"字）霧照平川，幾縷殘霞生遠漢，漁父負魚歸竹徑，牧童同犢返孤村。（《清》一四五）

2e　紅輪低墜，玉鏡將明。遙觀樵子歸來，近睹柴門半掩。僧投古寺，疏林穰穰鴉飛。客奔孤村，斷岸嗷嗷犬吠，佳人秉燭歸房，漁父收綸罷釣。唧唧亂蛩鳴腐草，紛紛宿鷺下莎汀。（《水》一一四/八）

2f　煩陰已轉，日影將斜，遙觀魚翁收繒罷釣歸家，近睹處處柴扉半掩，望遠浦幾片帆歸，聽高樓數聲畫角，一行塞雁落隱隱沙汀，四五隻孤舟橫瀟瀟野岸，路上行人歸旅店，牧童騎犢轉莊門。（《清》二七三——四）

2b 和 2c 較 2a 多兩句，2b 和 2d 則只有三、四兩句不同；2e 和 2a 比較，則多出中間六句和最後四句，而這幾句和 2f 亦有"柴門半掩、鷺下莎汀"的共同母題。這些例子都和《警》二二五/一六有關。此外，又有以驪山褒姒和赤壁周瑜爲主題句子寫出幾段描寫火燒的文字。見《警》九三——四/八，《水》一三七——八/一〇，五六六/四一，一〇八二/七九。

作者爲了表現才華，有時會用一些特殊的修辭方法來創作。

（5）一字至七字詩：

風，風！蕩翠，飄紅，忽南北，忽西東。春開柳葉，秋謝梧桐。涼入朱門内，寒添陋巷中。似鼓聲搖陸地，如雷振響晴空。乾坤收拾塵埃淨，現日移陰卻有功。

《警》二七一/一九。《清》六二第二“風”字誤作“蕩”，“謝”作“卸”，“内”作“户”，又無最後四句，在〈崔衙内白鷂招妖〉中，包括這首在内，共有同樣的詩八首，《西湖二集》之〈李鳳娘酷妒遭天譴〉亦有兩首。《西廂記諸宮調》第四節有這一首詩：“琴，琴！軫玉，徽金。其操雅，其趣深。玄鶴集洞，啼鳥繞林。洗滌是非耳，調和道德心。漱松風於石壁，迸遠水於孤岑。不是奏箏合衆聽，高山流水少知音。”

（6）累用叠字：

嵯嵯峨峨的山勢，突突兀兀的峰巒，活活潑潑的青龍，端端正正的白虎，圓圓淨淨的護沙，灣灣環環的朝水。山上有蒼蒼鬱鬱的虬髯美松，山下有翠翠青青的鳳尾修竹，山前有軟軟柔柔的龍鬚嫩草，山後有古古怪怪的鹿角枯樟。也曾聞華華彩彩的鸞吟，也曾聞昂昂藏藏的鶴唳，也曾聞咆咆哮哮的虎嘯，也曾聞呦呦詵詵的鹿鳴。這山呵！比浙之天台更生得奇奇絕絕，比閩之武夷更生得鄒鄒嶕嶕，比池之九華更生得迤迤邐邐，比蜀之峨眉更生得秀秀麗麗，比楚之武當更生得尖尖圓圓，比陝之終南更生得巧巧妙妙，比魯

之泰山更生得蜿蜿蜒蜒，比廣之羅浮更生得
蒼蒼奕奕。真個是天下無雙勝境，江西第一
名山。萬古精英此處藏，分明是個神仙宅。
（《警》六〇二/四〇）

金殿當頭紫閣重，仙人掌上玉芙蓉，太平天
子朝元日，五色雲車駕六龍。皇風清穆，溫
溫靄靄氣氤氳，麗日當空，郁郁蒸蒸雲靉
靆。微微隱隱，龍樓鳳闕，散滿天香霧。霏
霏拂拂，珠宮貝闕，映萬縷朝霞。文德殿燦
燦爛爛，金碧交輝。未央宮光光彩彩，丹青
炳焕。蒼蒼涼涼，日映着玉砌雕闌。裊裊英
英，花簇着皇宮禁苑。紫扉黃閣，寶鼎內縹
縹緲緲，沉檀齊爇。丹陛彤墀，玉臺上明明
朗朗，玉燭高焚。朧朧朦朦，振天鼓擂疊三
通。鏗鏗鈞鈞，長樂鐘撞百八下。枝枝杈
杈，叉刀手互相磕撞。搖搖擺擺，龍虎旗來
往飛騰。錦襠花帽，擎着的是圓蓋傘，方蓋
傘，上下開展。玉節龍旂，駕着的是大輅
輦，玉輅輦，左右相陳。立金瓜，臥金瓜，
三三兩兩。雙龍扇，單龍扇，疊疊重重。羣
羣隊隊，金鞍馬，玉彎馬，性貌馴習。雙雙
對對，寶匣象，駕轅象，勇力猙獰。鎮殿將
軍長長大大甲披金，侍朝勳衛齊齊整整刀晃
銀。嚴嚴肅肅，殿門內擺列着糾儀御史官。
端端正正，姜擦邊立站定近侍錦衣人。金殿
上參參差差，齊開寶扇。畫棟前輕輕欵欵，

捲起珠簾。文樓上嘐嘐嗷嗷，報時雞人三
唱。玉階下刮刮剌剌，肅靜鞭響三聲。濟濟
楚楚，侍螭頭，列簪纓，有五等之爵。巍巍
蕩蕩，坐龍床，倚繡縟，瞻萬乘之尊。晴日
照開青瑣闥，天風吹下御爐香。千條瑞靄浮
金闕，一朵紅雲捧玉皇。（《水》一一三
○——一/八二；《金》一三 b——四 b/七
一略有出入）

（7）數字序列：

十色俄分黑霧，九天雲裏星移。八方商旅歸
店，解卸行裝。北斗七星隱隱，遞歸天外。
六海釣叟，繫船在紅蓼灘頭，五戶山邊，盡
總牽牛羊入欄。四邊明月，照耀三清。邊廷
兩塞動寒更，萬里長天如一色。

　　《清》一九四。《水》四○八——九/三一亦有一段形容夜色
文字，但數字序列並不完整。《全相秦併六國平話》（文學古籍
刊行社影印元至治本）亦有一段文字：「十樣錦鋪連地角，九金
龍盤遠棟樑。殿分八卦紫雲遮，七寶粧成王御座。綠楊影立回環
盡，彩盡宮粧，五鳳樓前，玉女執團團鳳扇，四聲萬歲響連天，
三下淨鞭人寂靜，二班文武列班齊，一國世尊登寶位。」（頁一
九四）

　　（8）疊用相同語法結構：

魯達再入一步，踏住胸脯，提起那鑯鉢兒大

小拳頭，看着這鄭屠道："灑家始投老种經
略相公，做到關西五路廉訪使，也不枉了叫
做鎮關西。你是個賣肉的操刀屠戶，狗一般
的人，也叫做鎮關西！你如何強騙了金翠
蓮！"撲的只一拳，正打在鼻子上，打得鮮
血迸流，鼻子歪在半邊，恰便似開了個油醬
舖，鹹的酸的辣的，一發都滾出來。鄭屠掙
不起來。那把尖刀也丟在一邊，口裏只叫：
"打得好！"魯達罵道："直娘賊，還敢應
口！"提起拳頭來，就眼眶際眉稍只一拳，
打得眼睖縫裂，烏珠迸出，也似開了個綵帛
舖的，紅的黑的絳的，都滾將出來。兩邊看
的人，懼怕魯提轄：誰敢向前來勸。鄭屠當
不過，討饒。魯達喝道："咄！你是個破落
戶。若是和俺硬到底，灑家倒饒了你。你如
何叫俺討饒，灑家卻不饒你！"又只一拳，
太陽上正着，卻似做了一個全堂水陸的道
場，磬兒鈸兒鐃兒一齊響。

《水》四七－八/三。此外〈宋四公大鬧禁魂張〉亦有同樣例
子：

他還地上拾得一文錢，把來磨做鏡兒，捍做
磬兒，摘做鋸兒，叫聲"我兒"，做個嘴
兒，放入匣兒。（《喻》五二八/三六）

　　至於那些用藥名或詞曲名嵌入文字之內，雖見巧思，但跡近
遊戲了（見《西》二三四——五/一二，一八三——四/一〇）。
現錄《全相秦併六國平話》一段，以見一斑：

> 　　但見旗腳下一將，……計使六韜三略法，槍
> 橫萬歲老龍牙。燕將石青龍打扮，兔絲纓用
> 塵耳結就，白頭魁使滑石打成，硬川芎犀角
> 做梢，鐵巴戟用鹿用（茸）為柄，腰間鬼
> 箭，才急若防風，壁上黃芩，撫動朱砂非
> 散。虎睛偏識兵書，桂心多記戰策（“才
> 急”句疑有訛漏）。（頁二二一）

　　把現存資料細讀一遍以後，我們可以看到下列各點：

　　1・現存最早的話本是《大唐三藏取經詩話》，它裏面沒有套
語（《梁公九諫》亦有人視之爲話本，它也沒有套語）。

　　2・《宣和遺事》、《全相平話》五種、《五代史平話》、
《薛仁貴征遼事略》都有少許套語，但分佈並不平均，這情形或
由於抄書人或編書人的刪削所造成。

　　3・《清平山堂話本》和《三言》中的話本套語甚多，但分佈
亦不平均。講史話本的套語較少。

　　4・從上面三點可以看出話本發展的痕跡。其後的擬話本（如
《醉醒石》）便沒有多少套語了。我們猜想，當說話這行業發展
蓬勃時，書會的才人可能多編些故事。說話人便借用套語來描述
相似的情事，其後說話式微，擬作的話本便捨套語而別創新詞
了。

　　5・話本中的套語可能是書會中的才人或老郎所寫[7]。例如
《清》二七八：“才人有詩說得好：求人須求大丈夫，濟人須濟

急時無，渴時一點如甘露，醉後添盃不若無。”又《清》四三
說：“一個書會先生看見，就法場上做了一隻曲兒喚做〈南鄉
子〉。”《水》六四三/四六亦記有書會先生爲故事填詞的事：
“後來蘇州城裏書會備知了這件事，拿起筆來，又做了這隻〈臨
江仙〉詞。”同書九七〇/七〇也說：“昔日老郎有一篇言語，贊
張清道⋯⋯ ”。他們的寫作才能相當高明，《醒世恒言》〈張孝
基陳留認舅〉裏的入話，是老郎傳說的一篇二十八句七言詩的
“長話”；同書三〇三/一五又載有好事者所作的歌兒：

> 可憐老和尚，不見了小和尚；原來女和尚，
> 私藏了男和尚。分明雄和尚，錯認了雌和
> 尚。為個假和尚，帶累了真和尚。斷個死和
> 尚，又明白了活和尚。滿堂只叫打和尚，滿
> 街爭看迎和尚！只為一個莽和尚，弄壞了庵
> 院裏嬌滴滴許多騷和尚。

　　6・羅燁《醉翁談錄》指出說話人的才能很多，其中包括：
“論才詞有歐、蘇、黃、陳佳句；說古詩是李、杜、韓、柳篇
章。”我相信他們記誦得相當多套語。羅燁又說他們能“辨草木
山川之物類”[8]我認爲《水滸傳》第一回對山的描寫就是個好例
子：

> 根盤地角，頂接天心。遠觀磨斷亂雲痕，近
> 看平吞明月魄。高低不等謂之山，側石通道
> 謂之岫，孤嶺崎嶇謂之路，上面極平謂之
> 頂，頭圓下壯謂之巒，隱虎藏豹謂之穴，隱
> 風隱雲謂之岩，高人隱居謂之洞，有境有界

謂之府，樵人出沒謂之徑，能通車馬謂之
道，流水有聲謂之澗，古渡源頭謂之溪；巖
崖滴水謂之泉。左壁為掩，右壁為映。出的
是雲，納的是霧。維尖像小，崎峻似峭，懸
空似險，削礱如平。千峰競秀，萬壑爭流。
瀑布斜飛，藤蘿倒掛。虎嘯時風生谷口，猿
啼時月墜山腰。恰似青黛染成千塊玉，碧紗
籠罩萬堆烟。

　　7．這些套句（尤其是長篇的）可能由說話人唱出（唱導的
唱，相當於英文的 chant）。這樣，一方面可以延宕時間，向聽眾
領賞錢（《水滸傳》五十一回白秀英故事中可見），一方面表現
說話人的學問（如吳自牧《夢粱錄》提到的戴書生、周進士，
《西湖老人繁勝錄》提到的喬萬卷、許貢士、張解元、雙秀才
等）。

　　8．章回小說中的《水滸傳》保有很多套語，它和《三國志通
俗演義》都傳是由羅貫中所編寫的。關於作者問題，我們不在這
裏討論。先是從套語理論來說，《水滸傳》應包括了相當多曾在
民間流傳的話本（《宣和遺事》裏宋江故事亦保有最多套語）。
因此，當我們討論《水滸傳》成書情況時，不能忽略這一點。至
於徑行把所有套語看成贅疣一樣都給刪掉，那就真是煮鶴焚琴了
（百回本和百二十回本中的套句亦稍有出入，其中原因亦有探討
的價值）。

　　9．《金瓶梅》的套語都來自《水滸傳》。因此，故事的發展
部分較之小說的首尾部分甚少套語。有時作者又把一段以上的套
語捏合，例如一六 b──一七 a/七一對風的描寫，就合拼了《清》
一四三，二一一，《警》一九四/一四，《水》二四三/一九所引

的套語。

10·現存話本中套語的有無或多少，原因很多：或者原作有，但被刪去；或原本無，要説話人自行加上；或如《金瓶梅》及其他擬話本還是把套語照抄，雖然它們已失去説唱的效果（《金瓶梅》收錄很多民間文學材料，作者可能還注重説唱）。我們在討論話本的寫作年代時，套語這一項也可以列入考慮之列[9]。

除上面所説的幾點外，我們還可以利用套句來作校勘：

11·改正訛誤：

a.《清》二三四，《喻》四四七/三〇，《警》五一三/三三的"分開八塊頂陽骨，傾下半桶冰雪來。""來"字應改作"水"。

b.《警》五六〇/三七的"三杯竹葉穿心過，兩朵桃花臉上來"，"臉上"應作"上臉"。

c.《清》二九七的"雲鬢輕梳蟬遠"，應據《清》一四和《警》一九〇/一四改作"蟬翼"。

d.《清》二一一的"括起風都頂上塵"，應據《喻》二八八/二〇和《警》一九四/一四改作"酆都"。

e.《清》四一二的"鹿迷鄭相應難便"，和《宣》元二三的"鹿迷鄭相應難下"，都應作"難辨"，下是卞的誤字，卞和便都是別字。《醒》二五八/一三作"秦相"。

f.《喻》五七四/三八的"女媧只會煉石補青天"，應據《清》三八七改作"女媧會煉補天石"。

g.《清.》二〇七的"酒市大字"，應據《喻》二八七/二〇作"酒簾"，又"李白聞言休駐馬"，於義不長，可據《水》四二三/三二的"聞香須住馬"改爲"李白聞香須駐馬"。

12·補訂脱漏：

h.《清》一三一的"幾竿翠竹如龍，遠就太湖山；數簇香松似鳳"，下面當脫一句。

　　i.《清》一三五的"傍村酒店幾多年，遍野桑麻在地邊，白板凳舖賓客坐，柴門多用棘針編，暖煙窰前煨麥蜀，牛屎泥牆盡醉仙"和《水》六四——五/四比較，可見訛奪甚多。《水》所引詩如下："傍村酒肆已多年，斜插桑麻古道邊。白板凳舖邀客坐，矮籬笆用棘荆編。破瓷榨成黃米酒，柴門挑出布青簾。更有一般堪笑處，牛屎泥牆畫醉仙。"案《劉知遠諸宮調》（據甘肅人民出版社一九八七年之《全諸宮調》本）第一節亦有"數間茅屋道旁邊，空裏高將布望懸。灶下柴燒蘆葫葉，牛屎泥牆畫醉仙。"（頁五）

　　j.《五·梁上》二三的"簫鼓喧天，笙歌聒地，畫燭照〔兩行珠翠，星娥擁〕一個神仙。"中間七字，據《清》二七——二補。

　　k.《五·梁上》三五的"〔爐〕中噴金鼎龍涎，盞面上波浮綠蟻"，爐字據《清》一三八的"獸爐內高爇龍涎"補。

　　以上的討論，給予我們對話本中的套語一個概括的印象。同時亦可以證明派利——洛爾德理論可用在話本研究方面（當然我們要記住西方的理論主要是應用在史詩方面，因此在話本研究方面便不受詩律的限制）。

　　話本小說曾經由說話人在公眾場所裏演述這一事實，是無可置疑的。不過，關於話本和說話之間的關係，還沒有很詳細地加以論述。我們在這裏就它們之間的關係的每一方面都加以討論。我們會用到派利——洛爾德的理論。他們的理論，雖然是口傳文學的基礎，但後來學者對其他口傳文學研究的結果，反過來，把他們兩人的理論作過修正[10]。因此，我們雖然依着他們所開闢的路向探索，但也擷取了其他學者的看法來印證話本的演述情況。

　　巴肯（David Buchan）指出：口傳文學是矛盾語（paradox），它本身應不被記下來，但只有把它記下來才有記錄給我們研究；

但當它一旦被記下來時，它就有可能受到文字的影響[11]。

根據這個說法，我們就不能說《清平山堂話本》中的任何一篇話本是當時的實錄，或是說話人的默寫本（dictated text）；更不能這樣地說馮夢龍《三言》裏面的篇章了。至於派利和洛爾德兩人所提出說故事的人全不要或沒有用書寫材料來輔助的見解，很多人都不贊同[12]，這些人認爲說故事的人可以自由創作，也可以依據書寫材料來說故事。這些材料可能是他自己的默寫本，也可以是別人提供的[13]，這和宋、元話本的情況相同（詳下），因此，拉索（Joseph Russo）和西門（Bennett Simon）也認爲即使這些作品是書寫的本子，它們仍可被稱作口頭創作[14]。

芬尼根（Ruth Finnegan）認爲一首詩如果符合下面全部或一至二個條件便可稱爲口頭創作：（1）它的組成（composition），（2）它的流傳（transmission），和（3）它的表演（performance）[15]。我們雖然沒有親自耳聞目睹宋、元話本如何組成，但從現存的資料來看，最低限度有些故事是先經過一個時期的口頭傳述，然後再寫定的，例如：

> 閒得老郎們相傳的說話。（《喻世明言》
> 〈陳御史巧勘金釵鈿〉）
> 這話本是京師老郎流傳。（《喻世明言》
> 〈史弘肇龍虎君臣會〉）
> 至今流傳做話本。（《喻世明言》〈明悟禪
> 師趕五戒〉）
> 原係京師老郎傳流，至今編入野史。（《醒
> 世恒言》〈勘皮靴單證二郎神〉）
> 常聞得老郎們傳說。（《醒世通言》〈張孝
> 基陳留認舅〉）

有些則説明講故事的人是作者：

> 看在下這回〈吳越王再世索江山〉。（《西
> 湖二集》卷一）
> 在下做這一回小説。（同書卷十八）

這情形在唐代變文也出現：

> 具説漢書修製了，莫道詞人唱不真。（《敦
> 煌變文集》頁七一）

有些人可能依賴一些寫好的綱領來講述他們的故事，如《大唐三
藏取經詩話》等。但他們一定會一面説，一面創造他們的故事，
這就叫做表演時口頭創作（oral composition in performance）[16]。
有時書寫和口傳的故事會同時流行[17]。下面的例子最低限度説明
了一部分的故事是書寫的：

> 一個書會先生看見，就法場上做了一隻曲兒
> 喚做〈南鄉子〉。（《喻世明言》〈簡帖僧
> 巧騙皇甫妻〉）
> 後來蘇州城裏書會們備知了這件事，拿起筆
> 來，又做了這隻〈臨江仙〉詞。（《水滸
> 傳》六四三/四六）
> 昔日老郎有一篇言語，贊張清道。（同書九
> 七〇/七〇）

看官聽説，這回話都是散沙一般。先人書會
留傳，一個個都要說到，只是難做一時說，
慢慢敷演開目，下來便見。看官只牢記關目
頭行，便知裏曲奧妙。（《水滸傳》一二八
七／九四）

這西湖景致，自東坡稱贊之後，亦有書會吟
詩和韻，不能盡記。又有一篇言語，單道着
西湖好景，曲名"水調歌頭"。……再有一
篇詞語，亦道着西湖好處。詞名"臨江
仙"。（同書一二九四／九四）

　　上面所引，又可以說明話本的流傳情況。即是説，它是由老
郎（有經驗的說書人）傳給他的徒弟或他人，或由書會先生提供
故事中的古典文字，或由説書人自行創作。

　　由於故事經由口頭傳述，因此，講故事的人和聽眾彼此間互
相影響[18]。在這情況之下，即使講者有書寫的本子作爲根據，但
他會因應聽眾的反應而作出改變。唐以前佛教的唱導可作爲借
鏡。《高僧傳》卷十三說："夫唱導所貴，其事四焉：謂聲、
辯、才、情。非聲則無以警眾，非辯則無以適時，非才則無言可
採，非博則語無依據。"[19]除了講者的本身條件外，還要視聽眾
的品類而採不同的技巧。它說："如爲出家五眾，則須切語無
常，苦陳懺悔；若爲君王長者，則須兼引俗典，綺綜成辭；若爲
悠悠凡庶，則須指事造形，直談聞見；若爲山民野處，則須近局
言辭，陳斥罪目。……可謂知時。"[20]唐時的"長興四年中興殿
應聖節講經文"有頌聖的文字，而"溫室經講唱押座文"則有下
面幾句說話：

今晨擬說甚深文，唯願慈悲來至此。聽眾聞
經罪消滅，總證菩提法寶身。閻浮濁惡實堪
悲，老病終期長似醉，已捨喧喧求出離，端
坐聽經能不能？能者虔恭合掌着，經題名字
唱將來。（《敦煌變文集》，頁八三四）

拉德羅夫（ V. V. Radlov ）指出點戛斯（ Kirghiz ）的遊唱詩人
（ minstrel ）在有顯貴出席的場合中，會唱出對他們家族的讚歌，
和一些會引起他們同情的情節；但如果聽眾都是窮人的時候，他
便會對有財有勢的人作非常尖刻的批評[21]。這都可以證明講說者
對聽眾身份的因應[22]。

　　到了宋代，大概因爲聽眾是一般的小市民，因此，像唱導和
俗講的因應能力就不需要了。但是講說者的表演，唐以前一直到
宋、元都受到注意。《高僧傳》卷十三說：“談無常則令心形戰
慄，語地獄則使怖淚交零，徵昔因則如見往業，覈當果則已示來
報，談怡樂則情抱暢悅，叙哀感則灑淚含酸。於是闔眾傾心，舉
堂惻愴，五體輸席，碎首陳哀，各各彈指，人人唱佛。”[23]這是
南朝唱導的情況，趙璘《因話錄》卷四說：“有文淑（應作淑）
僧者，公爲聚眾譚說，假託經論，所言無非淫穢鄙褻之事。不逞
之徒，轉相鼓扇扶樹。愚夫冶婦，樂聞其說，聽者填咽。……教
坊效其聲調，以爲歌曲，其盰庶易誘，釋徒苟知真理，及文義稍
精，亦甚嗤鄙之。”[24]唐朝俗講以文淑爲第一，見於日僧圓仁
《入唐求法巡禮行記》[25]。宋代的說話，根據羅燁的《醉翁談
錄》，它的效果也非常大：“說國賊懷奸從佞，遣愚夫等輩生
嗔；說忠臣負屈負冤，鐵心腸也須下淚。講鬼怪令羽士心寒膽
戰；論閨怨遣佳人綠慘紅愁。說人頭廝挺，令羽士快心；言兩陣
對圓，使雄夫壯志。談呂相青雲得路，遣才人着意羣書；演霜林

白日昇天，教隱士如初學道。瞳發迹話，使寒門發憤；講負心底，令奸漢包羞。講論處不滯搭、不絮煩；敷演處有規模、有收拾、泠淡處提掇得有家數，熱鬧處敷演得愈久長。曰得詞，念得詩，說得話，使得砌。言無訛舛，遣高士善口讚揚；事有源流，使才人怡神嗟訝。"[26] 以上的討論，說明了話本符合了芬尼根所提出的三個指標。至於講說話本時，是否隨意創作，還是背誦已寫好的本子。洛爾德强調創作，認爲背誦本子就不算口傳文學[27]。如上所述，他的說法被認爲過於狹窄，不再被人接受。從文獻來看，話本顯然是兩者並重，《醉翁談錄》就指出說話人要"幼習《太平廣記》，長攻歷代史書。煙粉奇傳，素蘊胸次之間；風月須知，只在唇吻之上。《夷堅志》無有不覽，《琇瑩集》所載皆通。……論才詞有歐、蘇、黃、陳佳句；說古詩是李、杜、韓、柳篇章。"[28] 此外，上文亦曾引過一些例子，說明小說裏面有些詩詞是書會中人寫的。這個情形進一步證明了外國學者的一個看法，就是：講者和聽衆都認同傳統[29]。而在中國社會裏，傳統就包括了作爲主流的古典文學，因此，說話人之中有雙秀才（《西湖老人繁勝錄》）、喬萬卷、許貢士、張解元、陳進士等（《武林舊事》），他們都標榜著大傳統來吸引聽衆！

用話本來和變文比較，我們可以看到在變文中，套語可說是絕無僅有。我以爲書會的組織和師徒關係的可能存在，促使套語在話本中廣泛被應用，進而做成一個小傳統[30]。從這一點看，創作（creativity）和記憶（memorization）並不是互相排斥，而是可以並行不悖的[31]。它們和傳統的關係，可用下面的圖形來說明。夏志清在討論《三言》裏面的故事時，指出當個人（self）和社會（society）發生衝突時，個人就會被犧牲[32]。這顯然是由於講者和聽衆都認同傳統的緣故。

再談創作和記憶的問題，胡祇遹在〈黃氏詩卷序〉中說："雖記誦閑熟，非如老僧之誦經。……關鍵詞藻，時出新奇，使

人不能測度，爲之限量。"[33] 又在〈優伶趙文益詩序〉指出趙氏
"恥蹤塵爛，以新巧而易拙，出於眾人之不意，世俗之所未嘗見
聞者，一時觀聽者多愛悦焉。』"[34] 這都説明了推陳出新然後可以
吸引聽眾。

　　總括上面所説，話本是口傳文學的一種是可以作爲一個定論
了。跟着我們要討論一下套語的問題[35]。儘管關於套語的定義還
有爭辯[36]，我們大致可把套語分成兩類：一是套句（formula），
它用來形容特定的情況或動作，例如上文（寅）至（亥）的例
子；另一是主題（theme），它是一叢（cluster）母題（motif），
例如（丁2）的例子。

　　套語在話本中的運用，一般都被現代讀者加以貶斥[37]。有些
人雖然沒有把它看作贅疣，但也沒有把它的作用作一正確的評
估。我在下面嘗試提出一些意見。

　　1．外國研究口傳文學的學者強調重複（repetition）的作
用[38]。套語的作用就在加深聽眾的印象。

　　2．並列（juxtaposition）亦是口傳文學的一種基本手法[39]。
話本中的套語（對偶、韻文、或駢文），發揮了並列的作用。

　　3．話本中散文部份是叙事（narrative），套語部份是抒情
（lyricism）。因此像"歡娛嫌夜短，寂寞恨更長"，"塵隨馬足
何年盡，事繫人心早晚休"等句會引起抒情作用[40]。

　　4．對文化水準較低的聽眾來説，套語使他們感到是在參加一
種高級的文化活動，也令他們認同於大傳統。

5．由於要認同於大傳統，講者常引用典故和賣弄語言技巧，這些技巧基本上也是語法的重複運用。

6．它有時也產生比喻（ metaphoric ）的作用，例如〈白娘子〉的上場詩中"直把杭州作汴州"可能暗示許宣把蛇精當作常人。"依稀雲鎖二高峰"也可能比喻許、白的婚姻。

7．在實用方面，說話人可以利用說套語時作一收束，向聽衆收取賞錢。《水滸傳》五十一回白秀英說書的例子可作參考。

最後，附帶一提的是巴肯所提出的口傳文學的三個規律：（1）一元律（ unitary principle ），（2）二元律（ binary principle ）（3）三元律（ trinary principle ）[41]。在話本中也可以看到這三個規律的應用。首先，說話人主要記熟故事的綱要。《大唐三藏取經詩話》和《醉翁談錄》所說的說話人條件都可證明。至於二元律，基本上說，入話和正話，上場詩和下場詩，散文和偶句（或詩詞、駢文）都做成並列。最後，所謂三元律是指口傳文學中重要的情節都會發生三次，像《新約聖經》中耶穌的三次被試探，和彼得三次不認主都是明顯的例子。〈白娘子〉中，許宣三次要收服白娘子（道士、捉蛇戴先生和法海）；而《水滸傳》裏面，高衙內亦三次計害林沖（白虎堂設陷，野豬林暗害，和火燒草料場）。至於《三國演義》的三顧草廬那就更耳熟能詳了。

從口傳文學的理論來看話本，我們才可以正確地評估話本的藝術價值，我們才不會魯莽地把套語刪去，也不會在認同於傳統的作品中去找所謂革命的主題。

總結一下上文：我們對話本的了解似乎是增加了不少，但實際上，我們卻又感到所知不多，因爲說話人是否純粹在口頭上創作故事呢？還是有所依據呢？從現有變文和話本的敷演資料來看，講述者大部分是有文字作爲依據的。變文源於唱導，這是個不爭的事實。但我們也不能否認講者有很大的創作自由。至於話本，《大唐三藏取經詩話》的簡略綱要，顯示出說話人在講述時要隨意敷衍。至於講史類平話，亦顯示出文字拙劣之處，或許正如洛爾德所說，吟唱故事的人的文字會是很拙劣的[42]。其後，《宣和遺事》和《薛仁貴征遼事略》的文字就比較好了，很可能經過文人的潤飾。《水滸傳》、《清平山堂話本》、《熊龍峰四種小說》和《三言》裏面的套語，那些是當時的實錄？那些是後人擬作？有沒有被編書人加以刪削？這些問題都很難有答案。或許我們應該把口傳和書寫文學看成一個連續體（continuum）吧[43]。

這篇文章主要是把話本的套語作一文學性的研究；讓我們在口傳文學的角度下作一較正確和較深入的觀照。

後　記

寫好這篇文章後，夏威夷大學的友人馬幼垣教授指出下列兩篇文章牽涉到我所討論的問題：羅爾綱：〈從羅貫中《三遂平妖傳》看《水滸傳》著者和原本問題〉，《學術月刊》，一九八四年十期（十月），頁二二——三二；

商韜、陳年希：〈用《三遂平妖傳》不能說明《水滸傳》的著者和原本問題〉，同上書，一九八六年二期（二月），頁四七、五五——五九。

羅氏指出《三遂平妖傳》（北京大學出版社據明王慎修刻本排印），全書有二十二篇贊詞（即長篇套語），其中十三篇見於《水滸傳》十五處，表列如下：

贊　詞　篇　名		插入〔水滸傳〕
〔三遂平妖傳〕	明容與堂刻百回本〔水滸傳〕	那一回
早朝	早朝	第　一　回
聖姑姑宴卜吉	王都尉宴端王	第　二　回
中秋賞月	中秋賞月	第　二　回

軍營深夜	蕩婦房中深夜	第二十一回
大雪	大雪	第二十四回
贊包拯	贊東平府尹陳文昭	第二十七回
胡永兒相貌	劉高妻相貌	第三十二回
王則和胡永兒等上刑場	宋江戴宗上刑場	第 四十 回
	盧俊義上刑場	第六十二回
聖姑姑洞府	九天玄女宮殿	第四十二回
聖姑姑相貌	九天玄女相貌	第四十二回
	公孫勝母相貌	第五十三回
聖姑姑變出的洞天	二仙山紫虛觀	第五十三回
文彥博落陣逃走	徐寧失甲納悶	第五十六回
認人爲妻的浮浪子弟	浪子燕青	第六十一回

因此，他推斷《三遂平妖傳》和《水滸傳》同是羅貫中一人所著。商、陳二人則提出兩個問題：一是《平妖傳》的贊詞是否果真爲羅貫中所作；二是兩書贊詞的相似或相同，是否必定爲同一人所作。他們又指出：小說話本"所插入的詩詞韻語往往重複、雷同，以致形成爲一種公式化的熟套。"他們在《清平山堂話本》中找出幾條文字和羅氏所提的相近似。他們的結論是："作品插入的贊詞，是書會才人早就編好的，說話藝人可以根據故事情節的需要選用。選用時不免增刪或拼湊，以致我們在話本小說、章回小說中所看到的贊詞有的相同，有的相似。由於這個原因，有不少的贊詞用濫了，而成爲俗套。如果指出它們的作者爲誰，那是沒有根據的。""許多話本小說的贊詞與以上兩書中的相同或相似，難道許多話本小說的作者也是羅貫中嗎？"

商、陳二人雖然沒有提到派利——洛爾德的理論，但是，他們的意見是近乎外國的理論的。

我們還可以補充一些材料。羅文第四條對院宇的贊詞，主要

句語有＂若非天上神仙府，定是人間帝王家＂。《醒》六六五/三
一亦有一段文字：

> 溪深水曲，風靜雲門。青松鎖碧瓦朱甍，修
> 竹映雕簷玉砌。樓台高聳，院宇深沉。若非
> 王者之宮，必是神仙之府。

羅文第十三條對刑場的贊詞，

> 兩聲破鼓響，一捧碎鑼鳴。皂纛旗招展如
> 雲，柳葉槍交加似雪。犯由牌高貼，人言此
> 去幾時回；白紙花雙搖，都道這番難再活。
> 長休飯，喉內難吞；永別酒，□中怎嚥。高
> 頭馬上，破法長老勝似活閻羅；刀劍林中，
> 行刑劊子猶如追命鬼。□□（以下缺失）。

又見於《警》一五二/一一：

> 兩聲破鼓響，一捧碎鑼鳴，監斬官如十殿閻
> 王，劊子手似飛天羅剎！刀斧劫來財帛，萬
> 事皆空；江湖使盡英雄，一朝還報。森羅殿
> 前，個個盡驚兇鬼至；陽間地上，人人都慶
> 賊人亡！

至於《平妖傳》第八回中的董超、薛霸，又見於《清平山堂話
本》中的〈簡帖和尚〉中（名字則作董霸、薛超）（頁三二），

可見他們也成爲《現成人物（ stock character ）"了。此外，第十六回末之"死得不如《五代史》李存孝，《漢書》中彭越"，又見《警》一七二/一三。

　　從這些例子看，如果我們没有接觸過外國理論，便會像盲人摸象般推出不恰當的結論來。

一九八七年三月初稿
六月定稿。

補　記

　　前日檢出王利器的〈《水滸》留文索隱〉（載於《文史》第十輯，一九八〇年十月，頁二二五——二三七），其中第七節引述套語甚多，如"窗外月光彈指過，席前花影坐前移"等。但可惜作者對套語的意義未曾釐訂，對它的作用亦未有探討，而且又只限於討論《水滸》一書，所以尚有補充餘地。王氏能探索到一部分留文（即套語）的出處，自非腹儉者所能做到。據王氏的文章，也可見編説話本的人並不是文化水準甚低的人。

⋯⋯⋯⋯⋯⋯⋯⋯⋯⋯⋯⋯⋯⋯⋯ 一九八八年二月八日補記

註釋

[1]　Alsace Yen, "The Parry – Lord Theory Applied to Vernacular Chinese Stories," Journal of American Oriental Society, 95 : 3 (1975), pp. 403 – 416.

[2]　内田道夫：〈小説と文體〉——傳奇と話本を中心に——〉，《東京支那學報》十六（一九七一年六月），頁八三——九三。

[3]　荒木猛：〈話本中の"常套句"について〉，《函館大學論究》十六輯，頁五七——七九；轉載於《中國關係論説資料》二五卷第二分册下（一九八三）。V. Hrdlickova 曾有文章描述中國的口傳文學，但不及話本，見"Some Observations on the Chinese Art of Story

　　　– telling", Acta Universitatis Carolinae – – Philologica, 3(1964), pp.
　　　53－78.

[4]　參考 Adam Parry(ed.), The Making of Homeric Verse: The Collected
　　　Papers of Milman Parry (Oxford: Clarendon Press, 1971); Albert B.
　　　Lord, The Singer of Tales (New York: Atheneum, 1965).

[5]　本文所引小說簡稱如下：

　　　《水　》：《水滸傳》（北京：人民文學出版社，一九七五）。

　　　《水・一二〇回本》：《一百二十回的水滸》（香港：商務印書
　　　館，一九六九）。

　　　《五　》：《新編五代史平話》（上海：中國古典文學出版社，一九
　　　五四）。

　　　《宣　》：《大宋宣和遺事》（臺北：商務印書館，一九六六）。

　　　《武　》：《武王伐紂平話》（上海：中華書局，一九五八）。

　　　《樂　》：《七國春秋平話》（上海：中國古典文學出版社，一九五
　　　五）。

　　　《錢　》：《錢塘夢》，在《暖紅室匯刻西廂記》（影印本）中。

　　　《薛　》：《薛仁貴征遼事略》（上海：古典文學出版社，一九五
　　　七）。

　　　《清　》：《清平山堂話本》（影明刊本；北京，文學古籍刊行社，
　　　一九五五）。

　　　《熊　》：《熊龍峰四種小說》（上海：古典文學出版社，一九五
　　　八）。

　　　《金　》：《金瓶梅詞話》（影明刊本；東京：大安，一九六三）

　　　《喻　》：《喻世明言》（香港：古典文學出版社，無年份）。

　　　《警　》：《警世通言》（同上）。

　　　《醒　》：《醒世恒言》（同上）。

　　　《西　》：《西湖二集》（杭州：浙江人民出版社，一九八一）。

　　　數字代表頁數，下欄數字代表回數或卷數。例如一／一，即頁一，
　　　第一回。

[6]　見陳乃乾編：《元人小令集》（上海：古典文學出版社，一九五
　　　八），頁一五八。

[7]　參考陳汝衡：《宋代說書史》（上海：上海文藝出版社，一九七

九），頁一五〇——一五六；胡士瑩，《話本小說概論》（北京：中華書局，一九八〇），頁六五——七五。

[8] 羅燁：《醉翁談錄》（上海：古典文學出版社，一九五七），頁三。

[9] 程毅中談到考定話本的著作時代時，並沒有提到這方面，見《宋元話本》（北京：中華書局，一九八〇），頁二五——二六。

[10] 例如 Anne Chalmers Watts, The Lyre and the Harp: A Comparative Re
－ consideration of Oral Tradition in Homer and Old English Epic Poetry
(New Haven: Yale University Press, 1969).

[11] David Buchan, "Oral Tradition and Literary Tradition: The Scottish
Ballads", in Oral Tradition, Literary Tradition: A Symposium. (ed. Hans
Bekker－Nielson et al.) (Odense University Press, 1977), p. 58.

[12] 例如 Ruth Finnegan, Oral Poetry: Its Nature, Significance and Social
Context (Cambridge: Cambridge University Press, 1977), pp. 79, 86,
144, 160－169. 參考 R. C. Culley, "An Approach to the Problem of Oral
Tradition", Vetus Testamentum, 13 (1963), p. 116.

[13] Finnegan, op. cit, p. 142. 卡利 (R. C. Culley) 指出聖經的寫成有五個可能性：（1）由文人書寫，（2）由講者默寫，（3）各小故事已定型，由講者串起來，因此它有口傳文學的特色——套話，（4）有過渡性本子，這是發生在口傳風氣式微時，有文人據已定型的口述故事寫下來，並繼續用套語，（5）可能有人把故事寫下來，再經口頭傳述，但這是非常不可能的事。見 op. cit, pp. 124－125.

[14] 例如 Joseph Russo and Bennett Simon, "Homeric Psychology and the
Oral Epic Tradition", Journal of the History of Ideas, 29 : 4 (Oct.－Dec,
1968), p. 491. 參考 Culley, op, cit, p. 123.

[15] Finnegan, op. cit. p. 17.

[16] Ibid, p. 18.

[17] Ibid.

[18] Ibid, p. 55. 卡利認爲聽衆變成評判者，所以講者一定要對他們的水平作出靈敏的反應；op. cit, p. 121.

[19] 慧皎：《高僧傳》（海山仙館叢書本），卷一三，頁三三 a。

[20] 同上書，卷一三，頁三三 b。

[21] 轉引自 Finnegan, op. cit, pp. 54－55.

[22]　歐陽楨（Eugene Oeyang）從口傳文學角度研究變文，亦論及此點，參閱 Word of Mouth：Oral Storytelling in the Pien－wen（Doctoral diss, Indiana University, 1971）；" the Immediate Audience：Oral Narration in Chinese Fiction", in Critical Essays on Chinese Literature（ed. Adele Rickett）（Hong Kong：Chinese University of Hong Kong, 1976）, pp. 43－57；"Oral Narration in the Pien and Pien－wen", Archiv Orientalni, 46（1978）, pp. 232－252.

[23]　《高僧傳》，卷一三，頁三四 a。

[24]　趙璘：《因話錄》（上海：古典文學出版社，一九五七），卷四，頁九四——九五。

[25]　見東洋文庫影印京都東寺觀智院藏本，卷三，頁一〇七。

[26]　《醉翁談錄》，頁五。

[27]　Lord, op, cit, p. 13. Albert B. Friedman 則强調記憶，見"The Formulaic Improvization Theory of Ballad Tradition", Journal of American Folklore, 74（1961）, p. 114.

[28]　《醉翁談錄》，頁三。大塚秀高（Otsuka Hidetaka）認爲《太平廣記》、《夷堅志》等可能是通俗類書，見〈話本と通俗類書〉，《日本中國學會報》二八（一九七六），頁一四一——一五六。

[29]　Lord, op. cit, p. 29；Finnegan, op. cit., p. 69, 242, 273.

[30]　參考南斯拉夫歌者的成長過程，見 Albert B. Lord, op. cit, pp. 21－26.

[31]　Finnegan, op. cit, pp. 73－87.

[32]　C. T. Hsia, The Classic Chinese Novel：A Critical Introduction（New York：Columbia University Press, 1968）, pp, 299－321.

[33]　胡祇遹：《紫山大全集》（四庫全書珍本四集；臺北：商務印書館影印本），卷八，頁一三 a－－b。

[34]　同上書，頁一四 a。

[35]　黃孟文提及" 插詞 "，又説是" 留文 "，他的分類有些是本文所説的套語；見《宋代白話小説研究》（新加坡：友聯書局，一九七一），頁七八——八六。程毅中只提過" 熟套 "，上引書，頁六六。白之（Cyril Birch）指出套語可以增加質感（texture），但減少了個性（individuality），見"Some Formal Characteristics of the Hua－pen Story", Bulletin of School of Oriental and African Studies, 19（1955）, p. 364. 事實上，歌者（或講者）無意於個性的表現，參 Russo and

Simon, op. cit, pp. 494 – 495.

[36] Lord, op cit, pp. 30. 68. H. L. Rogers, "The Crypto – Psychological Character of the Oral Formula", English Studies, 47(1966), pp. 89 – 102; Donald K. Fry, "Old English Formulas and System", English Studies, 48(1969), pp. 193 – 204.

[37] 例如畢雪甫的意見，John L. Bishop, "Some Limitations of Chinese Fiction". in Studier in Chinese Literature (Cambridge: Harvard University Press, 1965), pp. 240 – 241. 參考侯健，〈 有詩爲證，白秀英和《 水滸傳 》〉，《 中外文學 》五卷十二期 （ 一九七七年五月 ），頁二〇——三四。

[38] 重複包括詞、句、詩、套語的重複和文字或情節的平行 (paral-lelism) 。芬尼根認爲在表演時的重複對講述的效果會有增加；op. cit. , pp. 126, 129. 諾托普洛斯(James A. Notopoulos)認爲重復也包括預告 (foreshadowing) 、回顧 (retrospection) 和回應 (ringcomposition) ，見 "Continuity and Interconnexion in Composition", Transactions and Proceedings of the American Philological Association , 82 (1951), p. 92.

[39] 諾托普洛斯强調並列 (parataxis) ，見 op. cit, p. 82.

[40] 芬尼根指出一些聽衆會欣賞文詞之美，op. cit, p. 230.

[41] Buchan, op. cit, pp. 61 – 62.

[42] Watts, op. cit, p. 44.

[43] Finnegan, op cit , p. 272. 我們可以參考艾伯特·鮑(Albert C. Baugh)對中世紀英國傳奇的討論，因爲它的源流和話本有些相似。見 "The Middle English Romance", Speculum, 42 : 1(Jan, 1967), pp. 1 – 31.

清空騷雅〈淡黃柳〉
——一個風格學的考察

　　前人評姜夔（白石，約1155－1234）詞，或稱它"清勁"
（沈義父）、"清空"（張炎），或稱它"騷雅"（張炎、陸輔
之）[1]。當我們讀姜詞時，應該怎樣去認定這些風格呢？由於現
代人（除極少數外）都不再作詩填詞，古典詩詞的用字遣詞、營
造色調（tone）等等，都成為陌生的事物。那些高度抽象的術語，
究竟有何含意，就更不易捉摸。我在這裏嘗試用〈淡黃柳〉作例
子，解釋一下前人所說姜詞的風格究竟是甚麼一回事，同時順帶
分析一下〈淡黃柳〉這首詞。

　　首先，所謂"清勁"是指文字的風格。夏承燾已指出："白
石的詩風是從江西派出來走向晚唐……的，他的詞正復相似，也
是出入於江西和晚唐的。"[2]這一點繆鉞已在《詩詞散論》中指
出過。他說："白石詞的特點，即在以江西派詩人作詩之法作
詞。白石早年學黃山谷（庭堅）詩，用心甚苦，所入頗深，既得
其法，而移以作詞，遂開新境。"[3]（這一說法早見於謝章鋌
《賭棋山莊詞話》，他說："讀其說詩諸則，有與長短句相通
者。"）繆鉞又說："所謂'清'者，即洗盡鉛華，屏棄肥醲；
所謂'勁'者，即用筆瘦折，氣格緊健。"[4]我們知道，以黃庭
堅為首的江西詩派強調去陳熟語、又要自鑄新詞。（白石有〈過
垂虹〉詩云："自作新詞韻最嬌。"所謂"韻"，可能是指"韻

度"，《白石詩說》第一則説："韻度欲其飄逸，其失也
輕。"[5]張炎《詞源》所説的"野雲孤飛，去留無跡"，大概也
是這個意思。清黃培芳《香石詩話》云："惟姜白石［七絕］能
以韻勝。"可以作爲旁證[6]。）因此不免有生硬之處。（張宗
橚《詞林紀事》引許昂霄説："詞中之有白石，猶文中之有昌黎
［韓愈］也；世固有以昌黎爲穿鑿生割者，則以白石爲生硬也亦
宜。"）所謂生硬，就是讀者不習慣新的文字組合的效果。他們
這個主張，相當於俄國形式主義所揭櫫的"陌生化"（defamiliari-
zation）。《白石詩說》曾提出："若鄙而不精巧，是不雕刻之
過；拙而無委曲，是不敷衍之故。"（第四則）"人所易言，我
寡言之，人所難言，我易言之，自不俗。"（第五則）在這句子
中，最先的"易言"即陳言，"難言"即新詞。劉熙載《藝概》
亦説："詞要清新，切忌拾人牙慧。蓋在古人爲清新，襲之即腐
爛也。""常語易，奇語難，此詩之初關也；奇語易，常語難，
此詩之重關也。"[7]可見詞要新，已是一般的基本要求。白石又
認爲："文以文而工，不以文而妙；然捨文無妙聖處，要自
悟。"（第廿三則）他和形式主義（及英美新評派）一樣注重
文字的運用（或鍛鍊）。此外，"清勁"還有另一層意思。饒師
宗頤認爲白石詩詞可以用他的書法來比證；而他的書法主要在
"骨"[8]。這個"骨"字，應該和鍾嶸《詩品》"真骨凌霜，高
風跨俗"（評劉楨）的意義一樣，就是洗脱塵俗、突兀嶙峋的意
思。

　　由於詞句新穎，讀者須要咀嚼消化，尋繹它的意義，那麼，
作品所給予讀者的印象便會加強。《白石詩說》所謂"礙而實
通，曰理高妙；出事意外，曰意高妙；寫出幽微，如清潭見底，
曰想高妙"（第廿七則），就是要闡明這個道理。他又主張"活
法"。《白石詩說》第十則説："乍敘事而間以理言，得活法者
也。"我們知道，江西詩派是注重"活法"的。"活法"是指對

文字"流轉圓美"地去運用,所以白石又說:"說事要圓活。"
(第七則)宋朝呂本中說:"學詩當識活法。活法者,規矩備
具,而能出於規矩之外;變化不測,而亦不背於規矩也。"[9]白
石亦真能做到,故清朝王士禎《香祖筆記》稱讚白石"能參活
句"[10]。

通過了新穎的詞句和意象,詞裏面所表露的男女私情便不顯
得猥褻。或者說,它從個人層面提升到世間層面,它的感染力就
會增加。白石認為"吟詠情性,如印印泥"(案《文心雕龍》
〈物色〉曾說過:"巧言切狀,如印之印泥。"); 但要"止乎
禮義,貴涵養也"。(第二十四則)

此外,江西詩派也主張"點鐵成金"和"奪胎換骨"。前者
指用前人句子加以點化,後者指把前人意境融化。白石在他個人
的詩集〈自序〉中說:"作詩求與古人合,不若求與古人異。求
與古人異,不若不求與古人合而不能不合,不求與古人異而不能
不異。"[11]這和形式主義的看法一樣。作者一方面受當時的文學
基準(norm)所影響或限制,一方面又要偏離這個基準。只有從
這角度來解釋,才可以明白姜白石這個悖論(paradox)。在《白
石詩說》中,他提出了第四種高妙,那就是自然高妙:"非奇非
怪,剝落文采,知其妙而不知其所以妙,曰自然高妙。"(第二
十七則)當然,他是以江西派為基準的,所以他要"剝落文
采"。這顯然和周邦彥的文字有所不同。當我們把周姜並稱時,
應要小心分別。不過,白石為了保持"韻度",因此認為"體物
不欲寒乞"(第十八則)。他企求的是"鍊"後的平淡。他求
"工"(第三則),重"學"(第二十則),講"詩法"(第十
三則)。劉熙載《藝概》說:"極煉如不煉,出色而本色,人籟
悉歸天籟。"[12]這正如唐朝孫過庭《書譜》所說:"既知平正,
務追險絕,既能險絕,復歸平正。"[13]白石這種"變中求不變"
的論調中,並無主張模仿的意思。相反地,他是要求另闢蹊徑

的。上面所引《白石詩說》足可證明這一點。

綜合上面所說，姜白石用江西筆法寫詞，故宋沈義父《樂府指迷》說他“清勁知音，亦未免有生硬處”。又由於他寫情寫得不落俗套，就像《詩經》《楚辭》中所寫男女之情一樣，含蓄蘊藉，故被稱爲“騷雅”。韓經太的看法以爲“‘騷雅’雖指句法，卻關乎意趣。……以‘詩言志’的傳統精神來改造‘和雅’（案指周邦彥的詞風）之詞，從而使詞由緣情之物向言志之物轉化。”[14]清朱彝尊說：“言情之作，易流於穢。”他又說：“善於詞者，假閨房兒女子之言，通之於〈離騷〉變雅之義。”[15]汪森也說：“言情者或失之俚。……鄱陽姜夔出，句琢字鍊，歸於醇雅。”（劉熙載評周邦彥詞當不得箇“貞”字[16]。亦是這個道理。）不過，也有人低貶白石的詞作。周濟評張炎“過尊白石，但主清空”。又說：“白石放曠，故情淺。”“白石以詩法入詞，門徑淺狹。”王國維更評姜一些詞句爲“隔”，認爲是“霧裏看花，終隔一層”。但是，我們要知道，“隔”亦是寫作技巧之一。形式主義者所謂“艱澀化”（defacilitation）的目的是使讀者慢慢吸收，留下較深刻的印象。《白石詩說》要求的“委曲”“幽微”（見上引）是要提醒讀者。“拙而無委曲，是不敷衍之故。”能委曲，所寫之情便不會一瀉無餘，便可達到“句中有餘味，篇中有餘意”（第十七則）。因此，周濟和王國維的批評是不會令他心服的。朱邦蔚下面的一段話可以幫我們了解他們立論的偏頗。

　　　　“霧裏看花，終隔一層”，是隔着人的精神
　　　情感諦視自然景物的一種必然感受。從另一
　　　　方面說，書畫藝術的介入，造成詞因爲多種
　　　藝術的混合而尤爲豐富但顯得複雜的藝術意

境，使單純明朗的美變得隱秘而玄妙，這
樣，便使人們的欣賞也複雜起來，必須要經
過更多層次的透視分析，才能認識這朦朦朧
朧的美。這一複雜的欣賞過程，很自然地便
加深了上述的感受[17]。

最後，讓我們談談" 清空 "。張祥齡《 詞論 》曾説：" 詞至
白石，疏宕極矣。夢窗（ 吳文英 ）輩起以密麗爭之，至夢窗而密
麗又盡矣。……能疏宕者不能密麗，能密麗者不能疏宕。" 我以
爲" 清空 "就是" 疏宕 "。換句話説，就是不密集，不堆砌。
（ 張炎評吳文英詞：" 如七寶樓台，眩人眼目，拆碎下來，不成
片段。" ）劉永濟《 詞論 》説得較爲玄妙：

清空云者，詞意渾脱超妙，看似平淡，而義
蘊無盡，不可指實。……其超妙，其渾脱，
皆未易以知識得，尤未易以言語道，是在性
靈之領會而已[18]。

饒師宗頤則以書法論白石詞。他説：" 尋白石論書，以疏爲風
神，密爲老氣，則疏密兼用。余謂以疏密論，姜意密而筆疏，吳
則意疏而筆密。姜之筆疏，興會標舉，故往往説得遠；吳之筆
密，極鉤轉順逆之致，故靠得緊。"[19]案姜白石的《 續書譜 》確
實是強調" 自然 "、" 風神 "、" 新意 "和" 以瘦爲奇 "[20]，饒
説甚是。朱邦蔚亦從書畫論白石詞[21]，但未能突破饒説的樊籬，
故不多贅。
　　所謂" 疏 "，亦即" 虛 "。楊海明在《 唐宋詞風格論 》説姜
白石往往用" 化實爲虛 "的" 提空 "手法，把" 實事 "僅用一、

二筆概括，然後卻用大段筆墨寫其虛空之惆悵。他認為這種手法
"使詞風不陷於軟媚爛熟的陳舊習套之中，而別顯出一種清空峭
硬的味道來。"[22]他並引用陳銳《袌碧齋詞話》所説"白石擬稼
軒（辛棄疾）之豪快，而結體於虛"來引證。韓經太説白石"作
詞之際，於溪山景物卻很少寫真，往往不過藉淡繪淺抹的山容水
態來看表現自己冷寂幽獨的情懷。……它自然無法產生一種質感
效果，而只是讓人們領會到某種思想意趣。……這也就是所謂
'空靈'感，它與清真詞之意象所具有的那種質感相比，顯然帶
有虛的特徵"。又説，他的"創作既然帶有理性色彩，自然就不
會使詞境給人以質感"[23]了。

　　我們知道，宋詞所寫的情多半是文人和歌妓之間的感情，多
説了，即使是真情也嫌猥褻。用虛寫或透過意象去表現，就不涉
俗。如果再和文人漂泊不遇的心情混在一起，讀者便較容易去感
受。

　　總括來説，白石用江西詩法入詞，注重鎔鑄字句，而以幽冷
色調表達[24]；謀篇佈局則注重波瀾變化，出人意表。故當我們讀
他的詞時，不能囫圇吞棗，輕輕滑過。下面就以〈淡黃柳〉一闋
作為例子，以闡析姜詞的風格和技巧。

　　　　（客居合肥南城赤闌橋之西，巷陌淒涼，與
　　　　江左異，唯柳色夾道，依依可憐。因度此
　　　　闋，以紓客懷。）
　　　　空城曉角，吹入垂楊陌。馬上單衣寒惻惻，
　　　　看盡鵝黃嫩綠，都是江南舊相識。　　　正
　　　　岑寂，明朝又寒食。強攜酒，小橋宅，怕梨
　　　　花落盡成秋色。燕燕飛來，問春何在？唯有
　　　　池塘自碧。

這首詞前有小序。周濟說："白石小序甚可觀，苦與詞複；若序其緣起，不犯詞境，斯爲兩美矣。"這篇小序，我以爲並沒有和詞意重複；相反地給我們提供了這首詞的時地背景和作者當時的心境，使我們可以更深入了解這首詞[25]。

夏承燾推測此詞作於紹熙元年（1190），白石年三十六歲。夏氏並考訂白石在合肥認識了勾欄中姊妹二人，故詞中有"大喬小喬"之語。這一段感情可在二十首左右的詞中見到。夏氏又指出，合肥巷陌多柳[26]。這些資料對我們這篇詞序的了解有很大幫助。"依依"是用《詩經》〈采薇〉的意思：

> 昔我往矣，楊柳依依，今我來思，雨雪霏霏，行道遲遲，載渴載飢，我心傷悲，莫知我哀。

又用文本互涉（intertextuality）的角度來看，"異"字用了周顗的典故。《晉書》〈王導傳〉記一班名士在新亭痛哭，周顗說："風景不殊，舉目有山河之異。"這樣，這篇序就和〈揚州慢〉的〈黍離〉之悲，遙相呼應：

> ……入其城，則四顧蕭條，寒水自碧。暮色漸起，戍角悲吟。余懷愴然，感慨今昔，自度此曲。千巖老人以為有〈黍離〉之悲也。

合起來看，作者重返合肥，看見巷陌蕭條，因而傷感，而這種悲哀是和中原陷於金人之手有關的。因此，我們不能把序和詞分割開來。

詞的上闋，從實入虛。"空城曉角"使人想起白石在淳熙三年（1176）寫的〈揚州慢〉。這首詞明顯地說"有〈黍離〉之悲"。而上闋結句說："漸黃昏，清角吹寒，都在空城。"因此，"空城曉角"便和序中"與江左異"一句扣緊了。

"寒惻惻"用韓偓〈寒食夜〉"惻惻輕寒剪剪風"之句，和下片"明朝又寒食"扣緊。"都是江南舊相識"一句，暗用桓溫的典故。《世說新語》〈言語〉記：

> 桓公（溫）北征，經金城，見前為琅邪（內
>
> 史）時種柳，皆已十圍，慨然曰："木猶如
>
> 此，人何以堪。"攀枝執條，泫然流淚。

這個典故，加強了物是人非的感覺。（白石在1191年所寫的〈長亭怨慢〉序亦引桓溫的典故〔引文的出處是庾信〈枯樹賦〉〕。詞中有句云："閱人多矣，誰得似長亭樹，樹若有情時，怎會得青青如此？"又〈永遇樂・次稼軒北固亭詞韻〉結句："問當時，依依種柳，至今在否？"都說明了他那時確有這樣的心情。）

　下闋以"正岑寂"起句，有承上轉下的作用。上片"空城曉角"以"傷時"爲主旨，而下片則以"寂寥"爲主旨。故"明朝又寒食"更強調客居無聊，故引起及時行樂之想。但這只不過是排遣寂寞的方法罷了。詞中用一"強"字便顯出即使往訪膩友也提不起勁。詩中人卻又恐時不再來，用"怕"字呼應"明朝又寒食"的深層意義。"梨花落盡"句是從李賀〈河南府試十二月樂詞〉的"梨花落盡成秋苑"點化出來。這裏用"色"字代"苑"字，化實爲虛，把時光流逝的信息更強有力地表達出來。"燕燕"二字，表面上用《詩經》〈燕燕〉的典故，但夏承燾認爲〈踏莎行〉有"燕燕輕盈，鶯鶯嬌軟"兩句，其中燕燕鶯鶯是指白石女友姊妹二人。因此這首詞的"燕燕"是用來回應"小橋"

的。同時，小橋一詞，語意相關（double entendre），既指人亦指地。宅有小橋，當甚雅致，自可賞心解悶。下句已暗示行樂須及時，但末句一轉，出人意外。"強攜酒"至末句可說是以"樂境寫哀"（王夫之《薑齋詩話》卷上），更增哀戚了。

"自碧"出自李商隱的〈燕台詩〉，其中兩句說："衣帶無情有寬窄，春煙自碧秋霜白。""池塘自碧"再一次強調"風景不殊"的意識。〈長亭怨慢〉序亦有"四顧蕭條，寒水自碧"之句。杜甫〈春望〉的"國破山河在"也同此意。上引李商隱詩下句，"研丹擘石天不知"，指出硃砂可研碎，但不改其色，石可擘開，但不變其堅。以丹心自勵，未必不是姜氏所要表達的意思吧！

關於這首詞的技巧，鄧喬彬說：

> 首二句寫所聞，第三句寫所感，第四句寫所見，關合柳樹，上結在前面亦景亦情的基礎上，化實為虛，轉之為情。換頭承上啟下，情思蕩漾，繼而轉為時令。"強攜酒"又轉，"怕梨花"再轉，"燕燕"三句推而加重，情餘景外。此詞非僅善轉，且上片寫今日，經"正岑寂"的過渡，自"明朝"以後，轉為擬行之事與懸想之景，以騰挪跌宕之筆，造就了超妙深雋的意境。明出以個人情懷，暗寓有時勢之憾，暗中著力，不易覺察，卻耐人尋繹[27]。

我們可以說，讀者的視角由廣闊到狹窄，集焦於馬上之人；戰後
頹敗之感，漂泊羈旅之情亦由"寒惻惻"加以突顯。"看盡"兩
句又以詩中人之視點觀看景物，角度則漸放大。

　　從文本互涉的角度看，"正岑寂"和1187年夏天所寫的〈惜
紅衣〉很有關連。〈惜紅衣〉云："牆頭喚酒，誰問訊城南詩
客。岑寂，高柳晚蟬，說西風消息。"又云："維舟試望，故國
渺天北。"可見在那段時期，白石的心裏交織着身世和家國之
感。〈淡黃柳〉的"岑寂"正指詩中人的内心和外界的景況同樣
的寂寥，身世和家國之感也在交織着。跟着下面幾句相當西方所
謂"内心獨白"（interior monologue）。節日當前，欲携酒訪友，
聊以排遣寂寞。我同意鄧喬彬的看法，"强携酒"幾句是"擬行
之事與懸想之景"[28]。這種"沉吟躑躅"（〈古詩十九首〉）的
情狀正表達了詩中人内心的鬱結。在"時乎時，不再來"的恐懼
中，難免有"蕩滌放情志，何爲自結束"（〈古詩十九首〉）的
想法。但詩中人故作狡獪，不說他自己最後如何，但以景語作

結。《白石詩說》曾說：“篇終出人意表，或反終篇之意，皆妙。”（第十二則）“意中有景，景中有意。”（第十九則）不過“問春何在？唯有池塘自碧”這個虛擬問答所含的意義是難於捉摸的[29]。況周頤《蕙風詞話》引王半塘（鵬運）的說法：“填詞固以可解不可解，所謂煙水迷離之致，爲無上乘耶！”（續編，卷一，第三十一則[30]。這說法顯然從謝榛《四溟詩話》“詩有可解，不可解，不必解”[31]演發出來。）況氏自己也說：“詞有淡遠取神，只描寫景物，而神致自在言外，此爲高手。”（續編，卷一，第十五則）可見王國維所謂“隔”，也並非全無美學效果的。因爲讀者被迫去發揮自由聯想，尋繹句中的意義。即使讀者所得未盡吻合全篇作品的旨趣，但作者已達到“句中有餘味，篇中有餘意”。（《白石詩說》第十七則）了。（新批評［New Criticism］提出所謂“演繹的異端”［heresy of para-phrase］，認爲勉強去定實一句或一篇的意義，是錯誤的。舉例來說，我們不能把“浮雲遊子意，落日故人情”［李白詩］的涵意全部演繹出來。這說法似乎很玄，客觀主義［objectivism］者必然反對，他們認爲作品的意義是客觀存在的。）白石說：“三百篇［即《詩經》］美刺箴怨皆無跡，當以心會心”。這和西方“雙重主體性”（double subjectivity）的說法近似。作者以他的主觀意念寫成作品，讀者亦以主觀意念詮釋作品。因此，讀者並不是完全被動的，他可以主動地去探索作品的意義。《孟子》的“以意逆志”（〈萬章〉上）其實也可以是同樣的意思。

　　《白石詩說》有一段談及辭和意的關係：

　　　　一篇全在尾句，如截奔馬；辭意俱盡，如臨
　　　　水送將歸是已；意盡詞不盡，如搏扶搖是
　　　　已；辭盡意不盡，剡溪歸棹是已；辭意俱不

　　　　　盡，溫伯雪子是已。所謂辭意俱盡者，急流
　　　　中截後語，非謂辭窮理盡者也。所謂意盡辭
　　　　不盡者，意盡於未當盡處，則辭可以不盡
　　　　矣，非以長語益之者也。至如辭盡意不盡
　　　　者，非遺意也，辭中已仿佛可見矣。辭意俱
　　　　不盡者，不盡之中，固已深盡之矣。（第二
　　　　十八則）（據《歷代詩話》本）

　　它用《莊子》溫伯雪子的故事說明在某一種情況之下，讀者
只須看到文字，不必作者（或文本）說明旨意，已可以"莫逆於
心"（《莊子》〈大宗師〉），作品雖有深厚的義蘊，讀者亦能
一一了然於胸[32]。相反地，如果作者（或文本）直說出來，意義
便板實，缺乏流動性（fluidity）了。禪宗所謂"一落言詮，便成下
乘"就是這個意思[33]。

　　回頭再說下片。鄧喬彬說此詞善轉。從"岑寂"轉到"寒
食"，加深了寂寞之感；再轉向排遣方面，但又有點"躊躇"；
暗恐時不我與，又一轉；最後以虛擬問答作結，又是一轉。這種
寫法達到了委曲的目的[34]。事實上，從上片的最後一句開始，都
是虛寫。《文心雕龍》說："意翻空而易奇，言徵實而難巧"。
（〈神思〉）白石確實地做到"波瀾開闔，如在江湖中，一波未
平，一波已作。如兵家之陣，方以為正，又復為奇；方以為奇，
忽復為正。出入變化，不可紀極，而法度不可亂。"（《白石詩
話》第廿二則）《蕙風詞話》主張："詞貴意多，……或另作推
宕，或旁面襯托，或轉進一層，皆可。"（續編，卷一，第四十
則）"燕燕"結句，蕩開一筆，神味深厚，餘音裊裊。

　　根據《表達詩學》[35]的形式主義分析方法，我們更可以清楚
地看出這一首詞的作法。

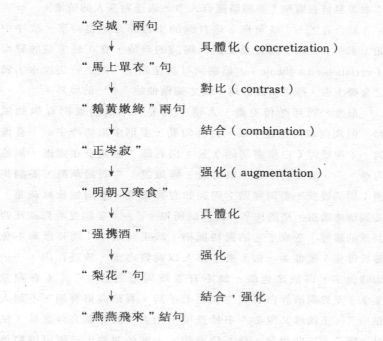

"空城"兩句

　　↓　　　　　　具體化（concretization）

"馬上單衣"句

　　↓　　　　　　對比（contrast）

"鵝黃嫩綠"兩句

　　↓　　　　　　結合（combination）

"正岑寂"

　　↓　　　　　　强化（augmentation）

"明朝又寒食"

　　↓　　　　　　具體化

"强携酒"

　　↓　　　　　　强化

"梨花"句

　　↓　　　　　　結合，强化

"燕燕飛來"結句

"空城"兩句的蕭條之感，以馬上衣單之人作具體的呈現。舊識的楊柳似乎可以沖淡寂寥的情懷。（事實上，作者用桓溫的典故，更令人感觸萬端。）下闋"正岑寂"句，總結上闋詩中人的感受及周遭的氣氛，更承接上闋末句的虛寫，引發了下面幾句的"内心獨白"。"明朝"句强化了寂寞的心情，再用虛擬的具體行動表現出來。"梨花"句强調携酒訪妓/友的理由，有"行樂須及春"（李白〈月下獨酌〉）之意。"燕燕"句上文已指出用《詩經》典及暗指所識的妓/友。此外，它亦暗用劉禹錫"舊時王謝堂前燕，飛入尋常百姓家"（〈烏衣巷〉）的意思。至於是否燕子抑或詩中人問春這一點，便構成一個模棱（ambiguity），産生朦朧的感覺。再襯以"池塘自碧"，更增凄清之感，而李商隱

"衣帶無情有寬窄"亦隱隱關合人事，表達對友人的情懷。

綜合言之，〈淡黃柳〉這首詞的主旨應是感傷時事，故序中用〈采薇〉，詞中用桓溫及劉禹錫詩的典故，實在是主題的變奏（variation on a theme）。這闋詞可說達到了"誦之行雲流水，聽之金聲玉振，觀之明霞散綺，講之獨繭抽絲"[36]的境界。

最後，周邦彥和姜夔，人稱"周姜"。他們雖同有婉約風格，但周則多用艷麗字眼，且喜勾勒，姜則多用清冷字眼，喜虛寫。（陳廷焯《白雨齋詞話》云：白石詞"感慨全在虛處，無迹可尋。"）故我們不應一概而論。繆鉞說："周詞華艷，姜詞雋澹；周詞豐腴，姜詞瘦勁；周詞如春圃繁英，姜詞如秋林疏葉。姜詞清峻勁折，格澹神寒，爲周詞所無。"[37]姜詞受時局和江西詩派的影響，造成了它的獨特風格。故王昶謂："周邦彥輩不免雜於俳優；後惟姜、張（炎）諸人以高賢志士，放迹江湖，……因時傷事，即酒席遊戲，無不有黍離周道之感。"（《春融堂集》）至於周濟評白石詞"如明七子詩，看是高格響調，不耐人細思"，王國維又說姜"不於意境上用力，故覺無言外之味，絃外之響"。這些批評，是不公平的。上面的討論，已經可以駁倒周濟的說法。至於王國維，一般人震於王國維在學術上的大名，對他的境界說作出了諸般解釋[38]。萬雲駿卻提出了合理的質疑，他說："王國維只是泛泛地談一般的'境界'，而這種藝術境界的特點如何？如何才能造成這種境界，則語焉不詳。這樣看來，怎能說王國維的境界說超過前人呢？我認爲（司空圖）《詩品》、滄浪（嚴羽）所論詩的審美特質精深微妙之處，王國維是尚未觸及的。"他又說："'隔'就是隱，就是表現象外之象，言外之意，讀者一時不易把握，因此說是'隔'。殊不知從詩詞意象的審美特質來看，'隔'正所以表現它們的煙水迷離之致。"[39]從上面對〈淡黃柳〉的分析，讀者可以決定姜白石的詞是否有意境，是否不耐人細思了。王國維只知"直致"、"直尋"（司空圖〈與李生論詩書〉、鍾嶸《詩品》序）之爲美，而貶低隱曲的手法，那就未免是一曲之見了[40]。

註釋

[1]　本文所引評論，如不另註出處，都出自夏承燾：《姜白石詞編年箋校》（上海：中華書局，1958）中之〈輯評〉。

[2]　同上書，頁6

[3]　《詩詞散論》（1962年香港太平書局本），頁96。

[4]　〈靈谿詞說──論姜夔詞〉，《四川大學學報》哲社版，1984：4（9月），頁68。

[5]　本文所用《白石詩說》版本，是1962年北京人民文學出版社本。關於《白石詩說》的討論，參何綿山：〈論《白石詩論》〉，《上饒師專學報》（社科版）1985：4，頁52－59，147。見中國人民大學書報資料中心，《複印報刊資料‧中國古代、近代文學研究》1986：3；胡明：〈論姜白石的詩和詩論〉，《蘇州大學學報》（哲社版）1987：4，頁43－47。見上書，1987：12。傅明善在〈白石詩論述評〉一文中說："[姜氏] 於詩說之作，更是標新立異，要求自成‘一家之語’而應具有‘一家之風味’，其書不稱‘詩話’而稱‘詩說’，也就是表示重在理論，與一般詩話之述故事尚考據者有明顯的區別。"見上書，1989：7‧頁292。（原刊於《寧波師院學報》社科版，1989：1，頁64。）

[6]　《香石詩話》（一八一零年嶺海樓刻本），卷一，葉15b。

[7]　《藝概》（上海：古籍出版社，1978），頁120，65。

[8]　〈姜白石詞管窺〉，《文學世界》35〈1962年9月〉，頁47。《藝概》云："詞有尚風，有尚骨。"（頁119）

[9]　《後村先生大全集》（四部叢刊本），卷九五，葉14a 引。

[10]　《香祖筆記》（在《小說筆記大觀》第二十八編 [台北：新興書局，1979]，卷五，葉4a。

[11]　夏承燾校輯：《白石詩詞集》（香港：商務印書館，1961年），頁2。

[12]　《藝概》，頁121。

[13]　《書譜》，在《歷代書法論文選》（上海：上海書畫出版社，1979？），

頁129。照遍金剛：《文鏡秘府論》（北京：人民文學出版社，
1975）云："固須繹慮於險中，採奇於象外，……但貴成章以後，
有其易貌，若不思而得也。"（頁147）

[14] 韓經太：〈清真、白石詞的異同與兩宋詞風的遞變〉，《文學遺
產》1986：3（6月），頁94。鄧喬彬認爲"騷雅在立意上帶言志和
詩教的影響，在用筆上借助於比興寄託。"〈論姜夔詞的騷雅〉
《詞學論集》（上海：華東師範大學出版社，1986），頁257。

[15] 朱彝尊：〈陳緯雲紅鹽詞序〉，《曝書亭集》（四部叢刊本），卷
四十，葉2a。

[16] 《藝概》，頁109－110。陳廷焯：《白雨齋詞話》（北京：人民文
學出版社，1959）卷二，第四十四則説：少游（秦觀）美成（周邦
彦）"好作艷語，不免於俚耳"（頁41）。又見同卷，第62則。

[17] 朱邦蔚：〈瘦石孤花，清笙幽磬——姜夔詞藝術特色成因隅探〉
《南京師範大學學報》社科版，1985：2（5月），頁50。饒師宗頤
亦説："王氏論詞，標隔與不隔，以定詞之優劣，屢譏白石之詞有
'隔霧看花'之恨。又云'梅溪夢窗諸家寫景之病，皆在一隔
字'。予謂：'美人如花隔雲端'，不特未損其美，反益彰其美，
故'隔'不足爲詞之病。……蓋詞義有雙重：有表義，有蘊義。表
義即字面之所指，蘊義即寄託之所在，所謂重旨複意者是也。'高
樹晚蟬，説西風消息。''波心盪，冷月無聲'。言外別有許多意
思，讀者不徒體味其淒苦之詞境，尤當然會其所以構此淒苦之境之
詞心：此其妙處，正在於隔。……王氏論詞，有見於秀，而無見於
隱。故反以隔爲病，非篤論也。詞之性質，'深文隱蔚，秘響傍
通'，故以曲爲妙，以複見長，不能單憑直覺，以景證境；吾故謂
王氏之説，殊傷質直，有乖意内言外之旨。若夫'晦塞爲深，雖奧
非隱'，如斯方爲詞之疵累。質言之，詞之病，不在於隔而在於
晦。"見《人間詞話平議》（自印本，1953），頁3a。

[18] 《詞論》（上海：古籍出版社，1981），頁66。鄧喬彬的看法是：
"用清超之筆，辭意相當地構成完整的意境，這種意境非但'骨理
清，體格清，辭意清'（沈祥龍《論詞隨筆》），而且空靈渾涵，
而不是板滯凝澀，這就是'清空'。"〈論姜夔詞的清空〉，《詞
學論集》，頁232。鄧喬彬則認爲："南宋有寄託與'空'相關，當
重在情志；北宋無寄託、無寄託與'實'相關，當重在通常的情

景。因此，北宋詞的抒情是自然地感物而動，……而南宋詞多因情造境或託物寄意。"見〈論南宋風雅詞派在詞的美學進程中的意義〉《華東師範大學學報》（哲社版），1984：2（4月），頁27。

[19]　上引文，頁50。

[20]　《續書譜》，在《歷代書法論文選》，頁391，392～393，395。韓經太亦認為瘦骨、逸神是姜詞美學風貌之一。見〈筆染滄江虹月、思穿冷岫孤雲──白石詞美學風貌初窺〉，《北方論叢》1986：5（9月），頁49－52。

[21]　朱邦蔚，上引文。

[22]　楊海明：《唐宋詞風格論》（上海：社會科學院出版社，1986），頁224－225，226。

[23]　〈清真、白石詞的異同與兩宋詞風的遞變〉，頁97—98，100。參唐圭璋、潘君昭：《唐宋詞論集》（濟南：齊魯書社，1985），頁167。喬力亦說白石詞"固然不能脫離直覺式的感性聯想，但更多的還是求同於理性判斷。……用理性的、直露硬峭的形式表現感性的、隱曲綿邈的內蘊，別具拗折飛宕之趣。"又認為："在主觀感受的基礎上，創造出物我同一、情景互生的審美境界。這裏不見過分激烈的情緒動盪與宏闊雄勁的自然風光，而是將曠遠沉靜的襟懷消融在輕瘦諧婉的景色中，所以才呈現出清峻高雅的韻致"〈論姜夔的創作心理與藝術表現〉，《學術月刊》1987：11（11月），頁43，46，49。關於虛實的討論，參萬雲駿、趙山林：〈論詞的空與實〉，在《詞學論集》，頁402—408；曾祖蔭：《中國古代美學範疇》（武昌：華中理工大學出版社，1986），頁134—189。

[24]　韓經太指出：冷香、幽韻是姜詞藝術特色之一。見〈筆染滄江虹月、思穿冷岫孤雲──白石詞美學風貌初窺〉，頁46—49。參《唐宋詞風格論》，頁238。楊海明又說："白石詞中的'熱情'（戀情）就是經過一番'冷處理'而變得無比雅潔清涼的。""他把那如柳一般的柔情，用梅花那樣的詞品出之。"見《唐宋詞史》（南京：江蘇古籍出版社，1987），頁513，516。

[25]　參考黃清士：〈試論姜夔詞的小序〉，《藝林叢錄》第六編（香港：商務印書館，1966），頁159—166；唐圭璋、潘君昭，上引書，頁170；傅明善：〈白石詞序賞析〉，《浙江師範大學學報》（哲社版）（金華），《青年教師論文專輯》（1987年12月），頁

7—11，86。Shuen－fu Lin，The Transformation of the Chinese Lyrical Tradition：Chiang K'uei and Southern Sung Tz'u Poetry（Princeton：Princeton University Press，1978），pp，62－93.

［26］ 夏承燾，上引書，頁269—282。

［27］ 見唐圭璋編：《唐宋詞鑒賞集成》（香港：中華書局，1987），頁 1022。

［28］ 沈祖棻亦說：" 岑寂 " 屬今日，" 明朝 " 以下皆懸擬之詞。見《宋 詞賞析》（上海：古籍出版社，1980），頁165。

［29］ 陳澧說：" 正岑寂 " 至 " 小橋宅 " 是 " 似斷似續。" 見《白石詞 評》（香港：龍門書店，1970），頁15。《藝概》云：" 空中蕩 漾，最是詞家妙訣。"（頁114）喬力說：" 雖有聯想記憶的較大跳 躍，卻總是循順一定的軌迹進行，從而避免了間阻斷裂；……能夠 使意境、結構趨向疏朗空靈，用語卻瘦硬峭拔。" 上引文，頁44。

［30］ 本篇所用版本爲香港商務印書館1961年版。

［31］ 《四溟詩話》（在丁福保輯：《歷代詩話續編》［北京：中華書 局，1983］），卷一，頁1137。葉燮：《原詩》亦說：" 詩之至 處，妙在含蓄無垠，思致微渺。其寄託在可言不可言之間，其指歸 在可解不可解之會。"（〈內篇〉下，第五則。霍松林校注本，北 京人民文學出版社1979年本，頁30。）

［32］ 《莊子》〈田子方〉：" 子路曰：' 吾子欲見溫伯雪子久矣，見之 而不言，何邪？' 仲尼曰：' 若夫人者，目擊而道存矣。亦不可以 容聲矣 '。"

［33］ 嚴羽《滄浪詩話》云：" 不涉理路，不落言筌。"《藝概》云： " 詞之妙莫妙於以不言言之。"（頁121）

［34］ 《藝術》云：" 一轉一深，一深一妙，此騷人三昧。"（頁114）

［35］ Yuri Shcheglov and Alexander Zholkovsky，Poetics of Expressivenss：A Theory and Applicatons（Amsterdam：Benjamins，1987）.

［36］ 《四溟詩話》卷一，頁1138－1139。王偉勇說：白石 " 寫景之詞， 形式恒爲上片寫景，下片抒懷，結尾復以景物收束；而此結尾之 景，又恒爲其情之所寄也。"《南宋詞研究》（台北：文史哲出版 社，1987），頁373。故末段寫景，實有寄寓，應小心尋繹。謝榛的 話可以移用在白石詞上面。

［37］ 〈靈谿說詞——論姜夔詞〉，頁69。

[38]　可參考姚柯夫編：《人間詞話及評論匯編》（北京：書目文獻出版社，1983）。

[39]　萬雲駿：〈王國維《人間詞話》"境界說"獻疑〉，《文學遺產》1987．4（8月）頁102，97。參唐圭璋、潘君昭，上引書，頁168；吳奔星：《文學風格流派論》（太原：北岳文藝出版社，1987），頁36—38。

[40]　薛雪：《一瓢詩話》云："論詩略分體派可也。必曰某體某派當學，某體某派不當學，某人某篇某句為佳，某人某篇某句為不佳，此最不心服者也。人之詩猶物之鳴，鶯鳴於春，蛩鳴於秋，必曰鶯聲佳可學，使四季萬物皆作鶯聲。又曰蛩聲佳當學，使四季萬物皆作蛩聲。是因人之偏嗜，而使天地四時皆廢，豈不大怪乎？"（台北藝文印書館影印《清詩話》本）葉9b—10a 或1979年北京人民文學出版之杜維沫校注本第六十一則。近年有些學者對南宋風雅派的詞風及技巧都多所討論，（例如鄧喬彬：〈論南宋風雅詞派在詞的美學進程中的意義〉，頁24－31。）我們不應以不同時代風格來作衡量的標準。參謝桃坊：〈評王國維對南宋詞的藝術偏見〉，《文學評論》1987：（11月），頁105－111。

母子衝突
──〈白娘子永鎮雷峰塔〉的心理分析

　　白蛇故事自宋、元以來流傳不衰，根據它衍生出來的民間故事和戲曲非常多[1]。它所以受歡迎的原因是不是許宣和白娘子的愛情很難得或很感人呢？答案是否定的。我覺得〈柳毅傳〉、〈任氏傳〉等唐代傳奇小說所寫的人和精怪之間的感情更爲動人；〈杜十娘怒沉百寶箱〉和〈賣油郎獨佔花魁〉等話本小說更富人性。那麼，白蛇故事是否像顏元叔所指出的在描寫感情和理智的衝突呢[2]？如果是的話，那就太簡單了，因爲寫這主題的作品俯拾即是，白蛇故事究竟憑甚麼能勝過其他作品，深入民心呢？

　　我們試看看《警世通言》中的〈白娘子永鎮雷峰塔〉（以下簡稱〈白娘子〉）。首先，許宣在很早時已知白娘子是妖怪。當她跑到蘇州去找他時，他說：“你是鬼怪，不許入來。”後來，他聽一個道士的話，用符來剋制她。再後在鎮江府遇到白娘子時，許宣罵她是“賊賤妖精”。雖然他們還是和好如初，但許宣先後請捉蛇的戴先生和金山寺的法海禪師去收服她。這些都可證明許宣對白娘子的感情是有保留的。難怪白娘子要罵他：“和你數載夫妻，好沒一些兒人情”了。至於白娘子方面，她兩次牽累許宣惹上官非[3]。最後，她對許宣說：“若聽我言語喜喜歡歡，萬事皆休，若生外心，教你滿城皆爲血水，人人手攀洪浪，腳踏渾波，皆死於非命。”這些都指出了他們之間並沒有現代人所謂愛情的存在[4]。後來的戲曲捏造了許宣是白娘子的前世恩人這一個關係[5]來解釋白娘子爲何苦苦相隨的情況。這也許是民間信仰（folk belief）的反映，正如《三國志平話》以司馬貌遊地府來説明三國相爭的由來一樣，給故事以一個歷史的來源。在〈柳毅傳〉中，龍女雖然也爲了報恩而下嫁柳毅，但柳本人對龍女也有很深的愛意。而白蛇報恩卻反令許宣受刑，雖是無心之失，未免難以令人入信。

要解釋白蛇傳説之所以能廣泛流傳的原因，我們不妨用另一角度來看這個白蛇傳説。根據心理分析學的説法，嬰兒對母親有兩種不同看法。一方面母親的哺育和保護使他有安全感；另一方面，當母親不在或未能及時使他溫飽時，他會覺得母親是可怕的。童話中的天使或母神（mother goddess）代表好母親，女巫則代表壞母親。根據克萊因（Melanie Klein）的説法，嬰兒和母親是合而爲一的。當嬰兒得到滿足時，母親是好的，得不到滿足時，母親就是壞的。當他覺得飢餓，便會感到要吞噬他所愛的事物。同時，這種感覺又會投射到母親身上，覺得她會吞噬他。這種由愛變“餓”的雙重心理使他有無用和空虛的感覺。稍後，當他長大了，便現實地把母親作爲有好處也有壞處的整個人。這時他和母親就有你和我之分。在他要發洩不滿的時候，他會考慮到對方的感受。溫尼科特（D. W. Winnicott）稱這種心理爲犯罪感（guilt）[6]。再從母親的地位來看，男孩是她對丈夫不滿的發洩對象，而另一方面，他也是她的名譽和價值的主要來源[7]。母子關係間的雙重愛憎心理常常表現在神話傳説中。我們可以嘗試用這個心理學的理論來看〈白娘子〉的故事。

許宣從小父母雙亡，他的姊姊自然代表了他的母親。當許宣向她提出要結婚的時候，遲遲得不到她的答覆。許宣便直接地指出：“你只怕我教姐夫出錢，故此不理。”可見他姊姊不能給他滿足，所以她可說是缺乏（deprivation）的代表。反過來看，白娘子給他錢財衣物。正文中説："日逐盤纏，都是白娘子將出來用度。""（白娘子）叫青青取新鮮時樣衣服來，許宣着得不長不短，一似像體裁的。"此外，有一支〈馬頭調〉也説："喫的是珍饈，住的是錦屋，穿的是綾羅緞，樂的花前同歡舞，你還心不足，……你本是人間一個貧儒，自從奴與你成連理，享盡人間富與福。"因此，她可説是許宣的好母親。他和白娘子的結合就是佛洛伊德（Sigmund Freud）所説"戀母情意結（Oedipus complex）"的蒸母（mother incest）的表現。當然，這種行爲違反了社會的禁忌（taboo），故此，他犯了官非，被判充軍，就像俄狄浦斯（Oedipus）離開忒拜城（Thebes）一樣。而最初去告發許宣藏了賊贓的人就是他的姊夫。這表示出他受到了假代父親（surrogate father）的懲罰。後來許宣擔心會被白娘子所害，這就是心理學上所謂"閹割恐懼（fear of castration）"[8]。這和他初遇白娘子後發了一場"情意相濃"的綺夢時的心境剛好成一對照。

　　上面的分析可以用結構主義的二元對立（binary opposition）的方法綜合成一圖解：

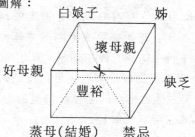

由於白娘子本身是蛇，我們先談談蛇在神話中的象徵意義。以往很多人把它作爲男性象徵，但斯萊特（Philip E. Slater）指出它也可代表女性[9]。在神話中，蛇被用作象徵纏住男性和通過交合使男性失去精力的女性[10]。斯萊特又引述一個説法：蛇口是"有

牙齒的女陰（vagina dentata）"的象徵[11]。李維史陀
（Claude Levi‑Strauss）記載了一個木新娘故事，他說有一個人用樹
幹雕出一個女人，但忘記了她的隱秘部分，於是由一隻鳥做了這
個工作，他的女婿先得從那裏取出一條蛇，然後能行合卺之
禮[12]。這故事中的蛇很明顯指出和女性的關聯。鳥是男性象
徵[13]。我曾經指出賈森（Jason）和金羊毛傳說中那些變成兵士
的蛇牙就代表了女陰（用合攏石［symplegades］作爲代表）中的
牙齒[14]。這就是嬰孩怕被母親所吞噬的表現。濟慈（Keats）的
長詩〈恩地米安（Endymion）〉中說：

> 我想那
> 關住我的精神的鐵欄柵已給炸開，我
> 和你航過那令人暈眩的天空
> ……
> 當你的車駕抵達了
> 它空中的目的地，也許會有閨房蒙住了
> 那些黃昏的眼睛？那些眼睛！──我的精神
> 受不住了──
> 親愛的女神，救我啊，否則那張開大口的空
> 氣
> 會吞滅我了──救我啊！

這幾句詩道出了在性愛的快樂中有一種被吞噬的感覺[15]。此外，
蛇的蛻皮現象也象徵了再生。因此蛇既代表死亡也代表增殖，既
代表雄性也代表雌性。

從上面所描述的母子愛憎心理（mother‑child conflict），我們
可以推知男孩在有一好母親時，會認爲女性器官是生命的泉源。

但如果他的母親只求滿足她自己的慾望時，他會認爲它對生命有威脅。他有時把對她的恐懼演繹成可怖而又不能抵拒的怪物，這怪物會把他吃掉、纏住、窒息，或吸取[16]。這種愛時願合而爲一，害怕時又想敬而遠之的雙重心理（心理學叫它做口部——自戀的兩難困境〔oral–narcissistic dilemma〕），正和小孩對母親的既愛且恨的情況相同。男性對女性器官的恐懼，據霍尼（Karen Horney）的意見，是源於害怕給女性控制而不能獨立。她比喻說：希臘神話中的美杜莎（Medusa）頭上長滿了作爲頭髮的毒蛇，牠們代表恥毛，而她的頭就代表女性器官。當人看她一眼時，便會變成石頭。這代表人對女陰的恐懼，霍尼稱之爲“美杜莎恐懼（Medusa dread）”[17]。

我們檢看一下〈白娘子〉。許宣對白娘子無疑是又愛又恨，愛時“如遇神仙”、“色迷了心膽”，恨時又燒符去鎮壓她，請捉蛇的戴先生捉她，又求法海禪師救他一命。他一方面貪戀白娘子，一方面又怕被她弄死。（〔許宣〕朝着白娘子跪在地下道：“……可饒我的性命！”）這種心理正符合心理學所提出的理論[18]。巧得很，〈白娘子〉中除了“盤纏”這名詞外，常用“纏”字，例如：

> 終日在王主人家快樂昏迷纏定。
> ……頭上一道黑氣，必有妖怪纏他。
> 許宣喫兩個纏不過。
> 倘若那妖怪再來杭州纏你[19]。

這正合心理學所描寫的男性對女性糾纏的恐懼。此外，李克用偷窺白娘子時，她變作一條白蛇，把李嚇倒：“那員外眼中不見如花似玉體態，只見房中蟠着一條吊桶來粗大白蛇，兩眼一似燈盞，放出金光來。”（後世戲曲把白蛇現形改成爲白娘子飲下雄黃酒的後果。）稍後，許宣的姐夫也看到同一情形，這和霍尼所說的“美杜莎恐懼”相同。很顯然，作者用重像手法（doubling）以李克用和姐夫代替了許宣。

至於法海[20]，他是個有道高僧，他用鉢盂收服了白娘子和青青之後，又建立一座塔壓在上面[21]，這顯然是表示許宣脫離了“母親”的影響，變成自立（autonomous），和獲得男子的本性（maleness）。把象徵女性的鉢盂壓在塔下就表示把上面討論過的幼稚的（infantile）心理加以內化（internalization）。

我們可以用下列圖解來表示：

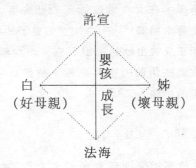

圖中的許宣對母親有愛與恨的矛盾心理。法海則是中介人（mediator）。許宣通過他獲致自己的獨立。許宣利用法海的法力征服了白蛇，這和希臘神話中宙斯（Zeus）、阿波羅（Apollo）和赫利克勒斯（Heracles）相似。這些神話英雄都先征服了蛇，才開始他們的事功[22]。從性心理的角度來看，許宣更似買森，他克服了對性的恐懼，心理便得到正常的發展[23]。從心理學來說，許宣不是把白蛇制伏，而是犯了弒母的罪行，因此他會有懸望和罪疚感[24]。日後，他兒子的孝心令白蛇得到釋放。（《雷峰塔傳

奇》：" 只爲你〔指白娘子〕有報春暉佳兒叫冤，感動那古先生
將伊罪原。" ）這也可説是反映了許宣的懸望和罪疚感通過他兒
子的孝行分別得到滿足和解除。

由於白娘子能打破當時社會所加於女性對婚姻的規範，市民
對她深感同情[25]，於是增加了一些情節：白娘子因懷孕暫得免，
待生產後才被壓於雷峰塔下；後來兒子高中狀元，孝感天地，雷
峰塔倒，結果母子重逢，團圓收場。這個結局一方面表現出我國
人喜歡團圓結局[26]，另一方面，從神話學眼光來看，這結局代表
了蛇（女性）的生和死的雙重象徵。（白娘子企圖或曾經水淹金
山，就代表她的破壞性。）同時，正如上面所説，兒子是女性的
名譽和價值的來源。在女性地位低下的社會裏，妻子對丈夫的不
滿會向兒子身上尋求補償[27]。白娘子的兒子的出生和日後中狀元
的情節，一方面正反映出她的補償心理。而女觀衆/聽衆的認同作
用也可説是產生這些情節的主要原因。難怪日後白娘子不是白蛇
精而是真真正正的一個人了[28]。

餘　論

〈白娘子〉故事的來源曾有幾篇文章作了一些研究，它們或
上溯宋話本〈西湖三塔記〉[29]，或唐小説〈白蛇記〉等篇。王驤
甚至追溯到圖騰崇拜[30]，我覺得未免牽扯得太遠了。這種一網打
盡的研究方法所得的結果，令人有一個錯覺，以爲白蛇故事在
〈白娘子〉出現之前是直線發展的。同時，他們也忽略了這故事
所表現的心理，因此，他們的研究成果對〈白娘子〉本文的了解
幫助不大。至於〈白娘子〉這話本是宋代的還是元代的也是一個
問題。趙景深等人以爲是宋代[31]，沈祖安則認爲是元代[32]。不
過我們得記住後人（如馮夢龍）也可能作了些改易增删的工夫，
正如〈白娘子〉之後的戲曲，情節都有增改[33]。所以它的年代問

題很難確切地解決。其後，清人古吳墨浪子編的《西湖佳話》轉
錄這篇話本時，也把部分情節合理化[34]。

　　後人編演的白蛇故事和戲曲把許宣改爲許仙或漢文。小野四
平（Ono Shihei）指出〈白娘子〉和明代鄧志謨的《許仙鐵樹記》
（即《通言》中〈旌陽宮鐵樹鎮妖〉的故事）有關[35]。宣、仙音
近，故易於改動。至於白娘子的名字，後世稱她爲白素貞，同時
她不是個新寡文君，而是個黃花閨女，這可能也是因爲女觀衆/聽
衆的認同作用所引致。經過這樣的改動，白娘子忠於許仙，和許
仙要用以正制邪的方法來收服她（“同歸淨土”）的情況就令人
容易明白得多了。

　　關於白蛇故事的主題意義的討論，可説是言人人殊。中國大
陸裏面的評論家認爲黃圖珌在《雷峰塔傳奇》“醜化白蛇，著力
宣揚佛力無邊。”[36]至於法海收服白娘子的行動，更受到無神論
者的嚴厲批評[37]。相反地，台灣學者潘江東則認爲白蛇故事“發
揚忠孝節義，寓教化於無形”，“因同情心理可觀人性之歸善去
惡”。它又是“後世女權伸張之表徵”[38]。這兩個相反的論調，
實在很難融合。不過，如果從上文的討論來看，白蛇故事中那個
“交織着歌頌愛情與崇佛滅妖這一難以調和的嚴重矛盾”[39]是不
難解決的。

　　此外，曹聚仁和陳伯君都認爲白娘子是個悲劇人物。曹以爲
她對許宣的過多的愛情和無視於社會規範（如“盜庫”）實在是
構成悲劇的主要因素[40]。陳則以爲白蛇故事是個“時代精神”的
悲劇[41]。

　　關於白蛇故事的比較研究，一九三三年秦女、凌雲在《中法
大學月刊》上發表的〈白蛇傳考證〉指出濟慈的〈蕾米亞（Lami-
a）〉長詩的内容和〈白娘子〉有相似之處。此後再有文章討論這
問題[42]。顏元叔更指出這兩篇作品的主題都是描寫感情和理智的
衝突，理智終於把感情壓制住。這看法很新鮮，但不能突出〈白

娘子〉的特點，因爲以理智和感情的衝突（即尼采〔 Nietzsche 〕所說 Apollonian 和 Dionysian 的衝突）爲題材的作品真是數不勝數，〈白娘子〉能傳誦這麼久，大概不單由於這主題吧？

　　日本人亦有把上田秋成（ Ueda Akinari ）的《雨月物語》（ Ugetsu monogatari ）中的〈蛇性の婬（ Jasei no in ）〉和〈白娘子〉作比較，這可見白蛇故事受人注意的情形了[43]。

後　記

　　本篇完稿時，得讀楊牧（王靖獻）的〈許仙和他的問題〉（載於陳鵬翔編的《主題學研究論文集》，〔台北：東大圖書公司，一九八三〕）。他認爲：白蛇傳向定型的道德標準和社會結構挑戰，爲被壓迫的女性請願，控訴虛有其表的男性的軟弱、無能、無情，甚至於無恥；揭發假裝慈悲的宗教勢力；白蛇的痛苦拯救了我們幾乎毀壞於虛僞的道德禮教下的心靈（頁三二九）。他的說法可說是時下一般人對白蛇傳的看法。陳大海卻認爲白蛇的悲劇是由她世界觀的局限性所造成。（見〈白蛇和她的悲劇〉，中山大學中文系編：《論古代戲曲詩歌小說》〔廣州：中山大學出版社，一九八四〕，頁一七二。參考車錫倫：〈金山寶卷和白蛇傳故事研究中的幾個問題〉，《民間文藝季刊》一九八六年一期〔二月〕，頁一八一──一九一。）這也代表了社會主義批評家的一種看法。吳士余在《古典小說藝術瑣談》（湖北：長江文藝出版社，一九八五）分析了各個不同的白蛇故事，認爲〈白娘子〉的作者“力求立意上標異，反映角度上求新”（頁一五三）。對〈白娘子〉的主題和技巧都有闡發。

　　此外，雪萊（ Shelley ）的〈阿拉斯特〉（ Alastor ）一詩中對母親和被她誘惑後的心情的描寫和本文主旨有關，可作爲本文的旁證（參考 The Romantic Mother 一書中關於雪萊的討論。Pedrini &

Pedrini, op. cit, pp. 43－45)。

註釋

[1]　參閱傅惜華編：《白蛇傳集》（上海：上海出版公司，一九五五）；潘江東，《白蛇故事研究‧附資料匯編》（台北：學生書局，一九八一）；浙江民研分會編，《白蛇傳歌謠曲藝資料選》（內部資料，一九八三）；又，《白蛇傳故事資料選》（內部資料，一九八三）；江蘇省民間文學工作者協會編，《白蛇傳資料》本（出版資料不詳）。

[2]　Yen Yuan－shu, "Biography of the White Serpent: A Keatsian In-terpretation", Tamkang Review 1:2(Oct, 1970), pp. 227－243. 中文本題作〈白蛇傳與蕾米亞〉，收入《文學經驗》（台北：志文出版社，一九七二）中。潘江東説："白蛇故事將白蛇賦予人性，執著於愛情，爲報恩而捨身，許仙則斡旋於善惡之間，內心之掙扎……爲情感與理智衝突。"見上引書，冊一，頁二五六。羅永麟也認爲它是描寫天理和人欲之爭。見〈白蛇傳的歷史價值和現實意義〉，《民間文學論壇》，一九八四年第三期（七月），頁七一一五。此文收入《論中國四大民間故事》，（北京：中國民間文藝出版社，一九八六）。

[3]　趙景深認爲盜庫一節可删，埋由是"白氏是很聰明的，她決不會盜來庫銀而不把銀上的庫印鑿去，就交給許仙用，讓他去犯罪。"見《民間文學叢談》（長沙：湖南人民出版社，一九八二），頁六三。這是後人把神話傳説加以理性化的典型代表。

[4]　戴不凡指出在話本小説中，白娘子對許仙説："小乙官，我也只是爲好，誰想到成怨本！我與你平生夫婦，同枕共衾，許多恩愛，如今卻信別人閒言語，教我夫妻不睦。"由此可見作者强調許仙和白蛇的矛盾。見〈試論白蛇傳故事〉，載《中國民間文學論文選》（上海：上海文藝出版社，一九八〇），下册，頁一五三──一五四。此文收入《論中國四大民間故事》（北京：中國民間文藝出版社，一九八六）。

[5]　例如〈雷峰塔卷〉説：白蛇被呂泰所救，得以修行，而呂泰則轉世爲許漢文，故金母叫白蛇去報恩。見傅惜華，上引書，頁一九三

——一九四。于彤主張夙世恩仇說不足取。見〈"夙世恩仇"說與"白蛇非蛇"說辨析〉,《民間文藝集刊》第七集（上海：上海文藝出版社,一九八五）,頁一七六——一八八。但沈祖安則以爲不必抹殺。見〈關於白蛇傳研究中的偏頗〉,同書,頁一九〇。

[6]　參考 Barbara A. Schapiro, The Romantic Mother(Baltimore: The Johns Hopkins University, 1983), pp. 11 – 12.

[7]　參考 Philip E. Slater, The Glory of Hera: Greek Mythology and the Greek Family (Boston: Beacon Press, 1971), pp. 28 – 29.

[8]　Ibid, p. 20.

[9]　Ibid, p. 80 ff.

[10]　Ibid, p, 82.

[11]　Ibid, pp, 87, 103.

[12]　Levi – Strauss, From Honey to Ashes(tr. John and Doreen Weightman) (New York: Harper & Row, 1973), pp. 215 – 216.

[13]　參考 J. E. Cirlot, A Dictionary of Symbols (tr. Jack Sage)(London: Routledge & Kegan Paul, 1 9 6 2), p. 2 6; Ad de Vries, Dictionary of Symbols and Imagery (London: North – Holland Publishing Co, 1974), p. 48.

[14]　拙著：《神話·禮儀·文學》（增訂本；台北：聯經出版事業公司,一九八六）,頁五七——五八。又二：一八五——八七行；一九一——一九五行參考 Slater, op. cit, p, 207.

[15]　交合時有被吞噬感覺的情形相當普遍,參考 Slater, op, cit, p. 65.《清平山堂話本》裏面的〈西湖三塔記〉中的男主角奚宣贊幾乎被妖精的母親所吃。此外,蕾米亞在希臘神話中是吃小孩的怪物。這兩點都可以作爲旁證。

[16]　Slater , op. cit. p. 68參考 Leonard Shengold, "The Parent as Sphinx", Journal of the American Psychoanalytic Association 11(1963), pp. 725 – 751.

[17]　Slater , op. cit , pp. 20 – 21.

[18]　Ibid, p. 77.

[19]　參考 Wu Pei – yi, The White Snake: The Evolution of a Myth in China, Ph. D. diss, Columbia University, 1969.

[20]　王驤曾作考證,認爲法海是唐時人,見〈白蛇傳中的法海其人〉,

《民間文藝集刊》第一集（上海：上海文藝出版社，一九八一），頁一○○——一○二。

[21]　顏元叔以爲這情節＂意味着情感是殺不死的，是永存的，……但是，情感終於被理智壓抑了。＂見《文學經驗》，頁三六。

[22]　斯萊特把蛇看作臍帶，它一面供給養料給胎兒，一面可能把它纏死，所以當胎兒出生後要把臍帶剪斷。op, cit, pp. 94 – 100.

[23]　《神話·禮儀·文學》，頁六三。

[24]　Slater, op, cit, p. 187.

[25]　＂經過以後長期的流傳，善的本性才在白娘子身上愈來愈突出，而惡的一面才愈來愈少、愈淡，終至徹底消失。＂見程薔：〈試論白娘子形象反映的多種古代文化因素〉，《中國古典文學論叢》第四輯（北京：人民文學出版社，一九八六），頁二八○。

[26]　汪玢玲認爲＂即使是十足的悲劇，也要展現出中國老百姓那種美好的希望和樂觀情緒，它是與悲觀主義絕緣的。＂見〈論白蛇傳的民族風格〉，《民間文藝集刊》第七集（一九八五），頁二一○。劉守華則對團圓結局有所不滿，見〈談民間文學中的大團圓〉，《華中師院學報》一九八三年第四期（無月份），頁一二六——一三四。

[27]　Slater, op . cit, pp. 30 – 31.

[28]　有些學者加以反對，如王驤：〈白蛇傳故事三議〉，《民間文學論壇》，一九八四年第三期（七月），頁一六——二○。又參考于彤，上引文；沈祖安，上引文。

[29]　參考青木正兒（Aoki Masaru）：〈小說《西湖三塔》與《雷峰塔》〉（隋樹森譯），《文史雜誌》，六卷一期（重印於《國立北京大學中國民俗學會民俗叢書》第五十一册〔台北：東方文化書局，一九七一〕），頁七——一○。又〈西湖三塔記〉有法文譯本：Jacques Pimpaneau, "Lalégende du serpent blanc dans le Ts'ing p'ing Chan T'ang Houa Pen", Journal Asiatique, no. 253 (1965), pp. 251 – 277.

[30]　參考秦女、凌雲：〈白蛇傳考證〉，《中法大學月刊》，二卷三、四期（一九三三年一月），頁一○七——一二四。趙景深：《彈詞考證》（上海：商務印書館，一九三八；台北，一九六七年重印本），頁一——四四。倉石武四郎（Kuraishi Takeshiro）：〈白蛇

傳の改作について，《中文學會報》第七期（一九五六——五七）；英文本爲："On the Metamorphosis of the Story of the White Snake", Liebenthal Festschrift, Sino – Indian Studies 5:3 – 4(1957), pp. 138 – 146.（未見）波多野太郎（Hatano Taro）：〈白蛇傳補考〉，《橫濱市立大學論叢》（人文科學）十六卷一號（一九六四年十二月），頁一五二———一九三。Eva Muller Zur Wiederspiegelung der Entwicklung der, ' Legende von der Weissen Schlange, ' in der chinesischen Literatur bis zur ersten Halfte des 20. Jahrhunderts, ph. D. diss, Humboldt Universitat, 1 9 6 6; Hsu Wen – hung（許文宏）, "The Evolution of the Legend of the White Serpent", Tamkang Review 4:1 (April, 1973), pp. 109 – 128; 4:2(Oct, 1973), pp. 121 – 156. 植田渥雄（Ueta Atsuo）：＜白蛇傳考——雷峰塔白蛇物語の起源およびその滅亡と再生〉，《星川博士退休記念中國文學論叢》（東京：櫻美林大學，一九七九），頁一九六———二一三。王驤：〈白蛇傳傳說故事探源〉，《民間文學論文選》（長沙：湖南人民出版社，一九八二），頁一七〇———一八三。

[31] 趙景深：《彈詞考證》，頁七———一〇；潘江東，上引書，冊一，頁三五———三六。

[32] 沈祖安，上引文，頁一九二———一九四。鄭振鐸更以爲是明代的作品，見《中國文學論集》（上海：開明書店，一九三四），頁五八六。

[33] 參考羅永麟：〈論白蛇傳〉，《民間文藝集刊》第一集，頁八〇——八四，又見《論中國四大民間故事》；趙景深、李平：〈雷峰塔傳奇與民間文學〉，同書，第七集，頁一五九———一七五。

[34] 參考 Andre Levy, "L'origine et le style de la legende du pic du tonnerre dans la version des Belles histoires du lac de l'ouest", Bulletin de l'Ecole Francaise d'Extreme – Orient 53:2(1967), pp. 517 – 535. 潘江東，上引書，冊一，頁五六——五八。

[35] 小野四平：〈内閣文庫本《許仙鐵樹記》について〉，《集刊東洋學》十五號（一九六六年五月），頁七四——八二；又，〈鄧志謨の道教小說について〉，《中國古典小說研究專集》四（台北：聯經出版事業公司，一九八二），頁一五一———一七八。

[36] 見羅永麟：〈論白蛇傳〉，頁八一〇。

[37] 中國大陸的學者對法海的批評是一致的，故只舉一篇爲例：于彤，
　　　　上引文，頁一八〇。
[38] 潘江東，上引書，冊一，頁二五六。
[39] 王驤：〈白蛇傳傳說故事探源〉，頁一八一。
[40] 曹聚仁：〈白娘娘傳說中的悲劇成因〉，《論語》第一〇七期（一
　　　　九三七年三月），頁五二七——五二九。程薔讚賞白娘子對待愛情
　　　　的無比執著和忠實，見〈一個閃爍着近代民主思想光華的婦女形象
　　　　——白娘子形象論析〉，《民間文學論壇》一九八四年第三期，頁
　　　　二七——三四。關於“盜庫”，趙景深和戴不凡各有意見，趙要刪
　　　　除，而戴主張保留，見《民間文學叢談》，頁六二——六四。
[41] 陳伯君：〈論寶卷雷峰塔的悲劇思想〉，《民間文藝集刊》第六集
　　　　（一九八四），頁七三。作者沒有解釋甚麼是時代精神悲劇，所以
　　　　令人不明白那是怎麼一回事。他又說：“到社會政治經濟發生天翻
　　　　地覆的變化的時候，白娘子的結局必然從妥協到不屈，從不屈到解
　　　　放。”（頁七四——七五）他的說法和李岳南的說法近似，見《民
　　　　間戲曲歌謠散論》（上海：上海出版公司，一九五四），頁一——
　　　　一四。嚴格說來，這不算是文學作品的論評。陳勤建則以爲這故事
　　　　的悲劇思想基礎是儒家的理性主義，見〈白蛇形象中心結構的民俗
　　　　淵源及美學意義〉，《民間文藝集刊》第六集，頁九一。
[42] 秦女、凌雲，上引文；趙景深，上引書。又參考 Ting Nai‑tung，
　　　　"The Holy Man and the Snake Woman: A Study of a Lamia Story in
　　　　Asian and European Literature", Fabula 8:3(1966), pp. 145‑191. 丁乃
　　　　通這篇論文的中譯載《民間文藝季刊》一九八七年三期（八月），
　　　　題爲〈得道者與美女蛇——歐亞文學中的拉彌亞故事研究〉（陳建
　　　　憲、黃永林譯），頁一九二——二五七。Schapiro 指出〈蕾米亞〉
　　　　展示了對女性和自我的公開敵對態度，見 op. cit, p. 33. 又參考 Lura
　　　　Nancy Pedrini and Duilo T. Pedrini , Serpent Imagery and Symbolism: A
　　　　Study of the Major English Romantic Poets（New Haven: College and
　　　　University Press, 1966）, pp. 75‑76, 99‑101; Mureen Duffy, The
　　　　Erotic World of Faery（New York: Avon Books, 1980）, pp. 255‑287. 關
　　　　於蕾米亞的神話，可參考 Joseph Fontenrose, Python; A Study of
　　　　Delphic Myth and Its Origin(Berkeley: University of California, 1959),
　　　　pp. 94‑120.

[43] 參考青木正兒，上引文；小川陽一（Ogawa Yoichi）：《三言二拍本事論考集成》（東京：新典社，一九八一），頁一四二。Andre Levy, "Le serpent blanc en chine et au Japon : excursions a travers les variations d'un theme", in Etudes sur le conte et le roman chinois (Paris : Ecole francaise d'extreme – orient, 1971), pp. 97 – 113. 案劉牛譯本《雨月物語》（福州：福建少年兒童出版社，一九八六），把故事題作〈雨中奇遇〉。

水仙子人物再探
兼析〈沉淪〉及〈莎菲女士的日記〉

一

這幾年，我先後寫了三篇有關 " 水仙子人物 " （ Narcissus character ）的文章，都收在《 張愛玲短篇小說論集 》和《 文學散論 》裏面。近年來，外國方面對自戀症（ narcissism ）有很多的研究。去年暑假，我在洛杉磯加州大學閱讀了相當多的有關資料，覺得以前的討論還可以加以補充，因此便寫成這篇文章，主要仍是用中國現代小說裏面的人物和他們的理論互相印證。

我們知道關於水仙子神話的記述，以奧維德（ Ovid ）的《 變形記 》（ Metamorphoses ）最爲詳盡。這本書第三卷第三三九行至五一〇行包含了整個故事的前因後果。我們現在把楊周翰譯文中講述那耳喀索斯（ 即水仙子 ）和厄科故事的一段引錄在下面。

> 那耳喀索斯現在已是三五加一的年齡，介乎
> 童子與成人之間。許多青年和姑娘都愛慕
> 他，他雖然丰采翩翩，但是非常傲慢執拗，
> 任何青年或姑娘都不能打動他的心。一次他
> 正在追鹿入網，有一個愛說話的女仙，喜歡

搭話的厄科，看見了他。厄科的脾氣是在別
人說話的時候她也一定要說，別人不說，她
又決不先開口。

厄科這時候還具備人形，還不僅僅是一道聲
音。當時她雖然愛說話，但是她當時說話的
方式和現在也沒有什麼不同——無非是聽了
別人一席話，她來重複後面幾個字而已。這
是朱諾幹的事，因為她時常到山邊去偵察丈
夫是否和一些仙女在鬼混，而厄科就故意纏
住她，和她說一大串的話，結果讓仙女們都
逃跑了。朱諾看穿了這點之後，便對厄科
說：“你那條舌頭把我騙得好苦，我一定不
讓它再長篇大套地說話，我也不讓你聲音拖
長。”結果，果然靈驗。不過她聽了別人的
話以後，究竟還能重複最後幾個字，把她聽
到的話照樣奉還。

她看見那耳喀索斯在田野裏徘徊之後，愛情
的火不覺在她心中燃起，就偷偷地跟在他後
面，她愈是跟着他，愈離他近，她心中的火
燄燒得便愈熾熱，就像塗抹了易燃的硫磺的
火把一樣，一靠近火便燃着了。她這時真想
接近他，向他傾吐軟語和甜言！但是她天生
不會先開口，本性給了她一種限制。但是在
天性所允許的範圍之內，她是準備等待他先
說話，然後再用自己的話回答。也是機會湊
巧，這位青年和他的獵友正好走散了，因此

他便喊道：“這兒可有人？”厄科回答說：
“有人！”他吃了一驚，向四面看，又大聲
喊道：“來呀！”她也喊道：“來呀！”他
向後面看看，看不見有人來，便又喊道：
“你為什麼躲着我？”他聽到那邊也用同樣
的話回答。他立定腳步，回答的聲音使他迷
惑，他又喊道：“到這兒來，我們見見面
吧。”沒有比回答這句話更使厄科高興的
了，她又喊道：“我們見見面吧。”為了言
行一致，她就從樹林中走出來，想要用臂膊
擁抱她千思萬想的人。然而他飛也似地逃跑
了，一面跑一面說：“不要用手擁抱我，我
寧可死，不願讓你佔有我。”她只回答了一
句：“你佔有我！”她遭到拒絕之後，就躲
進樹林，把羞愧的臉藏在綠葉叢中，從此獨
自一個生活在山洞裏。但是，她的情絲未
斷，儘管遭到棄絕，感覺悲傷，然而情意倒
反而深厚起來了。她輾轉不寐，以致形容消
瘦，皮肉枯槁，皺紋累累，身體中的滋潤全
部化入太空，只剩下聲音和骨胳，最後只剩
下了聲音，據說她的骨頭化為頑石了。她藏
身在林木之中，山坡上再也看不見她的踪
影。但是人人得聞其聲，因為她一身只剩下
了聲音。[1]

尼期浦爾（Kenneth J. Knoespel）指出“來”和“佔有”的原文，

都含有歧義[2]（梅爾維爾〔 A. D. Melville 〕的英譯作 join 和 yield，並指出“ 來 ”的原文有做愛的意思[3] ）。厄科的回應都含有情慾色彩，正如中國古語所謂“ 神女有心，襄王無夢 ”。她因得不到水仙子的愛，便憂鬱而死。費耶克（ A. Fayek ）説她不能成為“ 有欲求的客體 ”（ desiring other ），是因為她被朱諾（ Juno ）所詛咒，使她不能先開口説話。結果，她不能表達她的自我，只能依附水仙子的自我（這也是説，她由主動變成被動）。換句話説，她是水仙子的“ 聽覺影像 ”（ auditory image ），她的存在不被承認。對水仙子來説，她是“ 有中之無 ”（ absence in the pre-sence ），她希冀（ wish ）水仙子能對她產生欲求（ desire ），但是，水仙子寧死也不讓她擁抱，於是對她做成了“ 自戀症損傷 ”（ narcissistic injury ）。由於她的“ 浮誇自我 ”（ grandiose self ）和“ 真實自我 ”（ true self ）發生衝突，於是她要通過死亡返回原始的狀態。她的死亡象徵了水仙子的死亡（*象徵是不存在的實體的代表*）[4]。

　　厄科的故事和蘇偉貞〈陪她一段〉裏面的故事相似。這故事通過一個叙述者把女主角費敏的日記複述出來。這是拉烏爾（ Valerie Raoul ）所説的“ 虛構記事 ”（ fictional journal ）[5]。費敏是個大學畢業生，在一家報社當記者，她結識了一個比她年輕的雕塑家，愛上了他。後來知道他和以前的女朋友李眷佟繼續來往，便自殺死了。

　　表面看來，這是一個妞兒愛俏，自食其果的故事（*雖然小説裏沒有描寫她的男朋友長得怎樣英俊*）。但是，仔細分析之後，我們知道這故事可以用水仙子神話去理解。首先，我們注意到一開始她就有“ 也許不能跟他談戀愛 ”的念頭。但對於他“ 我需要很多的愛。”（頁四、六——七）的要求，又不能拒絕。她在日記的最後寫着：“ 我需要很多很多的愛。”這和神話中的厄科一樣，重複着所想愛的人的説話。同樣地，費敏也只是一廂情願，始終不能打動男朋友的心，不能把他握住（頁七）。

費敏要扮演一個"施予者"（頁三）的角色，希望像厄科一樣去打動對方。從另一角度來說，她像一般女孩一樣，有戀父的傾向[6]。所以對那個"深沉又清明，像個男人又像孩子的人"特別垂青，尤其是崇拜他的"在藝術界很得名望的父親"（頁五）。作者更暗示這種畸情。她說："他們之間沒有現代式戀愛裏的咖啡屋、畢卡索、存在主義，她用一種最古老的情懷對他，是黑色的、人性的。他們兩人都能理解的，矛盾在於這種形式，不知道是進步了，還是退步了。"（頁一四）

一個晚上，他們住在溪頭，他們之間的防閑消除了（"夜像是輕柔的撣子，把他們心靈上的灰，拭得乾乾淨淨，留下一眼可見的真心。"）（頁九）。他們發生了關係之後，她就有罪疚的感覺（"她那麼希望死掉算了。"）（頁九）。如果我們不從這角度來看這些情節，那麼，"她不能見他，想到自己總有一天會全心全意要佔有他方會罷手，就更害怕"（頁九）這幾句話，就無法解釋了。

故事發展到後來，她看到他和李眷佟一起，感到"報應來得這麼快"（頁二一），便自殺死了。她引用李亞仙在鄭元和高中金榜時說的話："我心願已了，銀箏，將官衣誥命交與公子，我們回轉長安去吧，了我心願與塵緣。"（頁六）從心理學來說，她的死可能是對所有問題的一個解決[7]。費耶克認爲她這樣的死是對方對她並無欲求。她產生了一個虛假目的（false aim），要返回原始的無機狀態中去[8]。

她對男朋友的愛，似乎是發於所謂"上帝情意結"（the God Complex）[9]。她以爲自己是全能的，同時有着膨脹了的自尊。她的男朋友，（1）比她年輕（頁六），（2）像個孩子（頁三），（3）她想填補他的空虛（頁四），（4）她替他操心（頁四）。我們可以說她對他有着母性的憐惜。

　　她之所以被他所吸引的原因，由於在故事中欠缺交代，我們不能知道，如果上面關於她的戀父情意結的推論可以成立的話，她輕易地愛上了一個有別的女人的男人是可以理解的[10]。因爲她要奪去令她飢餓的母親的愛人（父親）（"想到自己總有一天會全心全意要佔有他方會罷手"）。她雖然知道不能得到他的愛，但仍然覺得没有了他，便不能生活下去，爲了維持他們的關係，就自虐地作出了各種犧牲。這種自虐的屈辱是她所付出的代價[11]（"她恨死自己了"）（頁一二）。她一方面不服氣地要打擊他（"費敏就是太純厚不知道反擊"）（頁六），一方面又把他的重要性增加（"有人會為他將來可見的成熟喝采的"）（頁一五），來平衡這種衝動。但總會偷偷的懷疑他，最後，又不敢知道真相（"怕誤會了他，卻又不敢問，怕問出真相"）（頁一八）。這樣便形成了自虐的性格[12]。有人或許會説，一般正常的戀人都會把對方抬高，把他作爲自己的影像[13]。但是正常的戀人是不會有自虐的行爲的。

　　費敏的男朋友是神話中的那個水仙子。他的"自我外像"（self－representation）非常不穩定，而要維護它的防衛機制已經開動，引起了他對欽羨、注意和讚美的要求，作爲扶掖這自我外像的嘗試[14]。他只愛自己，對別人無所謂愛。西伯士（Siebers）把水仙子比作希臘神話中的女妖戈耳工（Gorgon），任何人見到她的頭，都要化成石頭[15]。費敏見到他的男朋友之後，也是六神無主。她"見他眼睛直視前方，一臉的恬靜又那麼熾熱，就分外疼惜他起來。她一直給他。"（頁四）又例如："兩個人便在黑暗裏對視着，……留下一眼可見的真心。"（頁九）"在他面前，費敏的心被抽成真空，是透明的。"（頁一八）事實上，他對費敏並不真心，但她對他卻總帶點情慾色彩。羅賓斯（Robbins）指出有些水仙子人物把照顧他的人貶低。認爲他們只顧各種

需要和感情。他們應該照顧他，但他卻少去理會他們，這樣，他
會有一種舒暢的感覺。他不大理會自己的需要，卻要其他人替他
打點。他把需要和感情都放在一個距離之外，不毀滅它們，也不
把它們內化[16]。根據尼斯浦爾的研究，奧維德所寫的水仙子故事
中厄科的說話是帶有情慾色彩（見上文）。

　　綜合上面的討論和蘇偉貞的文字，費敏無可懷疑的是文學上
的厄科。

　　戀父情意結也可以在鍾玲的〈女詩人之死〉看到。歐陽潔秋
所表現出的是心理學上的男器羨慕（penis envy）。這問題引起很
大的爭論，有些女性主義者認為這是陽器中心主義（phallocen-
trism），所以否定它的存在或者是它的重要性[17]。不管怎樣，它
仍被很多心理學家所接受，所以我們不妨用來討論一下現代作
品。歐陽潔秋在幻覺中回到童年時候[18]（“床頭的金色小時鐘，
一聲滴滴嚓嚓是金色的小帆船，駛入牆上的海藍”）（頁七
六），她爸爸要買一隻鳥娃娃給她，但是爸爸死了，他變得支離
破碎。“支離破碎”這個詞兒也可以用來形容她的自我。後來，
藍鳥把她帶上天空，在沙漠中的金字塔外面，看到自己和一個男
孩（修改本把這個男子描寫成潔秋自己）做愛。這一個情節非常
富有心理學的意義。藍鳥是男性象徵，所以藍鳥抱着她飛翔，以
及她和男人造愛的幻象都可說是“自我愛慾”（autoerotism）的表
現（賴克〔Reich〕認為有些女性幻想自己是男人和自己做
愛[19]）。至於金字塔是女性器官的象徵，應是無可否認的。

　　後來，故事又說，“她與藍鳥滑入最深沉的睡眠”（修改
本），我們應該可以說潔秋回到深藏在潛意識的境界中──得到
了父親。“這麼深沉的睡眠她這一生從來沒有經驗過，完全的靜
止，很美，好令人依戀，死亡一定也是這樣。”（頁七七）這段
描寫完全符合心理學所說的生前的無機狀態（prenatal inorganic

state ）。潔秋自殺於浴缸中，這是所謂 " 受容與容的結合 " （ con-
tained － container union ）[20]，更證成了她在幻覺中得到父親的性
器。也是馬庫瑟 (Marcuse) 所說的 " 涅槃原則 " (nirvana princi-
ple) [21]。根據盧因 (Lewin) 的說法，在睡眠中發生的事是真實
的 [22]，正如伊俄卡斯忒 (Jocasta) 在《 俄狄浦斯王 》 (The Oedi-
pus Tyrannus) 一劇中所說的話——" 許多人曾在夢中娶過母親 "
（第三場） [23] ……——完全是真確的。歐陽潔秋的幻覺是潛意識
在意識中的呈現。

　　潔秋由於把父親從母親那裏搶了過來（ 艾斯尼茲〔 Eisnitz 〕引
述一個病例，一個女病人幻想着被父親强姦 ）[24]，因此產生了罪
疚感 (guilt) 和羞恥 (shame)。她說：" 媽，長痛不如短痛，難
過這一次，以後媽就不必再為她擔心了。"（頁七七）這種罪疚
感使她通過自殘 (selfmutilation) 而自殺。她的自殺是安詳
的 [25]，因為她憧憬着回到家裏，也許像嬰兒般回到母親的懷抱
裏 [26]。科哈特 (Kohut) 認為這種自殺不是由罪疚感引起，而是
由不可忍受的空虛、死寂，或强烈的羞恥所引起。其實，她不是
求死，而是求生——回到出生前的存在 [27]。格倫伯杰 (Grun-
berger) 說：" 這個强烈感受的欲求不是和死亡而是和生命有關，
即使在現實中，這深沉的倒退願望可能會有時在實際方面走進死
亡裏面。" [28] 費耶克認為這是一個虛假的目標………——一個要
達到生存的最原始的、近乎靜止狀態 (state of homeostasis) 的目
標 [29]。

　　根據他的說法，歐陽潔秋的死是幻覺的死 (imaginary
death)，因為水中的影像是沒有實體的存在 (being without being
)。水仙子希冀水中影像對自己產生欲求，但是對方卻無動於
衷。他們彼此都沒有欲求。我們可以說他們沒有愛情客體 (love
object)。他們不愛生存着的客體，卻愛上沒有主體的客體 (sub-
jectless object) [30]。在故事中，歐陽潔秋對司馬和安迪都不中

意。我們固然可以說他們兩人都相當庸俗，不能達到她的理想。
但是，我們也可以從另一角度來看，她不能愛的原因是在於她有
著戀父情意結在潛意識中作祟，以致她做成一個浮誇的自我。她
離家時，穿得很性感：

> 今天她要改變作風，給自己的身體一個機
> 會。於是她穿上條緊身的白色牛仔褲，再翻
> 出抽屜裏那件鮮紅的貼身綫衣，一個美國女
> 同學送的，她從來沒有穿過，因為胸口開得
> 太低，動一動，連奶罩都會露出來。現在鮮
> 紅的彩霞壓著兩座雪山，雪山中間嵌着一輪
> 圓月──那是白玉環。（頁七二）

這是浮誇──展露性質的身體自我（ grandiose – exhibitionistic body
– self）[31]，她不愛司馬，是要和媽媽抬槓[32]；她不愛安迪，是
因爲他没注意到她的" 艷粧"。韓利（Hanly）有一個女病人，在
十一歲時因父母離婚和父親分開，因此，她認爲男性是自戀地爲
自己利益打算的人。她對他們不假詞色，不滿足他們的欲求。後
來，她希冀通過交媾得到男器。她覺得自己不是一個性感女性
（ sexual woman ），她用服裝來美化和情慾化（ eroticize）自
己[33]。這病人和潔秋有很多相似的地方。但這些女性並不是追求
性慾的滿足，相反地，她們把性理想化，強調愛情中的非性元
素，而鄙視"肉的關係"[34]。當這個浮誇自我決堤般淹蓋了真實
自我時，它就感到麻木，同時體驗到強烈的羞恥和狂怒
（ rage ）[35]。由於潔秋的父親在" 意外"中死亡，她的戀父情意
結得不到滿足，於是做成了自戀症損傷。她要把戀父情意結加以
壓抑，因爲她的本能生活（ instinct life ）受到屈辱。佛洛伊德（ S.

Freud）把這種損傷和死亡本能（death instinct）聯繫起來[36]。萊頓（Layton）也說，如果父或母不在，孩子的自我結構（self structure）會有缺憾[37]。

　　潔秋的自殺是把內化的愛情客體（internalized love object）殺死。因為那內化客體向她提出了在現實中過份嚴酷、不一致，和不恰當的要求。但是自我還是要超我的愛，就像嬰孩迫切地要父母的愛一樣，不管他們有多殘酷。這樣，自殺不單是原我把殘酷的超我殺掉，也是殘酷的超我把原我殺掉，所有自殺都是原我和超我的戲劇，結果把平和和平衡毀掉[38]。

　　我們注意到潔秋在鏡中裝扮自己，而鏡或影像（mirroring）是水仙子神話的一個主題。文格（Vinge）指出不管水的倒影或是回聲都算是影像[39]。史托洛盧（Stolorow）轉述了一些病人看着鏡中的影像，着了迷，為的是要保持和安定那在崩析中的自我外像。同時又記述一個女性病人愛戀地看着鏡中的影像來治療那引致自我外像支離的創傷[40]。我們記得在張愛玲的〈傾城之戀〉中，白流蘇受了屈辱之後，回到了：

　　　　她自己的屋子裏，她開了燈，撲在穿衣鏡
　　　　上，端詳她自己。還好，她還不怎麼老。她
　　　　那一類的嬌小的身軀是最不顯老的一種，永
　　　　遠是纖瘦的腰，孩子似的萌芽的乳。她的
　　　　臉，從前是白得像磁，現在由磁變為玉——
　　　　半透明的輕青的玉。上領起初是圓的，近年
　　　　來漸漸的尖了，越顯得那小小的臉，小得可
　　　　愛。臉龐原是相當的窄，可是眉心很寬。一
　　　　雙嬌滴滴，滴滴嬌的清水眼。陽台上，四爺
　　　　又拉起胡琴來了，依着那抑揚頓挫的調子，

> 流蘇不由的偏着頭，微微飛了個眼風，做了
> 個手勢。她對鏡子這一表演，那胡琴聽上去
> 便不是胡琴，而是笙簫琴瑟奏着幽沉的廟堂
> 舞曲。（頁二一一）

跟着，她就振作起來，和其他人周旋了。歐陽潔秋的對鏡自照也
預告了她有自我愛慾的傾向。至於白流蘇後來和范柳原第一次做
愛的時候，感到 " 他們似乎是跌到鏡子裏面 "（頁二四〇）。這表
示她的真實自我和理想自我得以拼合（ integrated ），所以這故事
就喜劇收場了。

上文提到厄科由主動變成被動（ 由滔滔不絕變得只能作出別
人說話的回聲 ），事實上，水仙子也有主動和被動兩方面。當他
爲倒影着迷時，他完全處於被動。他的性格和情緒因此也有相反
的表現。安迪莉亞‧莎樂美（ Andreas – Salome ）說：" 可能他在鏡
中看到的不光是他自己，而是仍然是整體的他。……憂鬱不是存
在於他臉上的迷戀嗎？只有詩人才可以把歡樂和憂愁，分隔和投
入，奉獻和自我表現的結合和盤托出來。"[41]）我們在丁玲的
〈 莎菲女士的日記 〉和〈 他走後 〉就看到這種性格（ 參拙著〈 中
國現代小說中的水仙子人物 〉，收入《 文學散論 》中 ）克恩伯
（ Kernberg ）指出有水仙子性格的病人時而感到勝利，時而感到失
敗[42]。賴克認爲由意氣風發到一無所有的情緒變遷是幼稚的原我
（ infantile ego ）的特色[43]。

在神話中，水仙子有聽覺和視覺的影像，因此在文學上就有
重像的出現。我曾經指出白先勇的〈 永遠的尹雪艷 〉和〈 遊園驚
夢 〉裏的重像（ 或倒影 ）（ 見上引文 ）。我們也可以在鍾玲的三
篇小說（〈 女詩人之死 〉、〈 剌 〉、和〈 過山 〉）中看到女主角
的身外身（ alter ego ）（〈 過山 〉的舞姬是姊艷/紫燕的身外身。

作者用魔幻主義的手法寫出一個奇情的故事。）她們對肉慾都加
以鄙視。〈刺〉中的凌珂在朱炎泰吻她時：

> 她想，也許真該放鬆一下，於是在他懷中閉
> 上雙眼，一閉上眼，卻感到另一個自己，乘
> 著颯颯打旋的秋風，飄到傘蓋兩人的相思樹
> 上，在密葉間向下探望，透視幽暗，觀察他
> 受慾念推動，臉漲滿紅潮，擁吻一個只存在
> 於想像中的女孩子；觀察她雪白著臉，任一
> 個她不愛的男孩子索求。真盲目，真可憐。
> 她應該立刻止住他。（頁七一）

同樣地，當司馬吻潔秋的時候：

> 她還來不及招架，他的唇已經印在她唇上，
> 他張開口，把她的小嘴銜在唇中，她覺得濕
> 淋淋地，並不好受，真想不到自己的初吻這
> 麼糟蹋了。同時他的手若有若無輕輕由她的
> 背撫摸到她的腰，卻令她呼吸一緊，全身一
> 抖，不是真正的快感，但自己身體卻有自然
> 的反應。潔要自己的心作主，於是她輕輕推
> 開他。（頁七四）

她們兩人都像韓利所說的女病人一樣，自幼失去父愛，所以對男
人不假詞色。凌珂更因為（在現實或幻想中）被強姦過，要向男
性報復。對於那次自戀症損傷的創痛經驗，她早已通過防衛機制

把它忘記掉[44]：

> 她不願意跟朱炎泰談自己內心的問題。（頁
> 七二）
> 一直以為早把這件污齪的事由記憶中抹去。
> （頁七四）

但是它所引起的狂怒，卻要她報復。

> 無數上騰的相思樹幹，是大籠的鐵柵；搖擺
> 弄影的枝葉，則是關在裏面逡巡的羣獸，風
> 中傳來牠們沉重的鼻息。（頁七一）

這種心理使她得不到安寧。而這種虐待狂是含有情慾色彩的[45]。
史坦納（Steiner）認爲情慾化的攻擊更爲危險[46]。凌珂對男孩子
的挑逗純粹是基於這個理由：

> 不知道為什麼，凌珂老喜歡給人釘子碰，小
> 孩子玩遊戲似的，百玩不厭。看見他們一副
> 刺傷的表情，心底忍不住開心，活像小孩子
> 玩遊戲得勝了一樣。她明知傷害人不對，但
> 卻上了癮似的，每次都禁不住用她微笑的嘴
> 唇，微笑的眼睛去逗引人。她喜歡別人為她
> 燃燒，熱烘烘的，很活血，但有個先決條
> 件：別人的火只能供她取暖，不能燒到她一
> 根頭髮。（頁七○）

> 每次見到他們一副刺傷的樣子，哀求的眼
> 神，她心深處的確滋生快感。她很殘酷。
> （頁七二）

由於她受到傷害，她發展了浮誇自我來平衡她的自我外像。她維持一個面具來掩飾內心的憤怒[47]。布魯切克（Broucek）說，浮誇自我和羞恥是互不相容的，因此，被浮誇自我佔有的人是不感到羞恥的[48]。凌珂有美艷的外貌，"修長婀娜，皮膚雪白……她一笑，就像初日射在雪白的花瓣上，她的面容旋即流轉着光輝和溫煦"（頁七○）。克恩伯格指出，有水仙子性格的女性是冰冷的，雖然她們很媚惑和展露身體[49]。

> 美麗的白玫瑰，依舊不時嘴含花芭初放的微
> 笑，依舊有男同學不怕銳利的刺，伸手採這
> 朵花，結果一個個都帶傷退下。（頁七四）

朱炎泰探進她的內心，"衝潰她層層壁壘，拆除她一道道圍牆，引領她出來"，不是"到達愛的邊緣"，而是使她重新經歷一次所受到的創傷（頁七三）。

凌珂也和其他女孩子一樣，有着戀父的傾向，她親眼看到母親和另外一個女人搶奪她的父親，同時，她母親又告訴她，沒有一個男人是好的，因此把戀父的心理壓抑着，並且把好母親（good enough mother）內射（introjected），來減少內心的衝突[50]：

> 她一直把這張（扭曲的）臉鎖在潛意識中，
> 那端莊、冷靜、而能幹的女人，才是她母
> 親。（頁七三）

　　如果我們用"戀父"這一個母題來看鍾玲的〈女詩人之死〉
這三篇小說，或許我們可以說，〈女詩人之死〉描述小女孩對男
器——父親的羨慕，〈刺〉就指出這種心理對母親的影響，而
〈過山〉就更進一步警告戀父是一種亂倫行為，是會受到懲罰
的。這是一種禁忌（taboo），是不能觸犯的。

　　談到自戀症損傷，我們會想到張愛玲〈紅玫瑰與白玫瑰〉中
的佟振保。由於他在巴黎召妓時做不了主人，他的自尊便受到損
害。為了要補償，因此他也發展了浮誇自我，他要做自己的主
人[51]。這就是說，他有一個全能的感覺（feeling of omnipo-
tence），但他需要別人的讚美：

> 　　振保自從結婚以來，老覺得外界的一切人，
> 從他母親起，都應當拍拍他的肩膀獎勵有
> 加。像他母親是知道他的犧牲的詳情的，即
> 是那些不知底細的人，他也覺得人家欠着他
> 一點敬意，一點溫情的補償。人家也常常為
> 了這個說他好，可是他總嫌不夠，因此特別
> 努力去做份外的好事，而這一類的好事向來
> 是不待人兜攬就黏上身來的。他替他弟弟篤
> 保還了幾次債，替他娶親，替他安家養家。
> 另外他有個成問題的妹妹，為了她的緣故，
> 他對於獨身或喪偶的朋友格外熱心照顧，替
> 他們謀事、籌錢，無所不至。後來他費了許
> 多周折，把他妹妹介紹到內地一個學校裏去
> 教書，因為聽說那邊的男教員都是大學新畢

業，還沒結婚的。可是他妹子受不了苦，半
年的合同沒滿，就鬧脾氣回上海來了。事後
他母親心痛女兒，也怪振保太冒失。（頁九
九——一〇〇）

如果有些不順意的事，就把它當成大逆不道（lèse majesté）[52]：

振保聽他母親的話，其實也和他自己心中的
話相彷彿，可是到了他母親嘴裏，不知怎
麼，就像是玷辱了他的邏輯。他覺得羞愧，
想法子把他母親送走了。（頁九〇）

由於他是主人，他便要別人依着他的意願去做事[53]。羅賓斯認爲
水仙子人物把關心他的人看作是依靠他的人，這樣便可以培養他
的浮誇自我[54]。哈特（Hart）認爲對愛的要求是因爲超我的指責
把自尊降低，故需別人的愛來補償[55]。羅賓斯指出，這種人要把
對方變成嬰兒[56]。振保把王嬌蕊看作在精神上還未發育完全的人
（頁七五），他雖然被她所吸引，但卻"說不上喜歡"，"幾乎
沒有感情的一種滿足"[57]（頁八〇）。

事實上，振保是相當成功的（但是空虛的）[58]：

他是正途出身，出洋得了學位，並在工廠實
習過，非但是真才實學，而且是半工半讀赤
手空拳打下來的天下。他在一家老牌子的外
商染織公司做到很高的位置。他太太是大學
畢業的，身家清白、面目姣好、性情溫和、
從不出來交際。一個女兒才九歲，大學的教

育費已經給籌備下了。事奉母親，誰都沒有
他那麼周到；提拔兄弟，誰都沒有他那麼經
心；辦公，誰都沒有他那麼火爆認真；待朋
友，誰都沒有他那麼熱心，那麼義氣、克
己。（頁五七——五八）

"爲了保持這個成功形象，他要別人的讚美，不能失面子，他在
公共汽車的鏡子中，看見自己的眼淚滔滔流下來，爲甚麼，他也
不知道。在這一類的會晤裏，如果必須有人哭泣，那應當是她。
這完全不對，然而他竟不能止住自己。應當是她哭，由他來安慰
她的。她也並不安慰他，……"（頁九七）。這表現出他的浮誇
自我和眞實自我沒有合併，因此，後來他怎樣對付他的太太，讀
者就可以了解個中的原因了。

　　當他初次見王嬌蕊時，她濺了點肥皂沫子到振保手臂上，他
感到"那皮膚上便有一種緊縮的感覺，像有張嘴輕輕吸着它似
的"（頁六五）。水晶認爲這是他的戀物癖[59]，但史托洛盧則認
爲自虐狂者要皮膚表面受到情慾的刺激和溫暖，因爲這可使他感
到自我的渾然一體（selfcohesion）[60]。我覺得史氏的解釋對振保
可以用得上。因爲他要做自己的主人。

　　上面所討論的都是女性作家的作品。她們用女性的直覺——
睿智寫出了水仙子人物的心理。我們拿它和西方的心理學説加以
驗證，它都和所謂病態自戀症（pathological narcissism）若合符
節。尤其是鍾玲和蘇偉貞筆下人物的戀父情意結，更説明了心理
分析和文學作品的密切關係，同時也爲女性主義文學標出了一個
新課題。

二

　　〈沉淪〉的主角原來已有水仙子的性格，所以"世人與他的

中間介在的那一道屏障，愈築愈高了"（頁十六）。他和世人的
關係很淡薄，缺乏感情上的關連（empathy）[61]，他活在自己構
築的世界中，如同在一個蠶繭之中[62]。即使在上課時，他也感到
孤獨（頁二一）[63]。他要做一個孤高傲世的賢人，一個超然獨立
的隱者（頁二一）。這大概是所謂"宏大的離居（splendid isola-
tion）"吧！他留學日本，得不到別人的讚美和羨慕，便想回到母
親懷裏，"他好像是睡在慈母懷裏的樣子。他好像是夢到了桃花
源裏的樣子"（頁十七）。他退隱到田野間去，避開眾人，他對
自己說："這裏就是你的避難所"（頁十七）。但是他需要愛
情，"從同情而來的愛情"，需要"一個伊甸園內的伊扶（案即
夏娃）"。由於"過度智能化（overintellectualization）"[64]，他
過份執着道德教條（"他從小服膺的'身體髮膚''不敢毀傷'
的聖訓，也不能顧全了"〔頁三三〕），對自慰行為產生了強烈
犯罪感。所以他是不合羣、反社會、反自我的人。他"怕見人
面"（頁三四），對同學有"一種復仇的心"（頁三五）。他進
一步退隱，搬進了梅園（梅的孤潔更襯托出主角的心態）。同一
時間，作者安排了他和他的兄長絕交。這樣，他要走入自己的圓
滿自足的世界這一個意義就更加顯現出來了。他自我陶醉。"他
把自家的好處列舉出來，把他所受的苦處誇大的細數起來。他證
明得自家是一個世界上最苦的人的時候，他的眼淚就同瀑布似的
流下來。他在那裏哭的時候，空中好像有一種柔和的聲音對他
說：

> 啊呀，哭的是你麼？那真是冤屈了你了。像
> 你這樣的善人，受世人的那樣的虐待，這可
> 真是冤屈了你了。罷了罷了，這也是天命，
> 你別再哭了，怕傷害了你的身體。

他心裏一聽到這一種聲音，就舒暢起來。"（頁四一———四二）
這也是"避過羞恥的現象"[65]。

　　最後，他受了別人野合的刺激，去找女伴，但因爲自己的道
德超我把原慾壓抑，因此，他把祖國當作情人（頁四九）。杰各
布森（Edith Jacobson）認爲一個青少年被原慾淹沒，但又懼怕異
性和同性的關係時，他會包容整個人類和有關的問題，而不去顧
及個人自己[66]。〈沉淪〉的主角，就在這情況之下，蹈海而死。
他的死是要脫離"這多苦的世界"（頁五二），重返母胎，而海
水就是胎水[67]。這樣，他回到了生前的無機狀態，不再有困擾
了。他的自殺，就正如赫德所說的，是一幕超我和自我互相殘殺
的戲劇[68]。史托洛盧指出：自戀症患者在主動地引致失敗、羞
辱、虐待和懲罰後，會有一幻想，認爲自己有奇妙的方法去控制
和有力量去威臨他的客體世界；甚至自殺也代表一種自戀式的勝
利[69]。這個看法，用在〈沉淪〉主角身上是最恰當不過的。史韋
格（Paul Zweig）也指出：這種人會把離居作爲考驗，作爲一個向
地府取得信息的旅行[70]。

　　在丁玲的小說中，莎菲所處的地方也不是一個令人愉快的地
方。包圍着她的是寂沉沉的四堵粉堊的牆；它們把她和一切事物
都隔開來（頁三）。尼斯浦爾認爲奧維德水仙子故事的原文暗示
着水仙子所面對的水池令人不能直視[71]。這和莎菲房間的鏡子一
樣：

　　　　這是一面可以把你的臉拖到一尺多長的鏡
　　　子，不過只要你肯稍微一偏你的頭，那你的
　　　臉又會扁的使你自己也害怕。（頁三）

這暗喻了她和其他水仙子人物一樣對人際關係有着偏頗的看法。

哥頓説：鏡是令人不安和莫名其妙之事的象徵 [72] 。

　　由於患了肺病（頁五、四一），莎菲受到＂自戀創傷＂。她一方面貶低了葦對她的愛意（頁四、八、三六），一方面又＂迫切的需要這人間的感情，佔有許多不可能的東西。＂（頁一三）她對凌吉士的愛，就如水仙子愛上他的倒影一樣，是自戀的表現。我在〈中國現代小説中的水仙子人物〉中曾指出，水仙子的：

> 自戀使他的純真染上情慾色彩。為了要保持
> 純潔的形象，他把那不太理想的部份除去
> （就像軍事英雄一樣，犧牲了很多人之後才
> 可以奠立他的無瑕的形象）。他被自己的美
> 吸引住，沒有想到從別人身上找尋美。這些
> 都使他不會為任何人冒險，更不會去愛人，
> 因為愛會把自己迷失在別人心內。 [73]

當她和凌吉士見面時，慚愧於自己所穿的破爛拖鞋（頁十二），和破爛的手套，搜不出香水的抽屜，無緣無故扯碎了的新棉袍，保存着一些舊的小玩具（頁五〇）。她所感到的羞辱，使她產生不同的心理反應。依據韓利的説法，她會有自戀式的弱點（narcissistic vulnerability）向本能的滿足後退、或侵犯別人的傾向 [74] 。在小説中，我們都可以看到這三種反應（詳後）她起初不敢望着凌，因爲：

> 他的頎長的身軀，白嫩的面龐，薄薄的小嘴
> 唇，柔軟的頭髮，都足以閃耀人的眼睛，但
> 他卻還另外有一種説不出、捉不到的丰儀來

煽動你的心。（頁十一）

後來才大膽地望了他幾次（頁十五）。像水仙子一樣，她"燃起愛情，又被愛情燃燒"[75]。她"覺得（他整個人）都有我嘴脣放上去的需要"（頁十六）。

> 我望着他快樂了，我忘了他是怎樣可鄙的人格，和美的相貌了，這時他在我的眼裏是一個傳奇中的情人。（頁五五）

但是，她雖然愛上他，（頁五一）卻要"征服"他：

> 我要着那樣東西，我還不願去取得，我務必想方設計的讓他自己送來，是的，我了解我自己，不過是一個女性十足的女人，女人是只把心思放到她要征服的男人們身上。我要佔有他，我要他無條件的獻上他的心，跪着求我賜給他的吻呢。（頁十八）

同時，又認爲他不懂愛情（頁三八、四七），認爲他是卑劣的（頁五九），因此便要侮弄他（頁四〇），給他一些嚴厲，一些端莊（頁二三）。這是因爲她（水仙子）不能愛上別人，否則就會迷失了自己。赫德也指出，沒有安全感的人會把"自戀"膨脹，來補償外界對自己不足的熱中和不自覺的自我菲薄的感覺[76]：

> 我是有如此一個美的夢想，這夢想是凌吉士

　　　　所給我的。然而同時又為他而破滅，所以我
　　　　因了他才能滿飲着青春的醇酒，在愛情的微
　　　　笑中度過了清晨；但因了他，我認識了"人
　　　　生"這玩意，而灰心而又想到死；至於痛恨
　　　　到自己甘於墮落，所招來的，簡直只是最輕
　　　　的刑罰！（頁三九）

這也是萊頓所指的"理想化和鄙視的循環"[77]。杰克布森認為一個人可能在有意識層面上贊同某些行為，但在無意識層面上卻責難和懲罰這行為。這種衝突造成自尊的喪失，產生自卑感和羞恥[78]。例如，她說："這種兩性間的大膽，我想只要不厭煩那人，是也會像把肉體來融化了的感到快樂，是無疑。"（頁二三）"難道因了我不承認我的愛，便不可以被人 准許做一點兒於人也無損的事。"（頁五七）但終於她鄙夷自己（頁六一）。他上西山的目的，是要保存這個"美的夢想"。斯圖厄特曾說，水仙子退藏人至死亡[79]。莎菲也是要去無人認識的地方，悄悄地死去（頁六二）。

　　當凌吉士吻她時，莎菲又覺得糟蹋了自己（頁三七、三八）。她的心情是可以了解的。她要很多的同情：

　　　　我知道永世也不會使莎菲感到滿足這人間的
　　　　友誼的！（頁五六）
　　　　所要人們的了解她、體會她的心太熱烈太懇
　　　　切了。（頁五八）

但又對人表示冷淡，因此，她覺得：

> 沒有人來理會我，看我，我是會想念人家，
> 或惱恨人家，但有人來後，我不覺得又會給
> 人一些難堪，這也是無法的事。（頁五）

克恩伯說：這類病人的悲劇是他們既需要別人很多的給予，但又不能承認這一點以免引起羨慕，結果，就一無所有[80]。

在她幼時，有一個朋友不理睬她，因此，日後，那個像她朋友的貌容舉止的劍如，也能引起她的狂怒（頁六）。至於別人的批評（如頁三七的"狷傲""怪僻"），她都無動於衷（"我清清白白的想透了一些事，我還能傷心甚麼呢？"〔頁七〕）。

她對凌吉士的感情是矛盾的，她愛他，"要壓制住我那狂熱的欲念"（頁四四）。愛德爾堡（Ludwig Eidelburg）認爲消除性慾（desexualizalization）是把客體慾念（object libido）昇華成自戀式慾念（narcissistic libido）[81]。但她又貶低對方，因此帶來了自虐痛苦。柯恩伯認爲貶低別人是爲了避免引起自己的羨慕。這和浮誇自我也有點關係，亦是因害怕失敗而引發的防衛機制[82]。她"貪心攫取感情"（頁五六），但又不承認愛凌吉士，她在勝利中得到淒涼，下面一段是自虐心理的最佳寫照：

> 我應該怎樣來解釋呢？一個完全癲狂於男人
> 儀表上的女人的心理！自然我不會愛他，這
> 不會愛，很容易說明，就是在他丰儀的裏面
> 是躲著一個何等卑醜的靈魂！可是我又傾慕
> 他，思念他，甚至於沒有他，我就失掉一切
> 生活意義的保障了。（頁五八）

而所謂勝利，實在是死亡。因爲她所戰勝的仇敵，實在是她自己

（頁六二）。凌吉士引發了她的原慾。她對凌的蔑視是要保護自己，不要去了解自己，所以決定去西山養病，以逃避糾纏（頁五二）。

最後，我們又注意到小說中，莎菲的姊姊蘊因爲得不到葦的哥哥的愛（頁二五）而死去。我們可以從下圖見到鏡子影像：

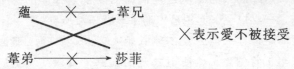

如果把蘊和莎菲、葦兄葦弟作爲兩對重像，那麼，她對愛情的矛盾便可以理解了。

$$（蘊、莎菲）\longleftarrow\hspace{-0.5em}\times\hspace{-0.5em}\longrightarrow 葦兄、葦弟$$

綜合來説，〈沉淪〉和〈莎菲女士的日記〉的主角都有病，一個是心理的憂鬱症，一個是生理的肺病。他們都和人疏離，一個留學日本，一個異地養病。他們都覺得受人注意，要躲藏[83]。他們的退隱是爲了要找尋一個快意或涅槃境界（euphoric or nirvana state）[84]。他們的死（莎菲並沒有真正的死去），都是因爲那沒有主體的客體——可以説是個幻象（祖國、和凌吉士的愛），所以他們的死是幻覺的死。從上面的討論來看，我認爲用心理分析來讀這兩篇小說，可使我們有更深入的了解。而且，用這角度來看，可以解讀一些似乎不通的文字。

補　記

這篇文章前半部曾在去年十一月初在香港大學亞洲研究中心舉辦的現當代文學會議中宣讀，後半部則在同月在中山舉辦的閩粵港比較文學會議中宣讀。

近日看到陳紅雯和呂明譯的《自戀主義文化》（上海文化出

版社，一九八八），其中有幾段可以加强本文的論證。

> 他們把自己那浸透了憤怒的需要及慾望看作
> 是極其危險的，於是就築起了與它們要撲滅
> 的慾望一樣原始的防禦工事（頁四三）（可
> 以印證〈沉淪〉中主人翁的心態）。
> 他能自如地操縱他給別人的印象，渴望得到
> 崇拜但又鄙視那些受他操縱並崇拜他的人，
> 如飢似渴地想用感情經歷來填補內心的空
> 虛，害怕衰老和死亡（頁四三）（可以幫助
> 了解莎菲和〈他走後〉中麗婉的心態）。
> 由於這些病人的內心世界十分荒涼，……他
> 們體驗到了强烈的空虛及不真實感。……他
> 要依賴他人時時把贊美和崇拜之辭灌入他的
> 耳中。他 " 必須把自己依附於某個人，過一
> 種寄生生活 " 。可同時，由於他害怕在感情
> 上依賴他人，也由於他對人際關係持操縱
> 的、剝削的態度，他與他人的關係就變得無
> 味、虛假而又令他深感不滿。……自戀者長
> 期感到厭倦，並不遺餘力弄得片刻的親密
> （頁四五）（歐陽潔秋和凌珂就有這種心
> 態）。

一九八九年六月十九日

註釋

[1]   《奧維德》，頁六九——七一。

[2]   Knoespel, 8.

[3]   Melville, 62 − 63, 393.

[4]   Fayek, 309 − 310, 313 − 314, 321.

[5]   Raoul, 1 − 4ff.

[6]   Grunberger, "Outline, " 72, 75.

[7]   Steiner, 241.

[8]   Fayek, 317 − 318. 9

[9]   Stuart, 85 ; see also Bach 223.

[10]   Ulanov, 51.

[11]   Reich, 26 ; see also Abenheimer, 323.

[12]   Reich 28 , 43 ; see also Stolorow, "Narcissistic Function, " 442.

[13]   Grunberger, Narcissism, 6 ; see also Olden , 353 − 354.

[14]   Macaskill, 137.

[15]   Siebers, 85 − 86.

[16]   Robbins, 469, 471.

[17]   Kohut, 137 ; see also Freeman, 550 ; Torok, 135 − 170.

[18]   Bach, 231.

[19]   Reich, 26.

[20]   Grunberger, Narcissism, 218. For the idea that mother is a container, see
        Wright, 81.

[21]   Marcuse, 231.

[22]   Lewin, 507.

[23]   羅念生，頁九五。

[24]   Eisnitz, 20.

[25]   Kohut, 139 − 140.

[26]   Lewin, 495 − 498.

[27]   Kohut, 139 − 140.

[28]   Grunberger, Narcissism, 10.

[29]   Fayek, 318.

[30]   Fayek, 316.

[31]   Kohut, 136 ; see also Laing, 122.

[32] Gordon, 262; see also Lax, 291.

[33] Hanly, 435, 439.

[34] Grunberger, "Outline, "80.

[35] Kohut, 136.

[36] Hanly, 429. See also Jacobson, 114. 失去父親，即是失去男器。

[37] Layton, 99.

[38] Hart, 107.

[39] Vinge, 11 – 12; Gordon, 247; also Eymard , passim.

[40] Stolorow, "Definition, "181; also "Narcissistic Function, "444.

[41] Andreas – Salome, 9.

[42] Kernberg, 328.

[43] Reich, 39.

[44] Rothstein, 1 7 8; also Hanly , 4 3 1, 4 3 8; Stolorow, "Narcissistic Function, " 444.

[45] Kohut, 143, 144; also Eissler, 52, 53, 54, 56, 62, 72.

[46] Steiner, 243.

[47] Stuart, 110.

[48] Broucek, 376, See also Kernberg, 228.

[49] Kernberg, 238; also Grunberger, Narcissism, 24n.

[50] Reich, 36.

[51] Lax, 288.

[52] Grunberger, Narcissism, 61, 106; also Abenheimer, 325.

[53] Lax, 286.

[54] Robbins, 467, 469.

[55] Hart, 110.

[56] Robbins, 471.

[57] Hoffman, 183.

[58] Kernberg, 332 – 333.

[59] 水晶，頁一一五。

[60] Stolorow, "Narcissistic Function", 443.

[61] Layton, 102; Jacobson, 331.

[62] Modell, 276.

[63] Kernberg, 230.

[64] Jacobson, 200.

[65] Mollon, 208.

[66] Jacobson, 191.

[67] Grunberger, Narcissism, 107n.

[68] Hart, 107.

[69] Stolorow, "Narcissistic Function, "445.

[70] Zweig, 257.

[71] Knoespel, 9.

[72] Gordon, 249.

[73] 《 文學散論 》，頁二五。

[74] Hanly, 429.

[75] 《 奧維德 》，頁七二。

[76] Hart, 107 – 108.

[77] Layton, 100.

[78] Jacobson, 154 – 155.

[79] Stuart, 21；Zweig, 260.

[80] Kernberg, 237.

[81] Eidelberg, 258；Hanly, 431, 441.

[82] Kernberg, 283, 328.

[83] Broucek, 371.

[84] Robbins, 470.

引用書目

水晶：《張愛玲的小説藝術》（臺北：大地出版社，一九七三）

香港上海書局編：《奧維德》（一九七五）。

《郁達夫文集》：（香港：三聯書店，一九八二——八五）

張愛玲：《短篇小説集》（臺北：皇冠出版社，一九六八）

陳炳良：《文學散論》（香港：香江出版公司，一九八七）

　　　：《張愛玲短篇小説論集》（臺北：遠景出版事業公司，一九八三）。

蓬子編：《丁玲選集》（影印本；上海：天馬書店，一九三九）。

鍾　玲：〈女詩人之死〉，《文藝雜誌》十五期（一九八五年九月）；修改本，《聯合文學》十二期（一九八五年十月）。

　　　：〈刺〉，《文藝雜誌》十七期（一九八六年三月）。

　　　：〈過山〉，《聯合報》一九八七年七月三十日；又收入《八方》六期（一九八七年八月）；《臺港文學選刊》四期（一九八八年七月）。

羅念生譯：《索福克勒斯悲劇二種》（北京：人民文學出版社，一九七九）。

蘇偉貞：《陪他一段》（臺北：洪範書店，一九八三）。

Abenheimer, Karl M., "On Narcissism － － Including An Analysis of Shakespeare's King Lear."British Journal of Medical Psychology 20(1945), pp. 322 － 329.

Andreas － Salome, Lou, "The Dual Orientation of Narcissism," The Psychoanalytic Quarterly 31(1962), pp. 1 － 30.

Bach, Sheldon , "On the Narcisistic State of Consciousness," International Journal of Psychoanalysis 58(1977), pp. 209 － 233.

Broucek , Francis J. , "Shame and Its Relationship to Early Narcissistic Deve－lopments,"ibid. , 63(1982), pp. 367 － 378.

Eidelberg, Ludwig, Encyclopedia of Psychoanalysis(New York: The Free Press

, 1968).

Eisnitz , Alan J. , "Narcissistic Object Choice , Self Representation, " ibid. , 50 (1969), pp. 15 − 25.

Eissler, K. R. , " Death Drive , Ambivalence, and Narcissism, " The Psychoanalytic Study of the Child 26 (1971), pp. 25 − 78.

Eymard , Julian, Ophelie ou le narcissisme au feminin: etude sur le theme du miroir dans la poesie feminine (XIXe − XXe siecles) (Paris: Minard, 1977).

Fayek , A. , "Narcissism and the Death Instinct , " Int. J. Psycho − Anal. 62 (1981), pp. 309 − 322.

Freeman, Thomas , "Some Aspects of Pathological Narcissism, " Journal of the American Psychoanalytic Association 12 (1964), pp. 540 − 561.

Gordon, Rosemary, "Narcissism and the Self − − who Am I that I Love?", The Journal of (Analytic Psychology 25 : 3 (July, 1980), pp. 247 − 264.

Grunberger, Bela, "Outline for a Study of Narcissism in Female Sexuality, " in Female Sexuality: New Psychanalytic Views (ed. Jane Chasseguet − Smirgel) (Ann Arbor: University of Michigan Press, 1970).

Idem. , Narcissism: Psychoanalytic Essays (tr. Joyce S. Diamanti) (New York : International Universities Press , Inc. , 1979).

Hanly, Charles, "Narcissism, Defence and the Positive Transference, " Int. J. Psycho − Anal. 63 (1982), pp. 427 − 444.

Hart, Henry Harper, "Narcissistic Equilibrium, " ibid. , 28 (1947), pp. 106 − 114.

Hoffman, Madelyn, "This Side of Paradise: A Study in Pathological Narcissism, " Literature and Psychology 28 : 3 − 4 (1978), pp. 178 − 185.

Jacobson , Edith, The Self and the Object World (New York: International Universities Press , 1964).

Kernberg, Otto, Borderline Conditions and Pathological Narcissism (New York : Jason Aronson , Inc. , 1975).

Knoespel , Kenneth J. , Narcissus and the Invention of Personal History (New

York and London: Garland Publishing, Inc. , 1985).

Kohut, Heinz, Self Psychology and the Humanities : Reflections on a New Psychoanalytic Approach(New York : W. W. Norton , 1985).

Laing , R. D. , The Divided Self : A Study of Sanity and Madness (Chicago: Quadrangle Books , 1960).

Lax Ruth F. , "Some Comments on the Narcissistic Aspects of Self - Righteousness: Defensive and Structural Considerations, "Int. J. Psycho - Anal. 56(1975), pp. 283 - 292.

Layton , Lynne, "From Oedipus to Narcissus: Literature and the Psychology of Self , "Mosaic 18:1(1985), pp. 97 - 109.

Lewin , Bertram D. , "Sleep , Narcissistic Neurosis, and the Analytic Situation, " The Psychoanalytic Quarterly 23(1954), pp. 487 - 510.

Macaskill, Norman D. , "The Narcissistic Core as a Focus in the Group Therapy of the Borderline Patient, "British Journal of Medical Psychology 53(1980), pp. 137 - 143.

Marcuse , Herbert Eros and Civilization: A Philosophical Inquiry into Freud (Boston: Beason Press, 1955).

Modell, Arnold H. , "A Narcissistic Defence against Affects and the Illusion of Self - sufficiency, "Int. J. Psycho - Anal. 56(1975), pp. 275 - 282.

Mollon , Phil, "Shame in Relation to Narcissistic Disturbance, "British Journal ofMedical Psychology 57(1984), pp. 207 - 214.

Olden , Christine , " About the Fascinating Effect of the Narcissistic personality, "American Imago 2:1(March , 1941), pp. 347 - 355.

Ovid , Metamorphoses(A. D. Melville tr.) (Oxford: Oxford University Press, 1987).

Reich , Annie , "Narcissistic Object Choice in Women , "Journal of the American Psycholanalytic Association 1(1953), pp. 22 - 44.

Robbins , Michael, " Narcissistic Personality as a Symbiotic Character Disorder, "Int. J. psycho - Anal. 63(1982), pp. 457 - 473.

Rothstein, Arnold, "The Implications of Early Psychopathology for the Analysability of Narcissistic Personality Disorders," Int. J. Psycho – Anal., 63 (1982), pp. 177 – 188.

Siebers, Tobin, The Mirror of Medusa (Berkeley : University of California Press, 1983).

Steiner, John, "Perverse Relationships between Parts of the Self : A Clinical Illustration," Int. J. Psycho – Anal. 62(1981), pp. 241 – 251.

Stolorow, Robert D., "Toward a Functional Definition of Narcissism," Int. J. Psycho – Anal . 56(1975), pp. 179 – 185.

Idem ., "The Narcissistic Function of Masochism (and Sadism)," ibid. , pp. 441 – 448.

Stuart, Grace, Narcissus : A Psychological Study of Self – Love (London : George Allen & Unwin , 1956).

Torok, Maria, "The Significance of Penis Envy in Women," in Female Sexualtiy.

Ulanov , Ann and Barry, Cinderella and Her Sisters: The Envied and the Envying (Philadelphia : The Westminster Press, 1983).

Vinge, Louise, The Narcissus Theme in Western European Literature up to the Early 19th Century(tr. Robert Dewenapet al .)(Lund : Gleerups, 1967).

Wright , Elizbeth, Psychoanalytic Criticism: Theory in Practice (London and New York : Methuen , 1984).

Zweig , Paul , The Heresy of Self Love : A Study of Subversive Individuation (New York : Basic Books, 1968).

三棱鏡下看〈 望安 〉

一　前言

　　大陸的評論家們很喜歡把一個作家的作品依着寫成的時間排列，從而找尋某一主題的發展。這個方法很不錯，不過它所得的成果往往只是一個很籠統的主題，對於很多細節都不能詳細解釋，更不要說個別的作品了。上海華東師大錢虹女士對鍾玲小說的討論就是用這方法去寫的。她所提出的三個主題變奏

　　　　死亡〈← 愛情 →〉生命
　　　　愛情〈← 死亡 →〉生命
　　　　愛情 = 死亡 = 生命

無疑是很聰巧的。但是，鍾玲對愛情和死亡這個古老主題有什麼新的體會，而又在她的作品中怎樣呈現出來呢？錢虹沒有注意到這個問題。更遺憾的是：她慣性地把政治塗抹在題爲〈墓碑〉[1]那篇小說上（"'自由港'內並不自由，形成了這篇小說的反諷意味和效果。"）[2]。

　　黎海華在〈鍾玲的超現實小說——黑原〉[3]指出鍾玲可能受日本能劇中所表現的激情的影響，因此愛情的花朵在死亡的世界裏一樣燦爛。她說："〈黑原〉裏展示的就是這種純粹女性潛意識底層的愛情渴念。現實裏的女子可能在愛情道途中諸多考慮，荊棘叢叢，衝不破種種客觀因素的障礙，但在潛意識的世界裏，可以盡情編織內心深處的憧憬。"的確，"愛情是什麼"這個問題，每個人的答案都不盡相同。兩情相悅是否就是愛情？是什麼使兩情彼此相悅？愛情憑什麼可以維持久遠？"執子之手，與子偕老"是否只是空中樓閣？鍾玲在她的作品中對愛情又作怎樣的詮釋？在我看來，鍾玲追求的是至死不渝的愛情。但是，作為一個現代的受過西方教育的女性，她並不稀罕男性的給予[4]，她要探索。黎海華說："〈輪迴〉裏的男主角之死喚起女主角心靈的新生。"他的死觸發了女主角對愛情的初步認識：愛（縱使是單方面的，一廂情願的）可以變成激情或是迷戀（obsession），它可以轉化為死亡。其後，〈永遠不許你丟掉它〉[5]顯出了作者通過了一張舊照片上的題字希望留得住青春。這點使我們想起了《紅樓夢》第八回裏面薛寶釵的項圈上面的題字——"不離不棄，芳齡永繼"。不過，正如夏志清和蒲安迪（Andrew Plaks）等人指出，《紅樓夢》裏面的大觀園實在不能庇蔭那一羣要保持清純的少女。水池中的影像終會破滅，正如唐琬在綠波的身影，縱使用整個春天等待陸游重臨，一定是徒然的[6]。一旦情愛襲來，它是不可抗拒的，〈蓮花水色〉[7]中的流雲和尚便"一夜之間老了二十年"。《紅樓夢》的愛情故事只印證了佛家的"求不得苦"和"愛別離苦"這兩個人生現象。

　　在鍾玲筆下的人物中，〈女詩人之死〉[8]的歐陽潔秋為了要達到不隨流俗的擇偶理想，選擇了自殺的途徑。而〈過山〉[9]的紫燕所經驗的是透過死亡的愛情。表面上，這些都是愚不可及或幻覺的行為，但作為文學上的愛情探索，是值得我們去思考的。

（錢虹對〈過山〉顯然感到不滿，她說"那隻沾滿陰間霉斑、陽
世病毒的'過山'玉鐲，就這樣，神奇地穿透了生死之謎，完成
了它的使命。"她又把西西〈像我這樣的一個女子〉的主題說成
是"愛情與死亡爲伍"，這顯然是一種誤讀。）在鍾玲的詩作
中，〈蘇小小〉的愛情是："我剪下牆上新垂的樹根／再編一個同
心結給你。"[10]（余光中先生說這幾句詩"令人懷疑是古錦囊的
新稿"。）這使我們想起李商隱〈燕台〉詩最後的兩句："風車
雨馬不持去，蠟燭啼紅怨天曙，"因爲它們同樣是從李賀詩脫胎
出來，對愛情也同樣地執着。至於〈大輪迴〉的愛情要經歷三世
才能實現[11]，可見作者是多麼的重視愛情。悲觀的說，愛情是永
遠捉摸不到的，"因爲得不到的，／屬於永恒。"[12]

　　作爲女性作家，鍾玲近年較着重感性的描寫，自然引來一些
非議。但是正如胡宗健在〈近年來小說中性愛描寫的若干形態特
點〉中說：

> 中國女作家並非只善於寫"情"而不善於寫
> "慾"——何況"情"而"慾"是事物發展
> 的必然；她們自身也絕非禁慾主義者，而是
> 現實社會婦女地位和利益束縛了她們筆下女
> 性的"慾"。[13]

其實，女性比較注重感性，她們可以爲愛情而生活，又因爲她們
負起生育的責任，她們對愛情（包括性）的感受，如果不超過男
性，也應和他們一樣。對女作家的性描寫加以非議是不合理的。
如果我們要作出"女性主義批評"（ feminist criticism ），我們便
不能用男性觀點强加於女性文學（ ecriture feminine ）之上。吳爾
芙（ Virginia Woolf ）曾說："如果一個女人能說出她的感覺，男人

將會大吃一驚。然而總是躲在簾幕後遮遮掩掩的文學，稱不上真的文學。"[14]這幾句話是值得我們深思的。作爲批評者的我們應該從她的作品而不是她對身體的描述（the body of her writing and not the writing of her body）來論斷她作品的好壞[15]。

二　主題分析

　　説完了上面的開場白之後，讓我來分析一下鍾玲的新作〈望安〉吧！

　　這一篇小説在一九八九年清明節（四月五日、六日）發表在《聯合報》上（後收入在《生死冤家》中）。故事描述胡麗麗和她的丈夫林啓雄去望安島找尋啓雄的曾祖母的墳。顯而易見，它的主題是追尋（quest）。不過，這故事還包孕着另一個追尋主題。那就是胡麗麗對自我的追尋。她和啓雄在結婚後，他替林家的公司做事，"一下子就變成個工作狂"，麗麗受到冷落，於是兩口子開始冷戰。麗麗對公公倒很尊重，所以當阿公叫啓雄和她去找曾祖母的墳墓時，她很樂意陪啓雄去找。當他們在望安島上住宿時，在"一半兒推辭，一半兒肯"的情況下，他們重新找到對方，（"他，潛藏的野性；我，復甦的溫柔；""有時候，他又會變成由童年起，在夢境中，一直尋求的人。"）而墳地野合一幕使我們想到勞倫斯（D. H. Lawrence）。在他的作品中，性愛最好在大自然的環境中進行。具體的説，勞倫斯在《虹》（The Rainbow）中寫道："這是契合，一個無限的存在。自我和無限成爲一體，回復自我是'無限'的一個最高的、光輝的勝利。"（"It was a consummation, a being infinite. Self was a oneness with the infinite. To be oneself was a supreme, gleaming triumph of infinity."）而鍾玲在〈望安〉中則説："就在契合的一刹那，我迷濛的視野中，整個西天變成一幅棗紅的天鵝絨幕，貼在水平綫上的夕

陽，化爲一朵掙脱黑色舞台的天人菊。在神的巨眼中，我們會不
會是另一朵島上的天人菊？"我們留意到天人菊這個名字。大概
作者把她們的行爲看作是聖婚（hieros gamos）吧！

在生與死面前，人才會有真心。他們擺脱了文化所帶來的虛
假和僞裝，一切都是赤裸裸的。張愛玲〈傾城之戀〉的范柳原和
白流蘇就在炮火聲中體驗到《詩經》中"生死契闊，與子成説"
這兩句話。在幕天席地的環境中，胡麗麗同樣地"總算找到一點
東西，也許是和諧罷！或者是新的自我，他，潛藏的野性；我，
復甦的溫柔？"最後，她還在墳頭禱祝説："能跟啓雄生個孩子
也不錯。"這就説明了上文所説的女性爲了愛情願意擔負起生育
的苦痛，（《舊約·創世紀》："你生産兒女必多受苦楚，你必戀
慕你丈夫。"〔三章十六節〕）她們的感受當然會通過筆尖表達
出來。下面是也斯（梁秉鈞）的幾句詩，我們可以借用來形容一
部分女性的心理。

> 蓮已是陳言，若果
> 我們不能找到自己的
> 種子，開出新的花。
> 指着這顫動的微紅的尖端，你説
> 這是芙蕖，你説這是菡萏
> 叫它許多好聽的名字
> 美麗而輝煌的名字
> 跟我沒有關係，美麗而輝煌
> 又有什麼意義呢？
> ——〈冤葉〉[16]

此外，在文字上，作者還委婉地對家長制的家庭表示不滿。

這當然是現代一般年輕婦女的感覺。這樣的家庭正如社會一樣，
對人有很多禁制。但人回到自然、擺脫了一切規限時，自然能夠
"坦蕩蕩"。胡麗麗兩人在面對死亡（墳墓）和期待新生之間，
找到了愛的意義——"一朵掙脫黑色舞台的天人菊"。

　　在經濟相當發達的自由社會裏，現代女性都希望能在社會和
家庭中得到調和。在婚前，她們會在社會和家庭中間找尋自我；
婚後，希望和丈夫的事業和家庭得到協調。用李維史陀（Claude
Levi‐Strauss）的方法，通過下面的圖表把這種心理狀況表現出
來。

```
┌─────────────────────────────────────────┐
│   婚前           婚後                      │
│                  │                        │
│   社會           丈夫事業                  │
│                  │            ────────── 夫妻事業 │
│                  ┊........................        │
│   女性自我/事業  │                        │
│                  ┊........................        │
│                  │            ────────── 小家庭   │
│   家庭           夫家                      │
│                                           │
│   ───────── 代表相反的一面                 │
│   ┄┄┄┄┄┄┄┄┄ 代表折中、平衡                 │
└─────────────────────────────────────────┘
```

　　如果能夠夫妻互相配合，則婚姻得以平衡。在故事中，胡麗
麗婚後受到夫家規矩的限制，加上丈夫為了接管家族的生意變成
工作狂，因此失去了平衡。但當她知道夫妻將會合作開"一間自

己的會計師行 ”，因而 “ 不必淪爲苦命的澎湖媳婦 ” 時，就立即有所改變。對一個女性來說，光是事業，始終不是十分完美的，所以麗麗就發自內心地祈求：“ 能跟啓雄生個孩子也不錯。 ”

三　神話層次

再從神話的層面來看〈 望安 〉。一開始，作者就說：“ 在我不跟男生說話的少女時代，曾經夢見自己躺在一個巨大無儔的鯨魚肚子裏。 ” 這已經暗示（ foreshadow ）女主角/敍述者的新生，因爲這個引申自《 舊約·約拿書 》的象徵被坎貝爾（ Joseph Campbell ）解釋爲 “ 冒險歷奇的門檻 ”（ threshold of adventure ），因爲當故事主角走進去時，他進入了母親的子宮，就是重返母胎（ regressus ad uterum ），準備重獲新生。

根據坎貝爾的說法，啓蒙神話（ initiation myth ）——他把它叫做單元神話（ monomyth ）——的主要情節包括：1·冒險歷奇的召喚（ call to adventure ）；2·通過冒險歷奇門檻；3·接受考驗；4·舉行聖婚；5·離開；6·帶同收穫回歸[17]。

阿公請麗麗和啓雄去找尋他自己母親的墳，就是一個冒險歷奇的召喚。她回憶在鯨魚腹中的情況，就表示她越過了冒險歷奇的門

檻。她乘船去望安島，那就是所謂海上旅程，代表嬰兒在胎水之中；而目的地望安島就是“無人地帶”（ Land of the Unknown ）。（“天地之間，只有我們兩個人。”）主角來到這地方，可以擺脫一切社會規範，就像一個胎兒一樣，毫無拘束。至於麗麗在這個新環境下所受到的考驗是什麼呢？簡單地說，那就是她內心的掙扎。對外人來說，一個和丈夫瀕於分居的妻子的內心掙扎應該是較難了解的。如果上面對女性心態的意見還可以接受的話，她的轉變是合理的。當兩人和解後，他們在“巨大的藍色臥室”舉行聖婚。之後，她將會帶同她更新的夫妻之愛的觀念，回到人間。這就成了她的啓悟旅程。也完成了由生而死，由死而生的過程。這和《莊子》以生死為一條的說法相似；但是這過程不是直綫的，而是循環的。

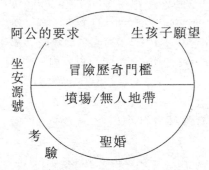

胡麗麗和李昂〈昨夜〉[18]裏面的何芳一樣，去到一個陌生地方接受啓悟。所不同的是何芳（她可能是個黃花閨女）爲了好奇，爲了給見過一次面而剛離了婚的杜決明以安慰，便和他發生了性關係。所以我們不能說〈昨夜〉的主題是對愛情意義的探索。它充其量是一個非道德性（ amoral ）的性的奇遇（ sex adventure ）罷了。何芳在返回台北時，“車外的霧，似無有邊涯，越聚越濃的在圍攏過來。”她和張愛玲筆下的葛薇龍一樣，純粹爲了好奇。

（李昂引了葛薇龍口中的話：" 她們是不得已，我是自願的。"）

　　另外一個和〈望安〉有關的希臘神話是得墨忒爾（Demeter）找尋女兒珀爾塞福涅（Persephone）故事。當她在採花時被冥王（Hades）劫走，強娶為妻。她的母親是大地母神；雖然有人曾聽見她女兒高呼強姦之聲，但找不到她；便揚言如不能找回女兒，她便要收回大地的所有繁殖能力，以此來滅絕人類。主神宙斯（Zeus）（也是珀爾塞福涅的父親）答應，只要珀爾塞福涅不曾吃冥間的任何食物，他就能使她回到陽間。但珀爾塞福涅卻已吃了冥界的石榴籽，她只能在陽間住九個月，其他三個月則要留在陰間。塞得林（Froma Zeitlin）說：" 這是一個交織着婚姻和農業的神話；它建立了少女和玉米種子之間關係的相類情況。它也在社會學上和心理學的層次上提議婚姻就是一種死亡（即是從一個以前的情況中被強擄到另一情況中）。但它也在宗教層面上指出死亡亦可比擬作神秘的婚姻。其實，這個叙述少女的被姦，母親的哀愁、和少女的回歸（即使在一年中只得幾個月）的神話成為厄琉西斯秘密祭典（Eleusinian Mysteries）中神聖儀式的憲章。不管男或女，凡初次參與這神聖儀式的人都在重演這女性經驗的神話時獲得死後得永生的秘密知識。"[19]

　　這個希臘神話可以和〈望安〉中的情節作平行比較。啓雄的曾祖母埋葬在猶如仰臥女體的乳峰小丘的乳溝地帶，她抱怨，" 別人家年年翻新屋瓦，她的子孫卻老等不來，成天風吹雨打，忙着修補屋頂，哪裏有精神管子孫生孩子的事？"如果我們說得玄一點（正如阿公所理解的），為了子孫沒有來拜祭她，她便沒有保佑麗麗生孩子。她就像得墨忒爾一樣，收回生殖能力。因此，麗麗在拜祭時，祈求着：" 能跟啓雄生個孩子也不錯。"神話和麗麗的故事所不同的地方在於角色互換：

　　（神話）母　親→（冥王）→女兒
　　（故事）曾祖母←（阿公）←曾孫媳婦

更值得注意的是：冥王是宙斯的兄長，珀爾塞福涅是宙斯和得墨
忒爾的女兒。從神話的變形來看，冥王和珀爾塞福涅的關係是
（伯）父（姪）女亂倫（這一點在下一節將再討論）。麗麗和啓
雄在島上的性愛就迹近強姦（"他是個自尊心、自制力都極強的
人，不會自討沒趣，不會勉強我，……可是這一次不靈，
……"）。或許我們應該說啓雄引誘麗麗吧！佛雷斯特（John
Forrester）說："在愛的範圍內引誘是自由和奴役的中介。"[20]
此外，作者又有下列的描寫：

　　　　風翻攬他的頭髮，眼角聚起紋路，閃亮的黑
　　　　眼巡視這座島，神色竟然有一點像他阿公。
　　　　他摟住我的腰，……這種安全感，童年猴在
　　　　爸爸身上時感受過。

　　所以我們可以說，麗麗曾經在感覺上（或象徵的層面上）有
過像珀爾塞福涅的經歷。
　　得墨忒爾本來是玉米女神。她曾在犁過的田裏野合，因此她
又被視爲增殖之神。故事中，麗麗就有這樣的感覺：

　　　　他是船，划我，犁我的大船，銳利的船身剖
　　　　開我。

犁田是性愛的隱語。中國古代藉田禮就是增殖儀式[21]。
以上的討論和舉證說明了胡麗麗因找尋曾祖母的墳墓獲得新

生，就像珀爾塞福涅被大地母神從冥界拯救出來一樣。她成了
"一朵掙脫黑色舞台的天人菊"。從象徵的層面來説，她脱離了
黑暗世界，得到新生，相當於從死裏復活。也就是説，她掃除了
婚姻的陰影，面向着愉快的將來。

四　心理意義

　　得墨忒爾神話中的亂倫强姦和〈望安〉中"幻想"的强姦值
得我們去探索一下。我們可以説，麗麗的想像是"戀父情意結"
的表現。上文已從〈望安〉的文字加以論證。雖然這個心理問題
曾經引起爭論。女權主義者大力反對，認爲這是"陽器中心"
（Phallocentrism）的見解。有些學者仍然認爲這種心理是存在
的。費烈德曼（Stanley M. Friedman）曾經做過一次實驗，結論
是：女孩在象徵層面而言多認爲父親會給女孩以陽具，也認爲父
親會爬上樓梯（代表性愛）進入屋内（代表女性）。這證明了父
女之間的"性化"關係較之父子之間爲多[22]。我們不必也没能力
在這裏討論"戀父情意結"是否存在這個問題。我們只看看在鍾
玲和其他作家的作品裏面有没有表現過這個心理現象，從而加以
論述。

　　在〈黑原〉[23]這篇小説裏，女主角對義助他的俠客很早便有
好感，（"我不想離開他，真的，我要守住他的内心，看着它花
般一瓣一瓣地開放。"）他用來唬那四個無賴的是一條藏在斗篷
裏頂得突起的馬鞭。當他們分手時，他們站在一根華表之下。明
顯地，它們都是男性的象徵。最後，他拉着她的手上路，那時
候，"黑原上，遍地怒放着黑色的花朵，一直開到天際。"黎海
華認爲這一情節描述了女主角的頓悟。但如果從戀父心理來看、
這些黑色花朵是女主角的罪咎感的表現。因此，那旅人"你看，
開花了"這句話，就好像父親屈從於女兒的口吻，所以在文字上

並不是一句贅語。此外，勞倫斯的《虹》也用過"黑原"這個詞兒。它說："她昏過去了，像騎着黑風，遠遠地進入原始的黑色的樂園，進入本原的永生。她進入了永生的黑原。"（"She passed away, into the pristine darkness of paradise, into the original immortality. She entered the dark fields of immortality."）

　　其後，在〈女詩人之死〉中我們也可以看到戀父情意結。關於這一點，我在另一篇文章已曾討論，在此不再複述[24]。這個心理狀態，發展成爲"強姦幻想"（rape phantasy）。關於這一點，女性主義者也曾大肆抨擊，但是一些心理學家還是認爲女性是有這種幻想的。霍尼（Karen Horney）認爲小女孩初時把爸爸作爲愛情客體，那時的爸爸似乎也有反應和鼓勵，但後來就拒絕了她[25]，小女孩便幻想父親強佔她，然後再放棄她[26]。鍾玲的〈刺〉可以向我們提供一個很好的實例：

　　　　忽然，她（指女主角凌珂）聽見後面有人朗
　　　朗聲地騎腳踏車飛快馳來。回過頭，只見一
　　　個高大的黑影騎腳踏車直衝向她，她嚇得站
　　　住腳。車在她身邊不過三吋掠過，經過時，
　　　那人伸出一隻手用力推她，她站不穩給推倒
　　　在地上。因爲她雙手撐地，所以沒有跌傷，
　　　白衣黑裙上卻全沾了灰土。等她驚慌地爬起
　　　來，向前張望，見他在不遠處下了車，把車
　　　靠在路邊一棵樹上，面對着她，距她約有八
　　　步遠。到現在她仍清楚記得他的樣子，怪異
　　　地穿一身黑，因爲夏天很少人全身穿黑。他
　　　背後黑黝黝的大樹，活像他張開的大斗篷。
　　　這男人又高又大，三十歲模樣，皮膚黑得發

亮，一雙凸眼威脅地瞪着她，她真怕他會衝
過來打她一頓。可是又不敢逃跑，怕他會
追。這時他用眼光罩定她，緩緩地向她點兩
個頭，雙手在腹部不知比劃什麼。她睜眼一
瞧，耳裏轟一聲，全身血液凝住：他的雙
手，抓住黑褲中伸出的一件東西，全身弓
着，正指向她。她嚇得想要大叫，卻叫不出
聲，要逃，雙腳卻麻痹了。心的深處，沟湧
着各種恐懼。無邊的黑暗之中，女人傳來尖
叫聲；大人壓低聲音、交頭接耳，說："强
×"的事，鮮艷的衣服給撕開、飛揚；鐵欄
裏面動物沉重的鼻息；戰爭片中高舉的鎗口
轟一聲發射，接着血肉橫飛……總之，這個
人的動作，引發她對大人世界中，一切暴
力、一切黑暗面的恐懼。[27]

凌珂是因爲朱炎泰的言行引起了她不快的回憶。她的慘痛經驗正
如佛雷斯特所說："慘痛之事並不是真的慘痛，真的慘痛是它的
回憶，回憶就是慘痛。"[28]因爲凌珂的戀父心理得不到昇華，
（媽媽告誡她，"男人很壞。"）因而向男性報復，不肯接受女
性的角色。

再讓我們看看李昂的《花季》[29]吧。故事中的主角是個小女
孩，她用第一人稱來述說她一個幻想的故事。她在一個早上，
"爲察覺陽光是怎樣的喚起沉睡中的景物而心中充滿感動。"作
者已暗示了整個故事反映了潛意識活動。小女孩跑到院子裏，期
望着"會有一雙美麗的黑眼睛"在看她。當然，那雙眼睛是屬於
她的白馬王子的。後來，她跑到市場去買一棵聖誕樹，便跟一個

花匠去花圃拿。她坐在他的腳踏車上，覺得他把她看作"他女兒
一類東西"。於是她開始幻想。一忽兒想着在遠處會有一雙美麗
的眼睛凝望着她；一忽兒又覺得那花匠會"掀開（她）的衣服，
撫着（她）潔細的身子。但當她看到花匠已經斷慾而嚴屬的臉
（而不是"為情慾激盪而扭曲了的臉"）時，她"微有些失
望"。她就在希冀、失望、恐懼、困惑中幻想着花匠會強暴她，
會像國文老師一樣大着肚子。如果從戀父心理來看，國文老師是
她媽媽的投影，所以她嘲笑着："為什麼一個女人一結婚就變得
像一塊軟糖一樣，還處處要顯露出她 不勝負荷的新受的甜蜜。"
在她那"完全主動的遊戲"結束時，"什麼也没有發生。"對她
來說，"一切竟是這樣的無趣。"

　　從這個故事中，我們可以看到小女孩如何熱切地希望那代表
父親的花匠會強暴她，她幻想為他生小孩。但這當然是不會發生
的，因為它受到社會規範的控制，所以這故事就自然在逃學的一
天内發生了。和《花季》故事相似的有吳美筠的〈獨眼〉[30]：

　　　　她想像　突現
　　　　一個人
　　　　一個讓她跟隨的目標
　　　　讓任何錯誤都有藉口
　　　　但求停止獨戰──但
　　　　即使乍現的淺笑　或者
　　　　　　木褐的瞳孔　或者
　　　　　　隨意的詢問
　　　　她必定拚命逃避
　　　　避開任何危險
　　　　寧願藏在無方向的路

用沉墨的身影　印證
光明

只願無人監視
亂踏的步伐自會安排
路　盡情地黑
黑開一個深窪的洞逼人跌墮
她感覺樹的挑釁和侵襲
一條粗壯的枝椏
直刺她的心臟
她扳開整個身體
像掀起大圓袍
覆蓋無底的洞
吸納所有路和樹
她凸成一顆烏亮的獨眼

頓然
樹影失落在她身後
她擁有了喜悅和痛楚

關於女孩子這種情況黛殊（ Helene Deutsch ）解釋得很清楚：

這些幻想的表面要素很容易加以掌握：痛楚
可以減低由快樂得來的罪咎感；強姦可免除
女孩的責任；代表著母親的那個女性（ 按：
指女孩內心的另一面 ）所發的衝動是母親的

禁制之反方向平衡[31]。

回頭再説〈望安〉。胡麗麗最後把阿公投射在啓雄身上，這樣便解開戀父情意結，只希望替他生個孩子了。這和心理分析學的見解非常吻合。它説：當小女孩知道不可能有男性器時，她妬羨她媽媽，希望她爸爸也使她生孩子。對母親的妬羨和對父親的慾求一定要得到昇華，但對孩子的企求就會在正常女性心理中保留着[32]。

五　餘論

　　從上面的論述，〈望安〉是一篇文字寫得很好的小説，比那些見骨不見肉的作品好多了。當然，作爲一個詩人，鍾玲對文字和辭藻的運用，不必再在這裏多説。她對人物塑造這方面比她以前的小説更跨進一步。例如前半寫胡麗麗那種不服氣、佻皮的神情，"噢，失敬！你是在望鄉（傳説地府中有望鄉台，所以她們那時正走入冥界中），第一次與故鄉面對面，生命裏最重要的時刻啊！""這些就是翻新的屋瓦，我的塑膠袋中也有一大把。"和後來那種柔順的態度和虔敬的心情都寫得恰如其分，不像一些女性主義者劍拔弩張地要擺脱男人，這使胡麗麗這角色有很大的可信性，是一個圓形的（亦即是活生生的）人物（ round character ）。而這故事的主題更可從不同層次去看。我以爲從深層意義來説，〈望安〉和〈女詩人之死〉可以稱爲"雙璧"。

註釋

[1]　　見《鍾玲極短篇》（台北：爾雅出版社，一九八七），頁九九至一〇七。

[2]　　參錢虹：〈與死亡爲伍的愛情奇葩──論香港女作家鍾玲的小説創

作〉（油印修訂本），又刊於《香港文學》，一九八九年二月號，頁八十八至九十一。

[3]　《中央日報》一九八八年十一月十一、十二日。

[4]　參考〈焚書人〉，見《芬芳的海》（台北：大地出版社，一九八八），頁三十七至四十。

[5]　同注[1]，頁六十七至七十。

[6]　參考〈唐琬〉，見《芬芳的海》，頁一一〇至一一一。

[7]　同注[1]，頁一五九至一六五。

[8]　見《文藝》十五期（一九八五年九月），頁七十二全七十七；《聯合文學》，一九八五年十月號。

[9]　見《聯合報》，一九七七年七月三十、三十一日。

[10]　見《芬芳的海》，頁八十一。

[11]　見《輪迴》（台北：時報文化出版事業有限公司，一九八三），頁九十七至一一九。

[12]　〈王昭君〉，見《芬芳的海》，頁一〇一。

[13]　見張散、馬明仁編：《有爭議的性愛描寫》（延吉：延邊大學出版社，一九八八），頁三一四。

[14]　轉引自張小虹譯：《荒野中的女性主義批評》，《中外文學》十四卷十期，頁九十二。

[15]　可參 Ann Rosalind Jones, "Writing the Body : Toward an Understanding of l' Ecriture Féminine," in The New Feminist Criticism, ed. Elaine Showalter(New York : Pantheon Books , 1985).

[16]　集思編：《梁秉鈞卷》（香港：三聯書店，一九八九），頁一四四。

[17]　見 Joseph Campbell, The Hero with a Thousand Faces（Princeton: Princeton University Press, 1949).

[18]　見《愛情試驗》（台北：洪範書店，一九八二），頁四十七至七十六。

[19]　見 "Configurations of Rape in Greek Myth ," in Rape , ed. Sylvana Tomaselli and Roy Porter（Oxford : Basil·Blackwell , 1986), p. 125.

[20]　見 "Rape , Seduction and Psychoanalysis," in Rape, p. 80.

[21]　參考拙著《神話·禮儀·文學》（台北：聯經，一九八六年增訂版）中討論《詩經》的文章。

[22] 引自 Julia A. Sherman , On the Psychology of Women : A Survey of Empirical Studies (Springfield , Illinois: Charles C. Thomas Publisher, 1971), p. 73.

[23] 同注 [11] ，頁八十八至九十六。

[24] 見〈 水仙子人物再探 〉，《 中國現代人物新貌 》（ 台北：學生書局，一九九〇 ），頁五十三至八十七。

[25] 可參考張愛玲的〈 心經 〉，《 張愛玲短篇小説集 》（ 台北：皇冠，一九七七 ）， 頁四〇〇至四四三。

[26] 引自 Juliet Mitchell, Psychoanalysis and Feminism(Harmondsworth : Penguin Books, 1974), p. 126.

[27] 《 文藝 》十七期（ 一九八六年三月 ），頁七十四。

[28] op. cit, p. 71.

[29] 《 花季 》（ 台北：洪範書店，一九八五 ），頁一至十一。

[30] 刊於《 八方 》第十輯（ 一九八八年九月 ），頁八十八。

[31] 引自 Rape , p. 248, n. 18.

[32] 參看 Juliet Mitcehll, op. cit. , pp. 118－124.

養龍人與大青馬——
一個心理與文化的比較分析

　　把神話傳說改編作小說的事例，自古到今都有。在新文學領域之內，早期的有魯迅的《故事新編》，近年在香港則有劉以鬯的〈寺內〉和〈蛇〉，李碧華的《青蛇》等。我在這裏不擬把這些作品作爲一種文類去討論。我只想從心理學的角度來看也斯（梁秉鈞）的〈養龍人師門〉（1975）和張賢亮的〈男人的一半是女人〉（1985），從而用文化的角度來把這兩篇小說作一個簡略的比較。

　　〈養龍人師門〉是根據《列仙傳》上面所載的傳說寫成的。原來傳說的大意是這樣的：嘯父的弟子師門，以桃李花作糧食，又能使火。他任夏朝孔甲的養龍師，孔甲不喜歡他對於養龍的主意，便把他殺掉，並且埋葬在郊野。有一天，發生了暴風雨，過後，滿山的樹林卻燃燒起來。孔甲不得已，跑去師門的墳頭去祈禳。但在回朝的路上死了。

　　也斯把上述的傳說加以擴大：師門的姊姊要他補好三百雙鞋子才准許他去養龍。當他埋怨"學非所用"時，姊姊就會說："馴龍不是一種技術。"姊姊也是個有本事的人，她用陶土製成一些小人和小牲口。當他幹完補鞋的活時，姊姊才叫他去代替劉累去給孔甲養龍，因爲劉累：

　　　　並不懂養龍。養了沒多久，就弄死一條雄
　　　　龍。他反而叫人把牠剁成肉漿蒸好，當是野
　　　　味獻給皇上。輪到上面叫他把龍拿出來，他
　　　　沒辦法，害怕起來，就帶着家小逃走了。
　　　（第三節）

當師門去到養龍的地方時，他發覺那條剩下來的龍滿身泥污，便
替牠洗澡。但孔甲和他的手下阿吉都不願意供給師門所需的物品
和龍的食物。雖然如此，師門還是教龍去爬行和飛翔。後來阿吉
要師門教龍學一些雜技。但他不願意這樣做，還是繼續去教龍學
飛翔。他後來又做了些木鳥，它們和活鳥簡直沒有什麼分別。他
用木鳥來對龍作飛翔的示範，但他發覺活鳥的飛翔究竟和木鳥有
所不同，"木鳥很穩定，固定了一種姿勢，就一直保持不變，而
且只能由人控制從一點飛到另一點，不能自己作主隨意飛翔。"
他曉得"自己雖然沒有全錯，但的確也沒有全對。"（第十八
節）阿吉因那條龍不會表演雜技，便用鐵鍊把牠鎖住。最後，師
門把拴着龍的鎖鍊鑿開，那龍（本身是雌的）看到一條飛來的雄
龍，便"躍起來，飛向牠。"（第二十一節）因為龍飛走了。孔
甲便把師門處死。當時颳起了暴風雨。在風雨過後，樹木都起火
了。孔甲因受驚而死（第二十三、四節）。師門感到後悔，因為
孔甲死後，繼任人阿吉會比孔甲更壞。師門跳進火堆裏，想用法
術離開人間；但是法術不靈，他只好留在人間。

　　從心理學的角度來看這個神話故事，我們可以說師門養龍代
表了青少年的成長，他對官僚制度的厭煩代表了他對權威的反叛
（他的朋友阿德和阿發曾說："連師門也進了大機構養龍啦，說
什麼反叛呢！"〔第八節〕）。木鳥也是作者用以加強這一層意
義而增加的。那些木鳥是不能作主的。顯而易見，作者要說明馴

服於父親權威是不自然，不由自主的（第十二節的鯨魚表演就說明了這一點）。龍終於飛去象徵少年的離家獨立，也就是對父權的背叛。因此，孔甲處決師門，而師門復生後發火焚燒樹林，導致孔甲死亡。這和因父權問題而產生父子相殘的情況相似，亦近似於佛洛伊德的"原始部族"（Primal horde）理論。師門所養的龍跟另一雄龍飛走，它的象徵意義是顯而易見的。有人會問他的龍為什麼是雌性的呢？原因是：（一）劉累把雄龍弄死，還把牠剁成肉漿蒸好給皇帝吃（第三節）。這事件象徵了父權把年青人的獨立自主扼殺。（二）從成丁儀式（Puberty rite）的角度來看，男女婚姻是這類儀式的目標之一。（三）神話故事中，常有變形（transformation）的情況。師門的龍是雌性的問題應是不難瞭解的。

　　至於師門的姊姊在故事中又扮演哪一種角色呢？首先，她代表一個壞母親。她處處給師門難題。根據心理分析學的說法，嬰兒對母親有兩種不同看法。一方面母親的哺育和保護使他有安全感；另一方面，當母親不在或未能及時使他溫飽時，他會覺得母親是可怕的。童話中的天使或母神（mother goddess）代表好母親，女巫則代表壞母親。根據克萊因（Melanie Klein）的說法，嬰兒和母親是合而為一的。當嬰兒得到滿足時，母親是好的，得不到滿足時，母親就是壞的。當他覺得飢餓，便會感到要吞噬他所愛的事物。同時，這種感覺又會投射到母親身上，覺得她會吞噬他。這種由愛變"餓"的雙重心理使他有無用和空虛的感覺。稍後，當他長大了，便現實地把母親作為有好處也有壞處的整個人。這時他和母親就有你和我之分。在他要發洩不滿的時候，他會考慮到對方的感受。溫尼科特（D．W．Winnicott）稱這種心理為犯罪感（guilt）[1]。

　　最初在故事裏，他姊姊要他補好三百雙鞋子才准許他去養龍（第一節）。當師門告訴她龍會叫他的名字時，她愛理不理地說："學懂叫你的名字就夠了嗎？"（第八節）又當師門把阿吉和鯨魚表演雜技告訴她時，她說："你幹麼要去理會這些事情呢？"（第十三節）她對師門的態度使師門感到難堪，所以他用桃花塞在口中咀嚼。師門這種以不滿轉為飢餓而要吞噬一些東西的情形，在故事中別的地方也可看到。例如在第六節中，阿吉拒絕給他龍的糧食時，他便把附近的草都給扯光吃掉。在第十一節中，他吃掉了長長的通告。他又在第十六節中吃掉花冠和金鐲。這都印證了心理學的理論。

另一方面，姊姊又是個智慧老人（ wise old man ）[2]/好母親。她指示師門如何去處理他的難題。例如："學懂叫你的名字就夠了嗎？"（第八節）"慢慢來，不要以為一下子就可以全部解決。""你覺得搓繩的方法重要，還是搓成的繩子重要？"（第十三節）

但是不管好或壞，她始終是個假代母親（ surrogate mother ）。（她可以做小人；可以做透明球中又有小球［第八節］。這顯然是母親的象徵。）師門要脫離她的影響，肯定他的男性特色（ maleness ）。如果我們把養龍和做木鳥[3]看作過渡儀式（ rite of passage ）的象徵，那麼，她所說的"馴龍不是一種技術"（第一節）這句話，就富有意義了。在進入成人階段時，那些青年的心情，將會發覺那"不是一種自由的快樂，而像是充滿了不安；……不知是輕快還是徬徨；……不知自己在做什麼，不知自己想的是什麼，也不曉得該怎樣做。"（第十四節）當師門發覺他的龍飛走後，他的姊姊也不在家了（第十八節）。那時，他已得到男性特色了。姊姊只留下一條搓好了的彩繩子。

綜合上面的分析，〈養龍人師門〉的主題是俄狄浦斯（ Oedipus ）神話的再現。師門為了進入成人社會，把孔甲（一個父親形象［ father image ］）嚇死，但後來他又後悔了。他被火燒傷和俄狄浦斯的自刺雙目來懲罰自己一樣。更有趣的是：俄狄浦斯的原義是腫大的腳（ swollen foot ），那和師門的腳給燒傷可說是異名同實了。

　　分析完〈 養龍人師門 〉後，讓我們看看張賢亮的〈 男人的一半是女人 〉吧！（以下簡稱〈 男人 〉）它的篇幅雖然長，但故事卻很簡單，主要是敘述章永璘的勞改生活。其中最引起國內評論者爭論的部分是章和女勞改犯黃香久的關係[4]。撮要的說，這些情節包括了" 蘆葦蕩相遇，彼此在潛意識中產生的性慾衝動，兩人婚後性生活障礙以及他們的對這種障礙的解釋，黃香久偷情以及之後在他們的道德觀念中所引起的震蕩，還有主人公性慾（ 應是機能 ）恢復，兩人最後離異。"[5]有些評論者讚揚作者能打破" 禁區 "。但有些卻從道德或從女性立場來指責，例如女作家韋君宜說：" 很受不了被人看成單純只是' 性 '的符號，只以性別而存在。那實在是對人的侮辱。"[6]林之豐則說：" 章的愛黃又要棄黃，並不是從當時的社會問題直接引發出來的，更多的是章本身在愛情問題上的非分之想與自私觀念造成的。雖然小說將章的一時性功能失常歸於當時的社會原因，但缺乏更大的說服力。……這些格調低下的性描寫，充斥於通篇小說，反映了作者思想境界的低下。"[7]

　　在這裏，我想指出國內的批評大都是概念性的，對作品並未經細讀，因此他們的批評很少能和作品中的文字互相印證，更不要說去嘗試探索作品的深層意義了。光是說性描寫吧，〈 男人 〉中並沒有特別迎合低級趣味的文字，所以不能說作者太過份或太誇張。如果我們在道德問題上糾纏不清，便不能客觀地去分析這篇小說了。

　　首先，這篇小說可說是自白小說（ confessional novel ）[8]，因為作者要把他的內心衝突外在化（ externalized ）。作者的化身（ persona ）在序言中表示愧悔，同時，他自己常常是自己的對立面。正如阿克斯瑟爾姆（ Peter M・Axthelm ）指出：這種小說的主

要技巧特色是重像和反諷[9]。〈男人〉中用被騙的大青馬作爲章
永璘的重像（馬和人雖非同類，但彼此都受到閹割，説詳下）。
而反諷則表現在章永璘既感性飢渴，但又不能人道；他既覺得
"這個時代，不是腦，不是手，而是嘴這種器官特別發達的時
代"（第三部第六章），"卻要把他想的告訴別人"（第五部第
一章）。其他的反諷如"在歷史的轉折到來之前，人根本無能爲
力，與其動輒得咎，不如潛心於思索。但我思索些什麽呢？我什
麽也没有思索。"（第一部第二章）還有大青馬的説話："你的
血液裏羼進了原始的習性，你更接近於動物，所以你進化了。"
（第五部第一章）這都令人感到叙述者在用自嘲的方式來説他的
故事。

　　確定了這篇小説所屬的文類後，我們可以進一步從心理分析
的角度來看這篇小説。事實上，作者在序言中已明言他應用了心
理學的觀念來寫這篇小説：

> 　稍縱即逝的、把握不住的感覺，無可名狀
> 的、不能用任何概念去表達的感覺，在時間
> 的流程中終於會沉澱下來，凝成一個化不開
> 的內核，深深地埋藏在人的心底。而人卻無
> 法去解釋它，因為人不能認識自己。不能認
> 識的東西，就有了永恆的意義；永恆，是寓
> 在瞬息中的。我知道，我一刹那間的感覺之
> 中，壓縮了人類亘古以來的經驗。

章永璘對黃香久的感情，如果用社會倫理來解釋，是很難説得明
白的，我們只能罵他是"道德上的小人"[10]，有着"卑怯的靈
魂"[11]。正當我們替他慶幸能夠重新做"人"時，他卻用不成理

由的理由來向她提出離婚。他的性能力之所以能夠恢復，是因爲做了救災英雄後，心理的壓抑完全消除的緣故。不過，離婚就顯得太突然了（雖然他一開始就覺得黃香久是個愚蠢的人〔第二部第一章〕）。這個逆轉實在太牽强，難怪很多讀者都不同意了[12]。雖然如此，仍然有人替他辯護。陳聖生提出這麼一個說法：＂＇分離＇……是一種升華：＇創造者的我＇比＇感受者的我＇具有更廣闊的歷史視野和對更普遍人性的洞察力，因此更客觀、更真。＂[13]孫毅就讚揚作者＂不斷地禮讚人的進取的精神。……他把人的追求與探索精神當成人的本性中的積極的、向上的因素加以歌頌，這使他的主人公章永璘成了不斷升華的、充滿理性的强者。＂[14]不管章所追求的是什麼高尚的真理，目的始終不能把手段合理化。難道黃香久是呼之則來、揮之則去的無足重輕的人物嗎？李樹聲的看法可說是荒謬的：＂主人公對人的本質的探索，對民族命運的憂心，對隱匿在歷史表象背後的、屬於人自身弱點的沉思，正是顯現了作者對那一時代的反思和這種憂生靈於水火的意向。＂[15]他所謂的人的本質和人的弱點究竟是什麼呢？我只能說這是大男人主義（male chauvinism）。章只希望黃像唐代傳奇小說中的李娃，不但把他從苦難中加以援助，還幫助他直上青雲。至於女方的命運，就任由男方作主了。（故事在結尾時，章還想着應否接受黃的＂祭奠＂呢！）[16]馮童認爲我們的眼光要＂能超越他們具體的命運和具體的形象而透進更深沉的人生，看到選擇與揚棄之間的悲劇。＂[17]言下之意，章永璘的選擇是合理的。這令人想起《儒林外史》中王玉輝迫女兒殉夫，還說死得好這個故事。王玉輝對儒家禮教的執著，和章永璘對馬克思主義的執著，就如出一轍[18]。書中的幾句話，實在令人深省：＂我們聰明才智不能用於創造，只能用於選擇。這就是我們理論的悲劇；它的最後一幕就是把我們全體領進死胡同。＂（第二部第四章）這段話用來形容王玉輝的處境也是相當恰當的。

如果從現代文學中去找〈男人〉的雛型（ prototype ），我覺得丁玲的〈韋護〉就最恰當了。它的男主角和章永璘一樣，因個人的信仰，撇下愛他的女人，"革命"去了[19]。

以上的討論，不管是正面的或負面的意見，對整篇小説的詮釋是無甚幫助的。作者花這麼多的篇幅祇爲了暴露一個卑鄙的負心小人嗎？如果是這樣的話，其他的情節和文字豈不是多餘？所以我認爲應該要把作品作爲一個有機整體來考慮，才可以真正地看到和瞭解它的主題（儘管它的主題不限於一個）[20]。

根據我的看法，〈男人〉中章永璘和大青馬對話的情節是最重要的。它發生在章發現了自己是個性無能的人之後。大青馬指出章"在心理上受到了損傷"。又懷疑人類的"整個知識界都被閹掉了"。那是因爲"刑餘之人不可言勇"，還談什麼創造呢？（第三部第三章）我從這個情節推論：章在心理上有着"閹割情意結"（ castration complex ）[21]。佛洛伊德的"俄狄浦斯情意結或戀母情意結"（ Oedipus complex ）理論指出：男孩子有弑父戀母的願望，但這是社會道德所不容許的，於是這種心理便被壓抑。日後這種心理如果得不到疏導，便會形成"閹割情意結"。此外，男孩子對母親的好和壞不同的觀感，演化成母子愛憎心理（ mother－child conflict ）。當男孩在有一好母親時，會認爲女性器官是生命的泉源。但如果他的母親只求滿足她自己的慾望時，他會認爲它對生命有威脅。他有時把對她的恐懼演繹成可怖而又不能抵拒的怪物，這怪物會把他吃掉、纏住、窒息、或吸取。這種愛時願合而爲一，害怕時又想敬而遠之的雙重心理（心理學叫它做口部──自戀的兩難困境〔 oral－narcissistic dilemma 〕，正和小孩對母親的既愛且恨的情況相同。男性對女性器官的恐懼，據霍尼（ Karen Horney ）的意見，是源於害怕給女性控制而不能獨立。她比喻説：希臘神話中的美杜莎（ Medusa ）頭上長滿了作爲頭髮的毒蛇，牠們代表恥毛，而她的頭就代表女性器官。當人看

她一眼時，便會變成石頭。這代表人對女陰的恐懼，霍尼稱之爲
"美杜莎恐懼"（Medusa dread）[22]。

當章和黃香久在蘆葦蕩相遇時，作者就以維納斯（Venus）誕
生的神話來描繪這個令性飢渴者心弦震動的場景[23]。維納斯（亦
即是阿芙羅狄忒〔Aphrodite〕是愛神，當然使人有可望而不可即
的聖潔感覺。章自己說："開始，我的眼睛總不自覺地朝她那個
最隱秘的部位看。但一會兒，那整幅畫面上彷彿升華出了一種什
麼東西打動了我。這裏有一種超脫了令人厭惡的生活、甚至超脫
了整個塵世的神話般的氣氛。"當他以爲黃在"引誘"他時，他
覺得：

> 這時，我眼前出現了一片紅霧；我覺得口乾
> 舌燥；有一股力在我身體裏劇烈地翻騰，促
> 使我不是向前撲去，便是要往回跑。但是，
> 身體外面似乎也有股力量鉗制着我，使我既
> 不能撲上去也不能往回跑。我不斷地咽唾
> 沫；恐懼、希冀、畏怯、侈望、突然來臨的
> 災禍感和突然來臨的幸運感使我不自禁地顫
> 抖，牙齒不住地打戰，頭也有點暈眩起來。
> 這是一塊肉？還是一個陷阱？是實實在在
> 的？還是一個幻覺？如果我撲上前去，那麼
> 是理所當然，還是一次墮落？……一隻黑
> 色的狐狸，豎起頸毛，垂着舌頭，流着口
> 涎，在蘆葦蕩中半蹲着後腿，盯着可疑的獵
> 物……（第一部第五章）

這些描寫都印證了"美杜莎恐懼"的見解。這種心理影響到他的

生理方面。他老嚷着他的童貞是在她身上失去，雖然他還未和她
結婚（第二部第二章）。事實上，在他窺浴時，"從高高的斗渠
壩上傳來了尖利的哨音。它像鞭子似地在我身上抽了一下。"他
跑出葦蕩時，發覺"臉、手、小腿上被銳利的蘆葦葉劃開了無數
道血口，腳底板也被蘆葦根扎破了。"（第一部第五章）從神話
學來看，他就像俄狄浦斯一樣，因蒸母而受到懲罰。當他談到結
婚時，"內心裏陡然感到一種潛在的危險，卻並不知道會有哪種
危險。"（第二部第五章）

在結婚後，他感覺到：

> 女人，不單單是指一種和男人不同性別的
> 人，并且有她的聲音、她的靈氣、她的磁
> 場、她的呼吸、她的味道……她能把這一切
> 都留在她觸摸過的地方，觸摸過的東西上
> 面。即使她不在場，這個地方，這些東西，
> 都附着她的魔力，將你緊緊地包圍住。她無
> 處不在、無所不在、無微不至。這裏所有的
> 一切，除了牆上那張討厭的照片，都是她所
> 創造的生活。生活就是這一點一滴，這炕、
> 這被子、這門板做的書桌、這衣帽鉤上的雪
> 蓮紙、這雪花膏瓶子等等構成的。她所創造
> 的生活緊緊地包圍着我，我一下子失去了自
> 己，并開始用她來代替我。（第三部第一
> 章）

結婚那晚，他發現自己不能人道，感到羞愧、內疚、和懊喪。他
被吞噬了：

這是一片滾燙的沼澤，我在這一片沼澤地裏
滾爬；這是一座岩漿沸騰的火山，既壯觀又
使我恐懼；這是一隻美麗的鸚鵡螺，它突然
從空壁中伸出肉乎乎粘搭搭的觸手，有力地
纏住我拖向海底；這是一塊附着在白珊瑚上
的色彩絢麗的海綿，它拚命要吸乾我身上所
有的水份，以至我幾乎虛脫；這是沙漠上的
海市蜃樓；這是海市蜃樓中的綠洲；這是童
話中巨人的花園；這是一個最古老的童話，
而最古老的童話又是最新鮮的，最為可望而
不可即的……人類最早的搏鬥，不是人與人
之間、人與獸之間的搏鬥，而是男性與女性
之間和搏鬥。這種搏鬥永無休止；……在對
立的搏鬥中才能達到均衡，達到和平，達到
統一，達到完美無缺，而又保持各自的特
性，各自的獨立……但我在這場搏鬥中卻失
敗了！我失去了自己的特性，失去了自己的
獨立。（第三部第二章）

在心理分析學說對照之下，我們可以瞭解到章永璘如何從一個性
飢渴的人轉變成一個“廢人”，和他的心理變化過程。如果不是
這樣，他的轉變是突然的、牽強的、不合常理的。他對黃香久的
恐懼，就是“美杜莎恐懼”。他覺得她的身體“既壯觀又使
（他）恐懼”，她像美麗的鸚鵡螺用觸手把他“纏”住，他“失
去了自己”的特性。他的戀母情意結可以在下面的引文看出來：

　　一會兒，這種一強一弱的、連續不斷的、在
空中飄浮着的如游絲般的呼吸，漸漸象蛇一
樣彎曲成一個藍幽幽的、非常圓的光環，乍
看起來象月全食，但定睛一看，卻是一個其
大無比的、鋪天蓋地的槍口。光環中間一片
深不見底的黑暗，頂頭就是一顆子彈，直直
地瞄準着我。我大吃一驚，掙扎着逃命。
……我想跑出這片血的沼澤，一抬頭，卻又
看見那個藍幽幽的槍口。它一直對着我，它
始終對着我……我只好橫下心向它走去，懷
着壯烈的情愫。我向它越走越近，它卻越來
越小。藍幽幽的鋼製的槍口反而柔軟了，耷
拉下來，漸漸成了一個像一滴眼淚形狀的繩
套，一個光滑的可受的絞索。（第五部第五
章）

槍口當然是指父親的權威，而絞索則是母親的誘惑。他要擺脱母
親，就要離開黃香久。他感覺受黃香久的包圍，就像一個男孩不
願意永遠受到母親的影響一樣。因此，他們之間＂有了縫隙，有
了詭計，有了規避，有了離異的念頭。＂他要脫出她的包圍。他
像一隻麻雀在愛情溫暖的網裏惶惶不安地跳躍（第五部第一
章）。他對愛情的感受就正如上述那些心理學家所描述的母子關
係一樣：

　　　　我對她的愛情夾纏着許多雜質；吸引力和排
　　　　斥力合在一起，內聚力和擴散力也合在一

起；既想愛撫她又想折磨她，既心疼她又痛
恨她……互相矛盾的情感扭合在一起難解難
分。這是一條兩頭蛇，在啃噬着我的心。
（第五部第一章）

啊！我的曠野，我的硝鹼地，我的沙化了的
田園，我的廣闊的黃土高原，我即將和你告
別了！你也和她一樣，曾經被人摧殘，被人
蹂躪，但又曾經脫得精光，心甘情願地躺在
別人下面；你曾經對我不貞，曾經把我欺
騙，把我折磨；你是一片乾竭的沼澤，我把
多少汗水灑在你上面都留不下痕蹟。你是這
樣的醜陋、惡劣，但又美麗得近乎神奇；我
詛咒你，但我又愛你，你這魔鬼般的土地和
魔鬼般的女人，你吸乾了我的汗水，我的淚
水，也吸乾了我的愛情，從而，你也就化作
了我的精靈。自此以後，我將沒有一點愛情
能夠予別的土地和別的女人。（第五部第六
章）

只有從心理學的角度來解釋這種矛盾心理，才會令人愜意。故事
結尾時，他真的離開了黃香久，因此他說：「女人永遠得不到她
創造的男人。」

　　在故事中，作者明顯地要把心理閹割來映襯理性和創造力的
閹割。大青馬解釋爲什麼人類要騙他們，那「就是要剝奪（他）
們的創造力，以便於……驅使。」（第三部第三章）甚至馬克思

也給後人閹割了[24]，因爲他們"尋章摘句地援引（他）的話作理論的武器。"（第三部第六章）馬克思說："假如僅僅抓住我的隻言片語，等於叫我死亡第二次。⋯⋯尤其是眼看着人家把你的精神處死，而自己又無能爲力的時候。"（第三部第六章）

本來，他潛水堵住渠壩的決口後，恢復了性機能（這是因爲在神話學意義上他獲得重生。在回復性機能那一個晚上，黃香久的聲音也像是從水底浮上來的。）（第四部第二、三章），便可以再過一個正常人的家庭生活。但他卻要和黃香久離婚。他"渴望行動"、"渴望擺脫强加在（他）身上的羈絆"，"要聽到人民的聲音"，"要把（他）想的告訴別人。"（第五部第一章）他的想法和封建時代的讀書人沒有兩樣[25]，以爲讀了些理論書便可以"致君堯舜上，再使風俗淳"（杜甫詩）他和其他的大陸知識份子一樣，對領導人存有期望："這兩位（指周恩來和鄧小平）一倒，共產黨的最後一點希望也就完了。"（第五部第三章）章永璘也說："周總理逝世了，鄧小平又下了台，隨着'反擊右傾翻案風'的展開，一批一批像你這樣的'民主派'都會倒下來，人民前面的屏障坍塌了，⋯⋯所以我覺得現在整個中國的空氣在孕育着一場真正的人民的運動。我們的國家和中國共產黨，只有經過這場運動才能開始新生。"（第五部第六章）如果領導人是個父親形象，章永璘一廂情願的想法，可以說是對父權的屈服。所以我說是一種理性的閹割。科學時代的讀書人，儘管他們有憂時傷國、先憂後樂的精神，也只爲"予一人"的天子治理天下；一旦"逢彼之怒"，輕則在"泥中"，重則抄家棄市。那些不得志的士子，大多成爲《儒林外史》中的世紀漂泊者（樂衡軍語），過着"到處潛悲辛"（杜甫詩）的生活。

現今大陸的知識分子還是抱着"大旱之望雲霓"的態度來等待聖王出現。當稍爲受到優遇時，便如沐春風，我們可以說，那是接近權力的亢奮[26]。〈男人〉中的人物對周、鄧的期望可見一斑。

　　他們自以爲肩負起天下一切重任（章永璘要聽人民的聲音；要清君側、正朝綱〔第三部第六章〕；在堵住渠壩決口後，感到一點英雄主義〔第四部第三章〕，但在失落的時候，就以基督受難時的呼喊來宣洩：

> 我的神，我的神，爲什麼離棄我？（第三部
> 第五章）

這亦反映了他完完全全的受壓抑於家長制社會之下。在請求曹學義批准他的離婚申請時，他還慣性地擺出了卑躬屈節的態度（曹曾和黃香久有過一次不正常的關係）：

> 我很慚愧，在"領導"面前能做出真正男子
> 漢的舉動，恐怕還需要一個過程，還需要把
> 我逆向地"改造"過來。現在，我的話裏面
> 雖然有骨頭，但坐的姿式不知在什麼時又變
> 成了弓腰曲背的了。卑微感已經滲進了我的
> 血液，成了我的第二天性。（第五部第七
> 章）

毋庸置疑地，他對權威是屈從的（雖然他有做"烏龜"的羞辱感〔第五部第六章〕[27]。

　　許子東已曾指出文革以後，大陸的知識分子申辯的方式還是：我要證明自己無罪，請你們相信我。又指出：青年人在文學中有着過於强烈急迫的同父母家長化的社會對話的願望[28]。針對這一點，我曾說過："中國的知識分子一向都不被當政者所重

視。李白的‘糟糠養賢才’倒不是一時氣憤的說話。我覺得家長制下人治社會中的知青，就像舊約聖經中的約伯一樣，無辜受罪（‘其實，你知道我沒有罪惡’，十六章二十一節）。對於當權者所做的事，無人能夠過問（‘誰敢問他：你做什麼？’九章十二節）。被批鬥的人只求能夠辯白（‘不要定我有罪。’十章二節）。西方學者把約伯的故事作爲一齣悲劇，因爲它探索‘人是什麼’這個問題，但在家長制統治之下，人（尤其是知識份子）又算得是甚麼呢？”[29]

因此，我認爲在家長制政治影響之下的知識分子在理性上受到閹割，他們對國家的愛和恨也像母子之間的關係一樣——既愛且恨，一九八九年的學生運動又提供我們一個活生生的例子。

綜合上面有關〈男人〉的討論，我們可以看到作者把內心衝突外在化。通過閹割主題，他唱出了中國歷代知識分子的哀歌[30]。只有把知識分子“去勢”，統治者才可以安枕。而知識分子只能以愛恨交纏的心情來對待他們的“父母之邦”[31]；在絕望的時候，對作爲“父母宗子”的“大君”（張載〈西銘〉）只有作出“爲什麼離棄我”的呼籲。所以我們也可以從這一點來說〈男人〉是一篇諷刺小說（satire）。

最後，讓我來把〈養龍人師門〉和〈男人〉作一個簡略的比較吧！首先，兩篇出版的時間剛好相隔了十年。前者在香港（其後在台北）出版。後者則在大陸。大略來說，兩篇都以俄狄浦斯情意結這個神話作爲題材。但是，彼此在處理方面，着重點有所不同，於是寫出了迥然 不同的作品。我認爲最大的不同點在於也斯通過神話形式來描述青少年的過渡儀式，強調少年脫離父權的影響，獲得獨立的自我，所以故事情節充滿背叛的情緒，但又不是一往無前地和權威對抗，而是夾有猶疑、挫折的感受，最後，還有後悔和自我懲罰。故事的主人翁最後又能擺脫母親的影響而獨立。這種寫法使主題更富說服力（可惜這個主題一直沒有評論者特別加以指出）。

　　至於張賢亮，他用自白式小說來表現出"閹割情意結"的主題。他用勞改營做背景，描寫主角章永璘要突破環境，但根據他和黃香久的最後繾綣，可以推知他那個"閹割情意結"始終都不能化解，雖然他嚷着：

> 啊！世界上最可愛的是女人！
> 但是還有比女人更重要的！
> 女人永遠得不到她所創造的男人！（第五部
> 第七章）

　　值得注意的是：也斯的〈養龍人師門〉在港、台出版。由於兩地的自由風氣，因此書中的人物顯現出一種追求獨立自主的精神。而另一方面，張賢亮的〈男人〉是在大陸出版的。在變本（即傳統）加厲的家長制之下，書中的知識分子被禁錮於勞改營裏，屈從於權威之下；做成了心理上的損傷。推而廣之，大陸的知識分子在傳統壓力和政治壓迫之下，在文化心理上也受到閹割。他們的無奈、無助、無望，不會因章永璘漫無目標的幾句壯語而被蓋住。反而，讀者會說："大話、大話！老毛病又犯了！"（第三部第三章）

　　從心理學來說，〈男人〉所表現的文化心態是被閹割的，事事以父權爲準則的。當男性得到權力以後，便儼然以家長自居（從章永璘成爲救災英雄之後的感覺可見一斑）。因此，女性被賤視的情況（misogyny）也就自然地出現了。這種傳統的心態不知到什麼時候才可以矯正過來呢？

註釋

[1]　參考 Barbara A. Schapiro, The Romantic Mother(Baltimore: The Johns Hopkins University, 1983)pp. 11 – 12.

[2]　關於智慧老人，可參考 Joseph Campbell, The Hero with A Thousand Faces (Princeton : Princeton University Press, 1949).

[3]　龍代表壞的母親，見 Steven Olderr, Symbolism: A Comprehensive Dictionary (Jefferson, North Carolina: McFarland & Co. , 1986), p. 40; J. E. Cirlot, A Dictionary of Symbols (tr. Jack Sage) London : Routledge & Kegan Paul, 1962), p. 84. 但龍和蛇和繩子都可作爲男性的象徵。參 Philip E. Slater , The Glory of Hera : Greek Mythology and the Greek Family (Boston : Beacon Press, 1971), p. 80. 至於鳥是男性象徵，見 Cirlot, op. cit. , p. 26; Ad de Vries , Dictionary of Symbols and Imagery (London :North – Holland Publishing Co. , 1976), p.48.

[4]　許子東〈在批評圍困下的《男人的一半是女人》〉有很好的概括：“嫌其‘極左’，責其美化苦難玩味屈辱也好，攻其‘太右’，斥其含沙射影以性無能隱喻知識分子命運也好，這兩種截然相反的批評均從社會政治角度立論——顯然，作品中確有無可否認的社會政治內涵；讚其大膽突入‘性心理’荒漠也好，怒其無恥厚顏‘是個僞君子’也好，這方面的討論屬于道德範疇——看來，作品確實鋒芒畢露地觸及了不少道德難題；是真誠坦率？還是做作矯飾？是嚴屬自剖乃至自折自虐？還是聰明地自誇自慰和自我辯護以求解脫呢？這似乎也是道德批評，但實際上主要是討論創作態度，指歸于藝術規律而非倫理法則；至于作品中的‘性描寫’美不美？太露還是不夠細？哲理（及經典）與心理（乃至變態）的混合，效果如何？文筆格調是奇峭還是平庸，藝術趣味是殘酷的深刻的‘新’還是矯揉造作的‘醜’？……這些研討，都主要要在美學層次上展開，有的還涉及趣味。談到趣味無爭辯，加上幾個層次的問題交錯混淆在一起同時鋪開，自然使人們感到這種批評爭鳴和作品反響的複雜，也使人們相信作品也的確複雜。”見寧夏人民出版社編：《評〈男人的一半是女人〉》（以下簡稱《評》）（銀川：寧夏人民出版社，1987），頁278 — 279。

[5]　見博野：〈談《男人的一半是女人》的得與失 〉，《評》，頁61。

[6]　韋君宜：〈一本暢銷書引起的思考〉，見《評》，頁30。

[7]　林之豐：〈反映性愛和婚姻問題要有正確的態度〉，見《評》，頁53──55。石銘也説："誰會相信，中國當代的知識分子形象會如此糟糕，靈魂會如此低賤，情操會如此卑下？這難道會是災難中的中國知識分子的藝術形象嗎？"見〈一個危險的藝術信號〉，《評》，頁172。

[8]　張賢亮自承〈男人〉是一部長篇自傳體小説中的一部分。轉引自蔡葵〈"習慣於從容地談論"它〉，見《評》，頁106。

[9]　Peter M. Axthelm, The Modern Confessional Novel (New Haven : Yale University Press, 1967), p.11.

[10]　見羅玲：〈政治上的志士、道德上的小人〉，《評》，頁 69──72。

[11]　見陸榮椿：〈戰士的姿態掩不住卑怯的靈魂〉，《評》，頁 62──68。

[12]　王子平認爲章的"使命感并未增加他的光彩，卻令人感到一種冠冕堂皇的自私和冷漠。"〈正面展開靈與肉的搏鬥〉，《評》，頁 3。吳方指出："他變得'健全'了，忙於思考國家大事，對黃香久，他報復、藐視、詛咒，而又享受着她的溫馨、柔情、侍候。這不能不是一種矯情、做作。"見〈斷想《男人的一半是女人》〉，《評》，頁126。劉蓓蓓批評作者"急切地表達自己對哲學問題思考的成果。"見〈獸、人、神〉，《評》，頁135。張陵、李潔非亦指責作者"繼續讓章永璘在目的論的定調思辨中自我陶醉。"見〈兩個章永璘與馬纓花、黃香久〉，《評》，頁152。

[13]　陳聖生：〈對《男人的一半是女人》的審美道德批評〉，《評》，頁89。

[14]　孫毅：〈理性超越中的感性困惑〉，《評》，頁99。

[15]　李樹聲：〈難得的永恒、難釋的解〉，《評》，頁143。

[16]　應學犛不知用什麼邏輯得到這樣的結論："一顆懺悔的心激勵着他不斷前進。"見〈論《男人的一半是女人》的哲學主題〉，《評》，頁257。

[17]　馮童：〈讀《男人的一半是女人》〉，《評》，頁 163。

[18]　石天河竟然説這樣的話："'男人'必須超越'女人'！因爲'人'並不等於一張生物性的人皮。"〈與批評家談《男人的一半

是女人 》 〉，《評 》，頁312。

[19]　周文彬說得多麼偉大：" 可惜的是，他與黃的婚姻在動因上是偏離了歷史的唯物主義的，因而他的婚後生活阻礙了他在歷史唯物主義道路上的攀登。這，就是章、黃婚姻悲劇的真正原因。" 〈精神現象學的藝術畫卷 〉，《評 》，頁319。請問什麼是歷史唯物主義的婚姻呢？歷史唯物主義的道路引章永璘去那裏去呢？周氏的評論近似於宗教狂熱者的囈語。

[20]　李貴仁覺得把這篇小說判定爲單純的道德題材小說，仍然不能揭示它的主旨。見〈一個特定時代的懺悔錄 〉，《評 》，頁 196。

[21]　林之豐說：" 章永璘結婚後性機能的失常，是當時不正常的社會壓迫所致，似與大青馬有共同的命運。" 見《評 》，頁52。李兆忠也說：" 然而他所處的實際環境是那樣萎頓、滯重、令人絕望，他從革命導師和先哲們當中得來的思想找不到能夠印證的實例，他的思考始終只是一個空中樓閣。孤獨、寂寞和痛苦經年累月的剝蝕，使他慢慢走向絕望，喪失鬥志。性功能喪失暗示了這個危機。" 見《評 》，頁112。石鎔說得更明顯：" 作品……無非是爲了象徵中國的知識分子在那苦難歲月裏被 ' 殘酷地騸掉 '。" 見《評 》頁174。應學羣亦有同樣的意見。見《評 》頁224。可惜的是，他們沒有進一步去探索，揭出背後的心理因素，使 " 閹割 " 主題更爲突顯出來。難怪王子平指出：情慾和政治 " 這兩個層面的焊接因缺少必要的中介而不無生硬 " 了。見《評 》，頁2。譚國根亦認爲章 " 有閹割的焦慮 "；見 Kwok - kan Tam , "Sexuality and Power in Zhang Xianliang's Novel Half of Man is Woman ", Modern Chinese Literature , Vol. 5(1989), p. 63. 但他的分析和我的有所不同。

[22]　參考 Philip E. Slater , op. cit. , pp. 68, 20 - 21; Leonard Shengold , "The Parent as Sphinx," Journal of the American Psychoanalytic Association 11(1963), pp. 725 - 751.

[23]　朱毅君亦提及 " 裸浴維納斯 "。見〈人生的 " 天路歷程 " 及其他 〉，《評 》，頁 42。

[24]　應學羣亦說馬克思主義的靈魂受到閹割。見《評 》，頁244，258。

[25]　苑坪玉認爲在書中，我們仿佛看到了中國一千多年的封建社會中以 " 儒 " 爲代表的知識分子的影子。見〈性與象徵 〉，《評 》，頁181。

[26]　在救水災時，"誰幹得積極，誰就取得指揮別人的權力。……這可
　　　是生死攸關，往常那套上下級關係全打亂了。"（第四部第二章）
　　　他成了"英雄"後，就有一股火在他胸中熊熊地燃燒起來。他覺得
　　　有一個模糊的希望在前面（第五部第一章）。丁小卒也指出，"上
　　　下級關係"的臨時顛倒使他產生了擁有"指揮權力"的幻覺。見
　　　〈是"解放"，還是扭曲的加深？〉，《評》，頁296。

[27]　譚國根認爲曹是父親形象；見 op. cit., p.60. 這也可以解釋章對曹黃
　　　的不正常關係的態度。

[28]　許子東：〈中國當代文學中的青年文化心態〉，見陳炳良編：《中
　　　國現代文學新貌》（台北：學生書局，1990），頁276。曾鎮南又
　　　認爲"章永璘畢竟背負着古老的東方文化，身臨着威嚴的東方式的
　　　社會壓力，他的自訴自懺不能不在開口之初就帶上某種自辯自解的
　　　口氣，所以就使作品產生某種強爲說項的作態了。這一切都會引起
　　　審美情緒上的隔膜和反撥。"見〈負荷着時代的痛苦的靈魂〉，
　　　《評》，頁351。

[29]　見《中國現代文學新貌》，頁 vii－viii．

[30]　許子東認爲〈男人〉是"通過性變態寫動亂時代深層社會文化心
　　　理"的小說。見《評》，頁 282。可惜他沒有指明究竟是什麼的一
　　　種心理。馬修雯和張渝國則清楚地說明作者在描寫性功能盛衰中人
　　　的心態，深刻表現了許多作家曾反映過的知識分子那種對以往理想
　　　實現的可能性的惶惑的精神矛盾的心理具象。見〈也是思考〉，
　　　《評》，頁75。

[31]　應學犟也有相同的見解："中國的知識分子自一九五七年被戴上
　　　'資產階級知識分子'的帽子之後，絕大多數人都具有一種荒誕的
　　　心理狀態：無時無刻地不在關心着國家的命運，但又戰戰兢兢地聽
　　　命于不公正的打擊；心是硬的，骨頭是軟的，真地像被騙掉的大青
　　　馬一樣。這種心理能夠行使自由權嗎？能夠在社會上確定自己的價
　　　值嗎？當然不能。章永璘是不甘心于他的失敗的，他掙扎着，時時
　　　都在報復，都在爭取真正人的地位。在他性功能恢復之前，作者頗
　　　具匠心地設計了一個抗洪搶險鬥爭的廣闊場面。在這兒，作者特別
　　　強調'誰幹得積極，誰就取得了指揮別人的權力，這裏沒有什麼隊
　　　長書記農工的分別，大家都聽那最會幹活的人。這可是生死攸關，
　　　往常那套上下級關係全打亂了。'章幹得積極，又很有心計，知道

幹這活的板眼，他自然獲得了指揮權，而且竟‘居高臨下’地命令
起曹學義來。在一場人類與自然的鬥爭中，他獲得了群眾的擁戴，
獲得了駕馭社會的能力。這是什麼，這是真正的自由，真正的人生
價值，而這自由，這價值是從曹學義那兒奪來的。過去，曹學義給
了他世間最大的屈辱，要讓他‘穿過水與火與劍與蛇築成的全部煉
獄’，最後才能進入天堂。現在他終于勝利了。恢復創造力、成爲
健全的人、完整的人，那是必然的了。有人批評張賢亮寫床頭生活
是爲了檢驗章永璘的生殖力，黃僅僅成了檢驗器，這種批評顯然没
有看到作者在性生活中所寓言的政治含義。”《評》，頁 253—254 。

尋言以觀象——
也斯小說〈象〉的一種讀法

　　近年來，索緒爾所提出的能指（signifier）和所指（signified）
這個語言觀念已被人重新考慮。因爲它們之間並無必然的關係。
而且一個能指可能有一個以上的所指；一個所指亦可以有一個以
上的能指。這個說法其實在《莊子‧齊物論》已指出過。它說：

> 以指喩指之非指，不若以非指喩指之非指
> 也。以馬喩馬之非馬，⋯不若以非馬喩馬之
> 非馬也。天地，一指也；萬物，一馬也。
> ⋯⋯道行之而成，物謂之而然。

這段話的意思是：用“名”來說明“名——實”關係的不定性，
不如用“非名”來說明它的不定性。正如我們可以叫馬（實物）
是馬（名），也可以叫它是牛（名）一樣。如果以“非馬”來說
明“馬”（名）和馬（實物）並無必然的關係，那就會更清楚了
（《莊子》說：“呼我爲牛則爲牛，呼我爲馬則爲馬”）。換句
話說，“馬”（實物）之所以被稱爲“馬”（名），只是約定俗
成，並無任何邏輯或因果關係，故《莊子》說：“道行之而成，
物謂之而然。”事實上，人執著於名，找尋一個中心，但解構主

義者（deconstructionist）就反對語言中心主義（logocentrism），同時又主張移心（decentering）。他們既然否定了名——實的必然關係，所以又提出“浮動能指”（floating signifier）這一觀念。那就是說，一個能指可以指向多過一個所指。

從以上這些說法，我們可以知道文學作品的多義性往往是由於文字的歧義（ambiguity）所做成，司空圖《詩品》所謂“超以象外，得其環中”，所謂“象”是從《易經》的卦象而來。卦象相當於象徵符號，八卦就以天地、風雷、山澤、水火作爲象徵，兩兩組合而成六十四卦。從卦象以測吉凶。由於卦數有限，人事無窮，故王弼〈明象〉說：“盡意莫若象，盡象莫若言”。因此，當我們讀到文學作品的文字時，不要只取它們表面的意思，而要去探索它們的深層意義。

也斯在《布拉格的明信片》中的〈象〉是一篇很平淡的小說。全篇分九節。第一人稱的主角是個自由職業攝影者（free-lance photo-grapher），一次因爲從泰國來港的大象因主人收入不足，以致流落香港，便想去做一個專訪（第一節）。第二天，一個渾名叫阿達的新來的女記者說她喜歡主角所拍的三張街道照片。那是他“拍了一天藝員在老襯亭裝模作樣的照片，還有底片剩下時拍的比較平淡的東西。”他把那些古老建築物形容爲“瀕於絕種的巨獸，像是野外的大象或是犀牛一類的野獸。”這樣，作者便把題目的“象”扣上了，因爲那些“街道好像向我說了很多東西”。他所說的東西是他對舊日好時光（the good old days）的緬懷。後來，梁姓的雜誌負責人要主角去拍一輯大象的照片，而阿達也願意替他寫點介紹（第二節）。在這一節裏，他提到南北行的海味店、紙料舖、寫滿了條子的中藥舖、和在門前掛着一柄大剪刀的雜貨舖。這使我們想起〈剪紙〉。通過文本互涉（intertextuality），不但加強了作者懷舊的情思，又做成了〈象〉和〈剪紙〉的“對話方式”（dialogism）。這個由巴赫金（Mikhail

Bakhtin）的文學研究而鑄成的名詞是指作品中部分與部分或作品與作品之間構成了對話關係，通過這關係，作品中不同的意義便呈現出來。

在一個外國明星的記者招待會裏，主角" 循例拍照。"那明星在回答問題時說：

> 有時編導和其他演員都湊合得好，偏是我自
> 己沒有感應，有時我演得比較入戲了，其他
> 人未必湊合得好。(p.110)

當他轉過頭來，主角因爲" 那角度比較好"，又拍了一張（第二節）。

這段小插曲似乎沒有多大意義，但實際上，它進一步強調一個能指可以有不同的所指。推而廣之，一篇作品，甲可以從一個角度看得比較深入，而乙則可以從另一個角度去看出不同的意義。最要緊的是" 感應"。

主角回到雜誌社，辦好一些事情後，和梁一起去看大象。作者把大象所處的時空和都市煩囂的時空（chronotype）相對比：

> 穿過球場，可以看見外面我們來時走過的電
> 車路，那些行人和車輛現在都離我們很遠
> 了。望出去，只見偶然一輛電車滑過，靜靜
> 的，像沒有聲音的飛翔。一切都這麼安靜。
> 偶然一絲涼風吹過來，我們彷彿突然進入了
> 一個奇異的境界。彷彿在熱鬧的馬路上走，
> 突然墜進一扇暗門，發現了一個陌生的奇
> 境。(p.114)

這個對比和上面的藝員和舊街景的對比一樣，顯現出作者對自然和真誠的緬懷。不過作者並沒有把對比變得兩極化。他說：" 也許我離得太遠，所以只記得那些美好的東西。"（第二節，p.107）" 我們環顧四周，後面的鐵絲網裏堆滿生鏽的汽車零件、舊風扇、熨斗、殘破的木塊，還有種種廢棄不用的工具。在它們之間，長着叢叢青綠的草。"（第四節，p.114）

　　下面一段文字似乎是可有可無：

> 那些灰灰的雲層、遠處公園的綠樹、偶然滑
> 過的電車、沙黃的球場的地面、白色的龍門
> 木架、灰棕色的大象，這一切都沒有關連，
> 但在這一刻，混合在一起，卻顯得那麼自
> 然。我們偶然處在這環境中，偶然獲得一刻
> 的共鳴。（p.114）

根據巴爾特（Roland Barthes）的說法，能指（譬如說玫瑰）首先指向花園裏某一種花，但當玫瑰作爲象徵時，實物的花被抽開了，代之以愛情作爲所指，所以能指和所指的關係是武斷的（arbitrary）。不是嗎？中國人以牡丹代表富貴，蓮花代表君子，菊花代表隱士，它們之間實在沒有必然關係。上面所引作者的一段話，表示了作者認爲象徵的意義是偶然湊合而成。實質上，文字的原來意義和所象徵的事物可說是風馬牛不相及的。

　　第五節述說一位娛樂雜誌老闆莊先生請主角拍一些藝員的彩色照片，並談及稿費問題。這一節表面上也和題目沒有關係。但是這一節叙事的色調（tone）和内容也把自然/矯飾這一對比都加

強了。

　　跟着第二天，主角去拍象的照片，但拍得不好，他發覺"自己對這些大象實際的一面其實是這麼隔膜"。同時，也沒有了那種微妙"感覺"。這也表示了作者對於言能盡意的見解，抱有懷疑的態度。以前曾指出也斯的小說表達過言不盡意的觀念：

> 這本書（《剪紙》）的主題可以分幾個層面
> 來看。首先，兩個女主角（喬和瑤）都生活
> 在自我封閉的世界中。瑤的情況在上面已經
> 講過。喬也和鵲兒說話，和螞蟻玩耍。因
> 此，她們和人們能溝通。其次，作者指出文
> 字的授受雙方如果沒有一個共同語碼（com-
> mon code）是不能達意的。另一方面，執著
> 於文字的意義，也會造成悲劇。作者說：
> "納蕤思（Narcissus）的迷戀悲劇是他誤讀
> 池水的符號。"（頁142）總括來說，"我
> 們使用文字，並不是為了把話說得更漂亮更
> 文雅，文字比這還重要得多，因為我們往往
> 是通過文字去了解這個世界，又通過文學來
> 創造自己的。"（頁140）第三個層次則是
> "言意之辨"的哲學討論。

作者這個觀念大概是因為作為一個語言符號的文學作品的意義（所指）是很難確定的。有時，即使有精密的思考，也探索不到作品的義蘊，所以作者說："甚至攝影機也沒有用，這麼精確的器材，也拍不出我原來想拍的東西。過了幾天，幻燈片沖出來，圖中形象是有的，但我自己看了也不滿意。"（第七節，p.118）

　　在這一節裏，別人對主角拍大象照片的嘲弄表現了作者對現
在香港文壇現象的喟歎。通過張愛玲所說的參差對照手法，用別
人對藝員新聞的熱心，指出了在香港耐人尋思的雜文和小說已被
通俗文學慢慢的取代，稿費"也算少了"。

　　這一節的最後一段：

> 現在我一直走過那爿茶樓，從它背後轉過
> 去，卻發覺迎面原來是大幅荒蕪的空地，在
> 背後，一片茫茫的暮色。那是我要找的地
> 方。我一定是錯了。我轉出來，再轉另一條
> 街，從一條街走到另一條。但不，都不是那
> 天走過的那些路，現在這區冷清一點，我一
> 定是認錯地方，我一定是認錯地方，我迷了
> 路，沒法找到了……（p.120）

一方面表示了主角對往昔雖有緬懷，但並不執著。〈剪紙〉中的
女主角就是因爲太執著而至精神發生問題。本篇的第八節談到象
時，主角說："我這才發覺，這幾個星期來，自己已經逐漸很少
去想牠，牠們已經離我遠了。〔p.122〕"）一方面亦表示出研究
作品有時要改轅易轍，否則會變得似是而非，令人失望。這一點
在第八節的幾句話得到強調：

> 文字交代了印象，照片也把象拍攝出來；但
> 不知怎的，總像欠了什麼。（p.122）

　　最後一節，主角又被邀作一個有關大象的報導，但他和阿達
都忘記了上一次的熱情和經驗了。主角解嘲地說："我們逐漸要

面對許多更現實的問題，我們是會逐漸忘卻一些諸如去看象這樣
的事情的。"（p.124）

　　殷國明曾指出也斯小說的故事很多都發生在一個"交叉"的
地點和時間。這篇〈象〉中開始的情節也發生在扰碌的雜誌社
內：

> 梁（對主角替大象拍照的建議）還沒有回
> 答，他案上的電話又響了，總有那麼多瑣碎
> 的事情。（p.103）

結尾時，主角想梁"或許是忘記了那天我們曾經走去看大象的事
了。他有那麼多事情要做，那麼多煩瑣的職責和任務，逐漸叫人
無法去記掛太多事情……我也還有那麼多事情去做，……我們是
會逐漸忘卻一些諸如去看象的事情。"（pp.123—24）作者就用這
種手法，表示出現代城市人的繁忙生活。

　　陳惠英曾經警惕過那些習慣於小說情節作單線發展的讀者，
指出如果他們執著於過往的那種閱讀習慣，便會覺得這篇〈象〉
一無是處。我可以說他們不但覺得主題膚淺，枝葉太多；但從藝
術的眼光來看，其實這正是這篇小說的特色。表面上無關重要的
枝節都有它的作用──構築出主題意義，亦即是本文開始時所讀
到的能指和所指的問題。我嘗試用《表達詩學》（Poetics of Ex-
pressiveness）一書所用的方法，把它剖析一下：

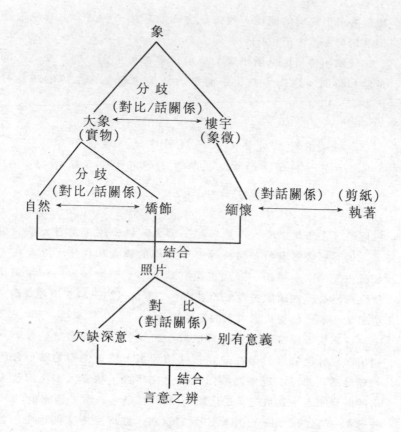

綜合來説，這篇〈象〉談到一個現代人（尤其香港人）面對物質生活所引發的價值觀問題。物質代表了一切，價值就建立在"名牌"貨品之上。對於"自然"，一般人都忽略了，只願意躲在有空氣調節的房間內：

原來今天是有陽光的。秋日的陽光在空隙中

照進來，桌上印下一個長方形。到底是秋日
的陽光，不冷但也不見得暖，光落在桌上，
照在雜物上，顯得破破碎碎。我從空隙望出
去，看見面的街道和行人，遠一點的運動場
上有個少年在獨自投籃。我忽然想起我們還
開着冷氣，就打消了開窗的念頭。我把窗簾
放下來。（p.105）

"球場"在114頁又再現出來。"自然"也受到污染：

我想再走昨日的小路，繞到後面比較接近的
地方去看看牠們。但今天，在小路的岔口，
不知怎的堵了一輛貨車，我們只能在車旁側
身走進去，又因為下雨的關係，路面泥濘
了。黑色泥濘的地面凹凸不平，阿達提着褲
管，小心翼翼走前去。我們走了一半，才發
覺前面半截路低下去，積滿水，沒法走過
去。（p.117）

整篇小說暗示着：人只執著於表"象"。至於那所謂"象外之
象"就没人注意了。作者在另一篇小說〈花不語〉中描寫在情人
節的時候，"滿街都是一對對人……的反應。"（p.10）（作者
把這篇小說作為《布拉格的明信片》的第一篇，可能是把這個主
題"突出"〔foregrounded〕來。）

　　上面已提過作者對往昔有些追懷，但卻不執著；舊的價值觀
被物慾蒙蔽了，人的道德也被侵蝕了。以前的人講究信用，現在

連搞文化事業的人也欺詐別人。這種＂對話＂式的參照，我們可以聽出作者的喟歎。

　　這篇看似情節散漫，七不搭八的小說，如果我們能抽絲剝繭地去看，我們可以看到哲理、環保、價值觀的變遷等主題。最低限度，可以看到小說所描寫現代香港人的心理。固然，它沒有悲歡離合、高低潮等傳統佈局。但是它用首尾照應（enveloping）的手法，重複中有變化（就叫做＂不變中之變＂吧，亦可算做遞進迴增〔incremental repetition〕）做成的對話式，文本互涉的技巧，構築成一個平淡而不平凡的故事。對讀者來說，可能是＂不可忍受的輕＂吧！

　　　　　　　　　　　　　　一九九一年六月二十二日
　　　　　　　　　　　　　　　在新加坡旅次（初稿）

在夢與沉默之間
——吳煦斌小説試探

　　吳煦斌的小説號稱難讀，主要是她的小説多用抒情筆法，故事性並不強，人物也虛無飄忽，很多時，敘述者是以旁觀者的觀點（"I"as witness）來講故事。這樣，她的小説便好像戴上了面具，而讀者首要的工作是怎樣去戳破它的面具，尋索它的意義。不過，這個工作是相當艱巨的。劉以鬯説：吳煦斌的成就必定來自苦鬥，不經過苦鬥，不能成篇。[1]我以爲讀者也要經過苦鬥，然後可以把她的小説解碼（decode）。

　　也斯（即梁秉鈞）在他的中篇小説〈剪紙〉中認爲語言是難以達意的。語言有時甚至會增加誤解。他用納蕤斯（Narcissus）神話來説明。不錯，厄科（Echo）就是因爲多言而被罰，亦因未能達意而憔悴至死。《莊子》説："大辯不言。"（〈齊物論〉）《老子》也説："多言數窮，不如守中。"（五章）吳煦斌〈一個暈倒在水池旁邊的印第安人〉中的主角——以思——"跟石的倒影説話，隨着時間的起伏伸展。"（頁一二五）可以説，他已達到《莊子》所説的"哀樂不能入"；　他的木訥使他成爲那位研究者的唯一朋友。〈信〉的故事就更爲明顯了。那個程若很希望和別人交朋友，所以讀了些《交友一〇一》、《社交辭令》等書，而那個寫信的人，儘管要幫助程若，但自己也跟他一樣"同是一無所有的人"（頁一五七），因爲妻子出走了。這篇小説題

目的信字，可解做“書信”、“相信”或“信任”等，但我以爲
主要還是古語所謂“人言爲信”。但在篇中，人言並不可信，反
而是“人言可畏”。語言固然可以溝通，但有時卻是“過時、瑣
碎、絕無意義的東西”（頁一四一），有時反而令對方“尷尬難
言”（頁一四一），有時又被用來欺騙自己（頁一四二）。篇中
的程若把新學到的生字寫在廣告卡紙上。作者可能有意指出，語
言亦是推銷自己的一種媒介，所以並非一百分之一百值得信任。
作者又用書信形式來叙述兩個欠缺溝通的故事。由於發信者可以
通過書信向受信者盡情傾訴，他的婚姻和程若的境遇很自然地和
那些信件成了一個對比。她把形式和內容打成一片，更增加小說
的反諷意味。（《老子》十七章和二十三章也說：“信不足焉。
有不信焉。”也是一個反諷。）她又用同一手法去寫〈一個暈倒
在水池旁邊的印第安人〉。印第安人對自然的眷戀，和科學文明
的對照都在一個科學報告中顯示出來，而且表露出反諷的意味。
故事中的我和印第安人一樣，在陌生的土地上渴望着回家。

　　比較來說，吳煦斌早期的作品較爲難懂[2]。它們的主題很難
掌握，叙述方面又有點魔幻的味道。同樣是寫“言語溝通”這個
主題，〈木〉就比上面討論過的兩篇複雜。篇中的我，對着一個
孤獨而沉默的老人，沒有“顧忌，沒有什麼恐懼，沒有哀傷”地
唸自己的詩給他聽，心情舒暢，覺得自己也成爲“夏日”（頁三
十八）。但是，當老人開始有反應時，一切都變了：

> 空氣中仍是塵埃的影子，我突然感到一陣強
> 烈的風從外面颰到屋子裏，我深深的戰抖起
> 來，我嗅到風中烈強的木的腥氣和陰影裏的
> 霉濕，翻捲的木屑充塞滿了我的呼吸，我想
> 翻起我的衣領，我感到冷流穿過我的四肢，

> 太陽仍然照着，我聽到了我身體寒冷凝結的
>
> 聲音，我僵住了。（頁四十一）

作者要指出，當人想通過言語和別人溝通時，會感到手足無措，又或許作者用“不落言筌”的方法諷刺那些喜歡向那些沒有批評眼光的讀者炫耀的所謂作家，但是如果別人有些意見的時候，他們便會變臉了。

在閱讀吳煦斌的小說的時候，如果沒有耐心去找尋綫索，咀嚼文字上的“味外味”，我們真的會摸不着頭腦，不明白內容講的是什麼。現在讓我來嘗試分析她其他幾篇小說。

〈佛魚〉故事中的我憶述和他捉佛魚的情況，回家以後，探視女孩山蕪，告訴她“我不回來了”，我將會到海邊去。這篇小說和海明威（Ernest Hemingway）的尼克亞當斯（Nick Adams）系列故事中的〈印第安人營地〉（Indian Camp）相似。後者述說尼克跟父親去爲一個印第安女人接生，雖然是難產，但終於母子平安，而她的丈夫卻受不了便自刎而死。前者則暗示山蕪對死亡的認識。作者以白和紅來襯出生與死的意義。例如：

> 白：白削的手（頁二、四），白林、白樹
>
> （頁二），水面的白色亮光（頁三）等。
>
> 紅：白樹慢慢變成了紅色，整個房間在一種
>
> 虛幻的紅光中飄浮着（頁四）；白色衣衫裏
>
> 的小身體在暗紅的光中搖晃不定（頁五）。

那個飄忽不定的他是個父親形象，也是“我”的重像（double）。他帶“我”去岩洞，又告訴“我”到海去的路。從心理學或神話學的眼光來看，岩洞和海都象徵母親，所以回到岩洞或海就是返

回母胎的意思。由於他像太陽一樣已經沉得很低了，他便尋求生命的延長，佛魚的象徵意義大概就是如此。當佛魚突然穿過靜止的空氣跳進河裏，在白色河床的石子叢中消失時，他"從對岸涉水過來。衣袍在風中蓬飛，太陽在他臉上蓋上一層金黃的日色"。（頁三）又當他和"我"在岩洞中烤火時，髮茨的水掉下火裏，升起淡青色的烟（頁七）。這淡青色使我們想到佛魚。因此，他、我和佛魚的關係就像下面的圖式：

我⇔他⇔佛魚
（父親形象）

人究竟不能把生命延長，所以當"我慢慢把手移近它青色的光暈，手上的細毛在青蒼裏微微發出亮光。我感到手背上漸漸加强的寒氣。在大白的太陽之下我竟漸漸戰抖起來了。"（頁三）的確，死亡是人生旅途的終點，也是人所必會體驗到的感情反應。"我"希望山菟會了解，死亡就像"花朵給吹得四散""在空中飄舞"。話雖如此，死亡始終令人恐懼，因爲人對它"没有計劃，也忘記了許多事情。我甚至不曉得什麼會發生。"（頁七）對生存者來說，生死循環是唯一的安慰。所以作者説，"樹牆上新長的雨葉等一會又會掉到床間來，讓海裏來的鳥把它蓋在翅膀的傷口上。"（頁五）

從上面的分析，我們看到三個母題（快要離開的父親形象、死亡的認知、再生[3]）和一種叙述技巧（重像）。在其後的小説中，我們常常碰見它們。

〈石〉裏面的父親也是快要離去。"石塊塌下的時候，四周升起一陣紅暈。我彷彿在紅暈的中央看見父親垮倒在椅子裏。紅色的塵埃慢慢沉下去，但父親仍然頹坐在那裏，動也不動地怔視着前面的土堆。"（頁十三）故事中紅色小鱷魚的死亡預兆了他的死亡。牠死後留下很濃烈的氣味。"在帶着冬霧的風中，它變成一層厚厚的黏膜，牢牢貼着你的皮膚，再也揮不開去。你呼吸時彷彿在口腔裏感覺到它，感覺它正在你的血液裏慢慢溶化。"
（頁十三）後來，父親死了，他埋下的種籽發芽了。在它的根部
有一顆霜紅色半透明的小石子，"我將會在這裏或更遠一點的地
方建我的屋，在深沉的土地上砌起我的石龍。"（頁十七）石龍
和小鱷魚都是男性的代表，這句話顯然意味着父親生命的延
續[4]。

　　〈山〉中的他和父親也是一對重像。他們代表一個形象。所
以"在微弱的風中晃盪着，他們越發令人感到不真實了"。（頁
四十三）他要去找尋那座在一夜之間失去了的山。在他離開之
後，父親變得沉默了。有一天，父親也離開了，在白土的迷霧和
永恒的熱氣中安詳的走（頁四十七）。故事中的我，"不想記
憶，但卻彷彿處處都遇見他山中的世界，真實地侵入在我生活
中。"（頁四十八）只覺得"終有一天我也會離去。"（頁四十
八）這不是對死亡的認知麼[5]？

　　我們注意到〈山〉中的他有"柔和的透明的海洋一般的眼
睛"（頁四十三）。而〈海〉的他也像海（頁五十四）。這個他
也是父親的重像。"他在屋裏的時候她（母親）卻從不看他/總是
垂下頭微笑地把玩着身旁的東西。"（頁五十五）後來，他沒有
再來，到第三年，母親失蹤了。

　　〈獵人〉和〈牛〉兩篇篇幅較長，也有故事性，可說是這本
小說集的壓卷之作。從內容來說，兩篇都是叙述一個啟蒙旅程
（initiation journey）。〈獵人〉中的他也是飄忽不定的（"他帶
着蕪亂的玉蜀黍的骨架和森林的渴望前來。……他是空中的雕
像，寂靜和事件穿過他像穿過季節和雨。……他站在寒冷的季節
像一個叢林。"〔頁六十二〕）。他也是父親的重像，但也可以
說是啟蒙儀式中教導後輩的先靈（"他教會了我生命和呼吸、等
待和大地的秩序、聲音、樹的呼喊，還有萎謝和死亡。"〔頁六
十二〕）。事實上，"我"被帶去森林中，就是啟蒙的"隔離"

（"〔父親〕看着天空，然後俯身下來吻了我的臉頰九下，讓我記得他和過去的歲月。"〔頁六十五〕）。在啓蒙以後，便進入另一階段，所以要把過去的一切忘記，不能再走回頭路了（"父親說森林是開向那邊的門，你聽到聲音和歌，進去之後便不能回來了。"〔頁六十四〕）。入了森林以後，就代表"故我"的死亡。"他把藍綠色的粉末擦在我們的四肢和臉頰上，好讓蛇和夜狼害怕。""他跪下來，從腰間抽出小刀在腿側輕輕割下去。血流出來，他把它擦在我們的前額和刀子上。"（頁六十六）其實，這是一個象徵死亡的儀式。猶太和其他民族的割禮（circumcision）也是同類的儀式。他更要"我們完全棄身在這無邊的曠野"（頁六十七）。這是被啓蒙者進入的無人境域。同時，他們住在一個小丘的洞穴。很顯然，它代表母胎。在啓蒙期間，"我目睹了死亡和掙扎。……我不能明白，但我覺得這是美麗的。"（頁六十七至六十八）"我經歷了血和死亡，而我不感到難過。一切顯得這樣美麗和必需。"（頁七十一）不用說，這是對死亡的認知，亦是"進入曠野的儀式"（頁七十七）的一個重要的目的。最後，一場火使他們離開了森林，而他爲了要阻止其他人用車子搬走那些樹木而給撞暈了，這也是啓蒙儀式的一個重要環節——象徵式死亡（雖然在〈獵人〉中它已經過移位〔transference〕）。而儀式到此也完成了。

　　〈牛〉裏面的旅程中，雖然也有困難，但沒有殺戮和死亡。故事中的主角（"我"）要追尋一些岩穴的原始壁畫。他帶着童（一個印第安人）和薁（一個女孩）一齊上路。童失去了語言能力，而"我"則對薁頗有好感。"我"所追尋的可以說是人類的根；而童在故事中就代表了人類的童真（他"像石上的獸刻，泰然的、豐饒的，安立在恒古的時間裏如季節和夜。"〔九十三〕）。

　　薁對童的接近引起了"我"的不安（頁九十二、九十四、一〇八），並且被"一切隨意的動作所傷"（頁一〇八）使"我"想到"或許我應該回到心的居所，那廣大的家居。……（現在卻）隨着每一細微的遙遠的牽動，帶來深深的疼痛"，（頁一〇〇）最後，他們在一個石穴中找到了繪有很多牛的壁畫。描寫這些壁畫的幾段文字可說是非常好的散文。牠們的形態、生命力和精神震撼着觀賞的人：

> 牠們在石之上奔躍，在固定的範圍之內奔躍，凌駕了一切知識和官感，凝聚在時間裏，在猛躍中超越自己，沒有滯留的處所。牠們帶着對生命的驕傲騰向空中，無知於自己的力量，在飛翔中舒放、展示、震撼。（頁一一五）

對着他們，"我"有很大的感觸：

> 牠們在激越和沸騰間飛躍，負載所有貫穿的年代，安然環視所有活過或未活過的事物而投身無限。我們有大的恐懼。我們手揣臉孔，只在掌間感覺自在。牠們身負箭矢而奔躍在時間上。我們活着，告別着，懊悔過去而害怕那尚未呈現的。我們的臉孔轉向輕易的事物，當生命俯身觸動，我們又猶疑地退卻了。童已是無懼，他仍要藏起傷疤。我感到了更大的羞慚。（頁一一七）

是的,文明人反倒多了恐懼,不能泰然地和當前的環境相對,難
怪〈心經〉說:"故心無罣礙,無罣礙故無有恐怖,遠離顛倒夢
想,究竟涅槃。"當水淹岩穴時,洞口出現了一頭白犁牛,牠
"舒泰、自若、而不經意,牠背上白色的長毛在風雨中柔和地翻
動着,像細細的召喚。"(頁一二〇)所謂召喚就是要"我"無
所牽掛,但"我"面對那些在水面飄浮着的研究資料時,又重新
回到"當前的繁瑣和繫念裏"(頁一二一)。他們脫險以後,
"菱衰弱得像風",她對一切無所感覺,因為她昏迷了。而童則
回復語言的能力,"我"則知道不能回到原始世界去。從啓蒙角
度來看,"我"了解到人要面對現實環境和生活,要和人溝通
(雖然亦有困難之處)。"我"不可能回到原始世界,這和聖經
所謂"人的墮落"(the Fall of Man)同一意義。人不能回到無憂
無慮的伊甸園生活,一定要面對人間的現實。除非人是"不識不
知,順帝之則"(《詩經・文王》),否則,"天何言哉!四時
行焉。萬物育焉"(《論語》)的境況只是一個理想吧了。所以
"我"遠離於"廣大的家居",未能回到過去。(頁一二二)
("我"、童、菱三人令人想起海明威的〈殺手〉〔The
Killers〕。後者敘述兩個槍手進入一家飯館殺人,但目標不在,稍
後離去。店中有尼克、喬治、黑人廚子三人,他們對這件事的感
覺和"我"等三人剛好對應。尼克感受最強,喬治隨遇而安,黑
人廚子則不聞不問。)

　　在〈牛〉這個故事中,"我"也體驗到感情微妙之處。菱和
童的接近使"我"感到沉落。這和〈蝙蝠〉中所描寫的稍有不
同。後者的主題是對男女之情的認知,而不是對它的感受。〈蝙
蝠〉的氣氛有點似"哥德式"(gothic),有點陰森神秘。通過表
姊,"我"微微曉得男女間的事,雖然仍是非常隱約的。

　　　　(表姊)正在擦頭髮,……我嗅到了一種芳

香的氣味。（頁五十）

　　她說牠們交配的時候會發出芬芳的麝香味，……我說下一次我一定跟她到山洞裏，遠遠瞧瞧也是好的。然而她聽了卻……說："不准跟着來，"……在初升的陽光中，我看見她的臉發出了淡淡的紅光。（頁五十至五十一）

　　有時她說要到村裏面去，便整天不見了影子。回來時卻又愉快得像我的甲蟲，臉上紅紅的發出芬芳的氣味。（頁五十二）

　　有一天深夜，我聽見後門給人用力的打開。我害怕有什麼事發生，便趕到樓下去，卻看到表姐在打開的門前，看着一個向樹叢跑去的男子的影子發呆，月色下我看見她手裏拿着一塊破布，嘴角彷彿有血流下來。（頁五十三）

從這些片段，我們可以想像表姊的行動給予"我"一個模糊但又不可理解的觀念[6]。到了〈牛〉，這觀念就較爲清晰了。

　　上面大致的分析使我們了解吳煦斌小說的內容主題。現簡列如下：

　　（1）重返自然——這和返回母胎的祈求相似。小說中的森林、洞穴、海都是這方面的象徵。和伊利阿地（Mircea Eliade）的"永劫回歸"（eternal return）相似[7]。

　　（2）追求父親形象——小說常見一個行蹤飄忽的男性。他有時和父親一齊出現。這形象又代表了"聖潔的完人"。那失了山

的人，那獵人，那"挺拔沉默如我父"的印第安人都是他所扮演
的不同角色[8]。黎海華也說，"（吳）嚮往'人類遠古的童
年'，一如眷念自己的童年。二者之間肯定有某種牽繫。那似乎
源於一種神秘而溫柔的孺慕情懷。"[9]

（3）獲得啟蒙──上面已指出〈獵人〉和〈牛〉描述一個啟
蒙旅程。在其他的小說中，"我"像海明威的尼克阿當斯系列小
說中的主角一樣以旁觀者的身份獲得啟蒙──獲得對現實生活的
認知。

（4）主張言不達意。〈木〉和〈一個暈倒在水池旁邊的印第
安人〉、〈信〉兩篇，都以此為主題，上面已有討論，故不再
贅。

至於技巧方面，上面已提過，現再綜合補充，條列如下：

（1）作者用重像手法表現父親形象。明顯的例子是：〈山〉
中的父親和那個飄忽的他是重像，所以作者說："他（指父親）
才是尋山的人吧。"（頁四十七）那個"挺拔沉默如我父"的印
第安人在離開研究所時，"莊嚴地向前走，如一座移動的山。"
（頁一三八）他又和〈山〉中的父親形象疊合了。

（2）作者喜歡用第一身觀點，尤其是旁觀者的觀點看事物。
由於旁觀者是無知的（innocent），所以讀者有時難於了解故事內
容。換句話說，難以解釋巴爾特（Roland Barthes）所謂"疑問語
碼"（hermeneutic code）。

（3）作者用不同體裁來寫小說，如〈海〉是用抒情體，全篇
沒有標點符號，也沒有對話。〈佛魚〉其實也相當的抒情。句子
像：

　　　　衣袍在風中蓬飛，太陽在他臉上蓋上一層金
　　　　黃色。（頁三）

　　　　我的山莨。（頁四）

　　　　同樣的召喚，風又吹起來了。（頁四）

　　　　她會給我唱歌，唸我們的詩，她的髮
　　上、衣衫是戴滿了奇異的花朵，臉和手在太
　　陽下發出宕溫的金色亮光。（頁五）

　　　　噓氣的說話。風的聲音。（頁六）

　　　　荒山的風從橫窗外吹進來，帶着雨濕的
　　氣味，可能明天又會下雨了。（頁七）

等都富有感性。另一篇〈石〉也沒有對話，活像一篇散文。事實
上，吳煦斌的散文是相當美麗的，只要看過〈石〉中“父親對石
子特別沉迷”那一段，和〈牛〉中對壁畫的描寫，我們不能不讚
嘆她的筆力和構思。至於〈蝙蝠〉中對表姊的描寫有些近於外國
那種“在後室的瘋女人”（mad woman in the back room）的描寫，
而蝙蝠本身又給小說提供了懸疑詭秘的氣氛，所以這篇是用“歌
德式”的寫法來寫的。用書信體裁來寫〈信〉當然是最恰當。作
者又用“信”的其他意義來比照這篇小說的主題，形成強烈的反
諷。〈一個暈倒在水池旁邊的印第安人〉也利用科學研究報告的
形式對“返回自然”的主題作一反諷。所以我們可以說，作者對
於題材和體裁的選擇都下過一番工夫。那些只重視故事情節的讀
者，難免會感到失望。

　　（4）小說中的對話非常精簡，在〈牛〉中有些語句（例如：
“你/我/拂撫雨”等）很像原始詩歌，甚至和日本的俳句相近。

　　除了主題和技巧外，吳煦斌的小說還富有神話色彩。她吸收
了聖經中的人類墮落的神話。這神話解釋了“永劫回歸”的祈
求。根據伊利阿地的說法，當人面對困難或其他不如意的事的時
候，他就想返回未生前的原始的自給自足、無憂無慮的境界。這

個神話主題在文學上是以"返回母胎"作爲象徵。此外，人給上
帝逐出伊甸以後，他們就要承擔一切的勞苦與痛楚。一小部分人
追尋理想，但不是大部分人所能了解的：

> 在火焰冉冉上升的熱霧中，他顯得更不真實
> 了。但他對我什麼時候又是真實呢？談話的
> 時候麼？朝遠方沉思的時候麼？給羣衆簇在
> 歡呼聲中走過的時候麼？他只是一個遙遠而
> 美麗的幻象罷了；深遠、捉摸不住、隨時會
> 因為什麼力量消失。（頁五十八）

> 　他正說着地窖裏燈的故事。奇怪的美麗
> 的話。許多夏天的夜晚是我不了解的。（頁
> 五十九）

> 　我亮起魚油燈，蟲子……也無法了解亮
> 光。（頁六十）

那些沉默大衆只有負擔起日常的工作，不能領受那上好的福份
了：

> 窗外的天空很黑。明天可能會晴朗。我要不
> 要跟他們到山上走一趟呢？……但誰來放羊
> 呢？魚、葡萄、橄欖和蜜怎麼辦？棵子也要
> 修一修。明早還是砍一棵魚木樹吧。（頁六
> 十至六十一）

這和《老子》所說的"知其雄，守其雌"（二十八章）哲學非常

相近。

〈石〉的結尾說："我將會在這裏或更遠一點的地方建我的屋。"這使人想起舊約聖經《創世紀》中雅各的故事：他在路上，以石為枕，夢上天梯，往見上帝，醒後便以那塊石頭作為基石，蓋一聖殿（二十八章）。從這個角度看這個結句，我們就可以明白為什麼當"我"握住那塊霜紅色半透明的小石子時，會"感到一陣溫暖散播全身"了。

除了聖經神話之外，作者還用《莊子》的神話。失去了山的故事和《莊子‧大宗師》裏面的一個故事相類似："夫藏舟於壑，藏山於澤，謂之固矣！然而夜半有力者負之而走，昧者不知也。藏小大有宜，猶有所遯。若夫藏天下於天下而不得所遯，是恒物之大情也。……故聖人將遊於物之所不得遯而皆存。"〈山〉裏面的"我"覺得"屋子太大了，物件與物件間全失去了聯繫。我整天在屋子裏，飄飄浮浮的，在門與門之間走來走去。"（頁四十八）是的，人只有回到大自然才能摒除得失的感覺。在世上，我們在不同程度上為物所役。作者結尾說："我對園子也開始害怕了。它越長越大，植物都帶着野獸的活力橫攀。……我不知道。終有一天我也會離去。"表面上，這是一種非理性的幻想，它是毫無意義的。但是，從《莊子》的哲學來看，物慾的發展會桎梏人的精神。陶淵明說得好："縱浪大化中，不喜亦不懼，應盡便須盡，何復獨多慮？"（〈神釋〉）吳煦斌在〈山〉所表現的思想是近乎莊子的。

關於言和意的關係，《莊子》也曾討論過。它說："今我則已有謂矣，而未知吾所謂之果有謂乎？其果無謂乎？"（〈齊物論〉）語言是否真能達意呢？而所達之意是否真的呢？老子亦說："知者不言，言者不知。"（五十六章）上文提及希臘的水仙子神話中的厄科，亦可說明言語未能達意的意義。

還有〈牛〉的開始就令人想到《莊子‧養生主》中庖丁解牛的

故事。它的主旨是要人保全精神，不要使它受到外物傷害。根據
這個觀念，我們就可以了解《獵人》裏面一句看似很玄妙的句
子。

　　　　他是空中的雕像，寂靜和事件穿過他像穿過
　　　　季節和雨。（頁六十二）

　　以上的討論，希望可以提供一種閱讀方法來探索吳煦斌小説
的内容和技巧，使它們不致被人用“艱深”把它抹殺。假如我們
真的要評估香港當代小説，吳煦斌的作品是不能忽視的。

註釋

[１]　見劉以鬯爲〈牛〉寫的序。該書由素葉出版社在一九八〇年出版。
　　　本文所引吳煦斌小説的文字是根據台北東大圖書公司在一九八七年
　　　出版的《吳煦斌小説集》。這書包括了〈牛〉裏面的小説另加新作
　　　兩篇——〈一個暈倒在水池旁邊的印第安人〉和〈信〉。

[２]　見黃維樑：《香港文學初探》（香港：華漢文化事業公司；一九八
　　　五年），第二十一頁。可惜他沒有論及吳煦斌作品中任何一篇。又
　　　參洛楓（陳少紅）：〈艱難的表達〉，見《星島日報》一九八八年
　　　八月十八日。

[３]　鍾玲也曾指出再生主題。見〈香港女性小説家筆下的時空和感
　　　性〉，《香港文學》七期（一九八五年十月），第六十八頁。又參
　　　葉彤：〈層層死去長出新蕊〉，見《星島日報》一九八七年八月八
　　　日。

[４]　鍾玲對〈石〉有不同看法，她說：“這塊石來自大自然，象徵大自
　　　然，對小説中的父親有股强烈的吸引力，但它也是一股毁滅的力
　　　量。”上引文，第六十七頁。

[５]　鍾玲認爲：“〈山〉中的山反映人類内心的渴求，追求一個失落的
　　　境界。”見上引文，第六十四頁。

[６]　見黎海華：〈原始的呼喚——吳煦斌的世界〉，見《文藝雜誌》十

　　　　五期（一九八五年九月），第五十三頁。

[7]　　見黎海華，上引文，第五十二——五十四頁。

[8]　　鍾玲，上引文，第六十七頁。

[9]　　黎海華，上引文，第五十四頁。

現代的水仙子
——顧城和他的《英兒》論析

> "在最後一頁你們畫下了自己"
>
> 〈永別了，墓地〉

　　顧城的自殺，引起了中國人的文學圈子很大的震動，大家都
爲這位天才詩人惋惜。跟着，《英兒》全書和其他有關顧城資料
的出版，使一般的讀者能夠窺見顧城的内心深處，和他和妻子謝
燁、情人英兒（據劉以鬯的説法，她叫李英，曾用麥琪的筆名在
《香港文學》發表一些作品；見黃黎方編：《朦朧詩人顧城之
死》〔廣州：花城出版社，一九九四〕，以下簡稱《朦朧》，頁
一五五）的怪異生活方式。我把這些資料和他的詩作合起來看，
可以見到他的死亡意願（death wish）和他的水仙子性格
（Narcissus character）。這篇論文就是要從神話中的水仙子性格
來印證顧城和他在《英兒》裏的身外之身（alterego）。

　　首先，讓我們先看看水仙子的神話。根據《外國神話傳説大
詞典》，納爾基索斯（Narcissus 或譯那耳喀索斯）是"古希臘神
話中一美少年，河神克菲索斯（Cephisus）與女神勒里奧佩
（Leiriope）之子。相傳，納爾基索斯出生不久，其母爲兒子是否
長壽一事詢問先知提瑞西阿斯（Tiresias），其答覆是：只要他永

不了解自己，便可長命百歲。此預言晦澀難懂，無人能獲其真
諦。"[1]又根據楊周翰所譯的奧維德（Ovid）《變形記》（Meta-
morphoses），當他是"三五加一的年齡，介乎童子與成人之間。
許多青年和姑娘都愛慕他，他雖然丰采翩翩，但是非常傲慢執
拗，任何青年或姑娘都不能打動他的心。一次他正在追鹿入網，
有一個愛說話的女仙，喜歡搭話的厄科（Echo），看見了他。厄
科的脾氣是在別人說話的時候她也一定要說，別人不說，她又決
不先開口。厄科這時候還具備人形，還不僅僅是一道聲音。當時
她雖然愛說話，但是她當時說話的方式和現在也沒有甚麼不同
——無非是聽了別人一席話，她來重複後面幾個字而已。這是
（赫拉〔Hera〕）幹的事，因爲她時常到山邊去偵察丈夫是否和
一些仙女在鬼混，而厄科就故意纏住她，和她說一大串的話，結
果讓仙女們都逃跑了。（赫拉）看穿了這點之後，便對厄科說：
'你那條舌頭把我騙得好苦，我一定不讓它再長篇大套地說話，
我也不讓你聲音拖長。'結果，果然靈驗。不過，她聽了別人的
話以後，究竟還能重複最後幾個字，把她聽到的話照樣奉還。她
看見那耳喀索斯在田野裏徘徊之後，愛情的火不覺在她心中燃
起，就偷偷地跟在他後面，她愈是跟着他，愈離他近，她心中的
火鐵燒得便愈熾熱，就像塗抹了易燃的硫磺的火把一樣，一靠近
火便燃着了。她這時真想接近他，向他傾吐軟語和甜言！但是她
天生不會先開口，本性給了她一種限制。但是在天性所允許的範
圍之內，她是準備等待他先說話，然後再用自己的話回答。也是
機會湊巧，這位青年和他的獵友正好走散了，因此他便喊道：
'來呀！'她也喊道：'來呀！'他向後面看看，看不見有人
來，便又喊道：'你爲什麼躲着我？'他聽到那邊也用同樣的話
回答。他立定腳步，回答的聲音使他迷惑，他又喊道：'到這兒
來，我們見見面吧。'沒有比回答這句話更使厄科高興的了，她
又喊道：'我們見見面吧。'爲了言行一致，她就從樹林中走出

來，想要用臂膊擁抱她千思萬想的人。然而他飛也似地逃跑了，一面跑一面說：'不要用手擁抱我，我寧可死，不願讓你佔有我。'她只回答了一句'你佔有我！'她遭到拒絕之後，就躲進樹林，把羞愧的臉藏在綠葉叢中，從此獨自一個生活在山洞裏。但是，她的情絲未斷，儘管遭到棄絕，感覺悲傷，然而情意倒反而深厚起來了。她輾轉不寐，以致形容清瘦，皮肉枯槁，皺紋累累，身體中的滋潤全部化入太空，只剩下了聲音和骨骼，最後只剩下聲音，據說她的骨頭化為頑石了。她藏身在林木之中，山坡上再也看不見她的蹤影。但是人人得聞其聲，因為她一身只剩下了聲音。"[2]此後，"求愛遭拒的女性紛紛要求懲罰納爾基索斯。司法女神涅墨西斯（Nemesis）決定接受請求。一天，納爾基索斯狩獵歸來，途中朝清泉一瞥，即迷上自己的倒影。其目光再也無法離開水面。終於因顧影自憐，鬱悶而亡。他死後，水邊長出一枝花，稱為納爾基索斯花（即水仙）。"[3]

　　用這個神話模式考察謝燁所扮演的角色，我們不難看到她就是厄科。厄科為了得到水仙子的愛，不惜承受水仙子對她的難堪/侮辱。在《英兒》（作家出版社一九九三年十一月版）中，顧城說："雷（指謝燁）我愛你，我敬你呀，不是愛你。你老是不讓我走出去，我真喜歡這種安全。"（頁25。以後引此書，只標出頁數。）她是一個妻兼母職的能幹女子，為了保住詩人妻子的名分，她竟連兒子都捨出去了（《朦朧》，頁105，144）。她對顧城和英兒的難以令人了解的容忍，可能就是悲劇的根源。她承認，"有時的確感覺到很累，有時非常痛苦，想法挺複雜、矛盾的，好與不好的感覺都非常強烈。"（《朦朧》，頁177）因此我們只可以說，他們是生活在神話裏（《朦朧》，頁133）。厄科那種近乎自虐的（masochistic）傾慕也表現在謝燁身上（西伯爾斯〔Tobin Siebers〕認為自戀症是由令人不滿的偶像崇拜所引發[4]。劉以鬯說："她內心要是沒有結的話；或者，她要是對自己與顧城間的關係全無懷疑的話，就不會在小說中說這樣的話：
'所以我知道能夠傷害我的，不是我的丈夫或者甚麼別的人，往
往是我自己。'"（《朦朧》，頁177）不錯，她的屈從於顧城，
可說是自取其咎。他蔑視她，他說："雷其實只有你要過我，但
這不是因爲愛情要的，而是光芒。這不是感情，也不是驕傲，在
別人看來是驕傲。你就是用這個東西愛護了我，而我發現誰都一
無所有。她們拿不出這個東西來，那點小浪漫情感，那點概
念。"（頁22）

即使謝把英兒接到新西蘭去，也得不到顧的愛。謝大概和蘇
偉貞〈陪他一段〉的費敏一樣，都有"上帝情意結"（The God
Complex）[5]。謝堅持要照料所有的人（頁74）。她認爲"顧的
生活能力很低，依賴我簡直到了令人無法相信的地步。"（《朦
朧》，頁118；參《英兒》，頁13）

謝對顧的心理了解得相當深，她說："他是瘋子，是魔鬼，
卻在人間巧妙地找一件詩人的衣服。他混在我們中間，悄悄地做
他的事，他像羊一樣老實，寫天使的詩。要不是這件事把他剖
開，誰也不知道他要的到底是甚麼！"（頁119）"他幻我們爲
有，又視我們爲無！……他是魔鬼，也是魔鬼風中飛舞的葉
片。"（頁120）後面一段話饒有意義。"幻爲有"就是神話中的
倒影──指英兒；"幻爲無"就是厄科──指謝燁。費耶克（A.
Fayek）說，厄科不能成爲"有欲求的客體"（desiring other），
只能依附水仙子的自我。她是水仙子的"聽覺影像"（auditory
image，imago vocis），她的存在不被承認。對水仙子來說，她是
"有中之無"（absence in the presence）。她的死亡象徵水仙子的
死亡[6]。從這角度來看，《英兒》中這句話才有意思："雷只要
離開我，死就到我面前來了……"（頁113）

西伯爾斯在討論水仙子神話時，他說：厄科在回應"不要用
手擁抱我，我寧可死，不願讓你佔有我"這句話時，她迴響着一

種不存在的愛情。拒愛的言詞變成了示愛的工具。她把水仙子的詛咒化作讚譽。表面上，她和他在爭取愛情，但事實上，她們在奪取控制對方的權力[7]。阿本海默（Karl M. Abenheimer）也指出：水仙子嬰孩般的馴服暗含着控制別人的嘗試。他只有在作爲好母親的人被迫永久地和單一地去服侍他的情況下，感到安全。他的順服目的在引致那愛情客體更關注和更縱容他的意願。藉着順服，他要勞役那愛情客體。象徵地說，他要被愛情客體所容納（ contained ）的意願暗含着要把它包容（ contain ）和控制的意願[8]。（他說：" 我的願望無窮無盡，一直一直生長起來，而她明快地包圍、承受着我。"）（頁54）不論是公開或隱藏，自戀症一定是以控制爲目的，因爲只有這樣，沒有衝突的滿足才可以得到[9]。

在顧城的故事中，謝燁就像賴克（Annie Reich）所說的極端順服的女性一樣，她們依附着我們所認爲是突出或偉大的男性。這些男性或者是體格強壯，英俊，性感，或者是有權力，有地位，有才智，有創作力等。上述那些女性覺得沒有了這些男性，就難以活下去；爲了保持他們間的關係，她們願意忍受任何事物，同時，自虐地作出種種犧牲[10]。謝燁認爲顧是個天才，所以爲他犧牲（《朦朧》，頁116-117）。她又一直把顧城抬高，來平衡對他不滿的想法[11]。她說：" 上天只在極少數人的心裏保持了通往天空的道路。在他的眼睛裏，在他被聲音遮蔽的隱密的台階中，我知道穿過這片喧鬧會有怎樣的寂靜和光明。"（《朦朧》，頁104）但當她忍受不了，同時又認識清楚之後（" 他最可怕也最軟弱的是，始終不願意承認別人的情感。他害怕自相矛盾，爲了避免這個矛盾，他情願一了了之。"頁313），便要離開他。但太遲了，悲劇就因此而發生。

至於英兒，她就是水池中的倒影。她令顧城歡欣，也令顧城憤怒，再而自殺。可能是命運的巧合，他把他們所居住的小島

Waiheke Island 叫做激流島，但是"激流怎能爲倒影做像"呢？
（瘂弦〈深淵〉）他不能擁有那倒影，因爲那倒影破滅了，這象
徵他的自我破碎（fragmentation of self）。同時使他感覺到死亡的
滋味（正如在神話中，當他要觸及他的倒影時，那倒影便會破滅
一樣）[12]。當他在德國想着島上的英兒時，感到那島"確是黑黑
的含着死亡"（頁201），"藏着制我死命的人兒"（頁200）。
他期望英兒順從於他——"她永遠看着我/永遠，看着/絕不會忽
然掉過頭去。"（〈我是一個任性的孩子〉）他要控制他——
"我是一個王子/心是我的王國/……/我要對小巫女說/你走不出
這片國土/……/你變成我的心/我就變成世界——"（〈小春天的
謠曲〉）。

　　顧城爲甚麼選了英兒，我們無從推敲。他的情況可能和阿本
海瑪所說的相似：《大國民》（Citizen Kane）主角的第一次婚姻
失敗，因爲他不能愛和尊敬一個自立的人物。他便和一個在路上
碰到的女子搭上了。頭腦空洞和欠缺性格的她使他期望她完全馴
服，和把她依照他的意思和需要去加以模鑄。他相信真的愛她。
爲了證明這一點，送給她很多的禮物和滿足她想要的一切。但
是，即使胸無城府，她也不信他真的愛她；他只利用她使他感到
安穩吧了[13]。順尼和夫（Gerald Schoenewolf）亦認爲一些水仙子
會選一個比他低下的女子爲配偶，同時嘗試駕馭和控制她，直至
她被剝奪了獨立或主動力爲止。他把她視爲須要馴服的女巫[14]。

　　英兒是顧城的倒影，是他的重像。下面是三個例子：

> 　　我們太像了，我們是兩條毒蛇，……我
> 們如此相像，以至於彼此咬一口的時候，就
> 是自己咬了自己。她怎麼能把我的動作給了
> 別人呢。（頁47）

　　　　　她最大的痣在臀邊和我一模一樣。（頁
69）

　　　　　我聽到一聲發自內心的歎息，那是英兒
的，也是我的。（頁71）

還有一個令人難以理解的句子，只有從水仙子神話的角度看，才
能找出它的意義。那句子就是：“她和無聲的世界溶爲一體，在
我觸及她之前，一切是烏有的。”（頁57）如果不從“水池”
“倒影”來解釋，這句話只是囈語罷了。他在〈我是一個任性的
孩子〉中説過“她永遠看着我／永遠，看着／絕不會忽然掉過頭
去”這幾句話，我們也只可用水仙子神話加以解釋。
　　水仙子的神話一而再地在《英兒》中出現。我們看下面幾段
引文：

　　　　　我們是在水邊認識的。我向她要水，她
就給我，我就知道她是我的人兒了。我知道
喝她的水會越來越渴。

　　　　　她有一個魔術，讓石頭在水上跳，把石
頭一扔，石頭就活了。（頁141）

　　　　　我們是光芒和水的女兒。我們都被風吹
來吹去，當我看見你，就想起你來，你怎麼
可能不是我呢？（頁142）

　　　　　他總在水裏看自己的影子。（頁142）

　　　　　我們真正好像生活在兩個世界。她也會
忽然無聲無息，沉浸在自己的迷惘裏。（頁
179）

> 在反反覆覆的鏡子中間，使她熟悉的事
> 情變得陌生。……她可以映照那個倒影，卻
> 不能把它吹動；她細微直了地激起我的欲
> 望，讓我的想像留在虹的兩種顏色之間。
> （頁181）

> 她是從海裏來的，高大，碩美，輕輕唱
> 歌。頭髮在晨光中一開一合。（頁184）

這些文字都和水池倒影有關。至於"石頭"的意識就不太容易明白。根據西伯爾斯的說法，Narkissos 和 narcotic 的語根都有麻醉的意思，因此厄科因迷戀水仙子、水仙子因迷戀自己的倒影，便變成石頭或和石頭一樣，一動不動，不眠不食，致於死亡[15]。在《英兒》中，顧城被說成"像石頭一樣。"（頁60，又參頁107）

一般人都會以爲顧城即使不愛謝燁，對英兒應該會很傾心的吧！但事實不然。他說：

> 她的真情沒有個性。（頁22）
> 她的身體有多麼敏感、放肆、任性、天
> 然、下賤。（頁39）
> 這對我好像不認識她了。（頁52，61，
> 104）
> 我還是不認識她。（頁53）

這完全是因爲倒影對水仙子來說，只是一個視覺的影像（visual imago, imago formae）。這是個存在的（presence of the absence）[16]。他把對方貶低，就不必理會對方，從而體驗到舒暢、涅槃和感覺麻痹狀態，這狀態和特殊、獨立、無懈可擊，以

及完美等感覺有關聯[17]。同時，水仙子對任何人都不會付出愛情，因爲如此就把自己迷失在別人心中[18]。斯圖阿特（Grace Stuart）認爲愛神（Eros）是從水仙子所住的地方被驅逐出來的。

> 我愛是因為我渴望，也是因為我恐懼。……女孩被碰了，我的心就會發抖，因為那是我的心。我是不值得被愛的，所以我不會愛人。（頁110）

> 把心給了別人，就收不回來了，別人又給了別人，流通於世。（頁111）

> 他無法表達他的愛，因為他愛的女孩不能去愛一個男人；他也無法繼續他的愛，因為這種愛使他成為一個父親，這種極端的、自相矛盾的感情，使他遠離社會，去接近他唯一的幻想生活。（頁118）

在他的詩中，也有類似的句子：

> 是的
> 為了避免結束
> 你避免了一切開始
>
> 　　　　　　〈避免〉

他又害怕人離開他：

> 是有世界

　　有一面能出入的鏡子

　　你從這邊走向那邊

　　你避開了我的一生

〈我承認〉

他把一切都理想化，但並不會把自己傾注在外物上。他只有“自我客體”（ self-object ）[19]。他的詩寫着：

　　我想畫下早晨

　　……

　　畫下一個最年輕的

　　沒有痛苦的愛情

　　畫下想像中我的愛人

　　……

　　沒有一顆留在遠方的心

　　它只有，許許多多

　　漿果一樣的夢

　　和很大很大的眼睛

〈我是一個任性的孩子〉

　　討論過謝燁和英兒所扮演角色之後，我們自然會推論到：顧城就是那個主角——水仙子。在神話中，水仙子面對着一泓清水中自己的影像，心生愛慕，但不能和它溝通，不能觸摸到它，因爲當他的手觸摸到水面時，影像就破滅了。待池水再平靜時，影像又出現了。他向它說話，但對方沒有回答；向它打手勢，它只有打相同的手勢給他。他再要觸摸它時，還是失敗了。在象徵的層面來看，那一泓清水就是他的整個宇宙，他希望它永遠靜止，沒有一切紛擾，他就可以看到他的倒影。這倒影就變成他自己的重像（double）。他要清靜，同時把感情專注在自己身上，所以他不會愛其他的人，更不會愛上異性。但他又不能了解自己。當他嘗試這樣做的時候，就會感到死亡的滋味（正如當他要觸及他的倒影時，那倒影便會破滅一樣）。他愛上了自己的外表。只有這樣他才覺得快樂。這種自戀傾向麻醉着他。他不管外間一切；他自以爲是，他只顧找尋和擁有自己的影像。但是當他了解到一切都不是真實時，他把一切委之於命運。

他沉醉於自己的影像時，他成爲英雄。所謂"一將功成萬骨枯"，全世界都在他的腳下。由於他就是宇宙，所以他的戰利品是死亡。換句話說，他的勝利就是自己前途的毀滅（水仙子要得到的是他的影像，但他的成功就意味着影像的破滅）。

（顧城在〈四組靈魂的和聲〉寫着：

不用想了，不用
　　看着我，像天空的凱旋門注視着
　　　　　　　　　　　湖泊
　　　　　　　　　　　　　我
是你的
　　把我變成呼吸、雲朵、淡紫色環形的大
氣吧
我是你的
　　你的、你的、你的
　　　　　　　　　　　　你聽
　　懸掛的黎明搖蕩着，鐘形的琥珀花
　　布滿了田野，從細小的

　　　火星，直到屬於山間巨石的震顫

　響了

　　讓我們不要說話

　　不要動，記住這和死亡同等神聖的

　　　　　　　　　　　時刻

這都可以印證一切。）

　　他的自戀使他的純真染上情慾色彩。為了要保持純潔的形像，他把那不太理想的部份除去（就像軍事英雄一樣，犧牲了很多人之後才可以奠立他的無瑕的形像）。他被自己的美吸引住，沒有想到從別人身上找尋美。這些都使他不會為任何人冒險，更不會去愛人，因為愛會把自己迷失在別人心內[20]。

　　由於他相當可愛，所以他把別人的讚美、愛慕和服務視為當然；他不能愛人，只知愛自己；他也不能合羣（asocial）；他是反社會的（anti-social），反自我的（anti-self）。他的要求很高，當一個目標可以達到時，他又會定立一個更高的目標（顧城說：“我建築自己的理想又把它推倒。”[《朦朧》，頁40]）。心理學家以為這是因為他內心有所謂“內在破壞者（inner saboteur）”的緣故。當然，他不是存心作惡，因他也不是自知地愛上了他自己。事實上，他是木訥和退藏於密的人。為了保護自己，他常常戴上了面具來隱蔽自己的自憎心理（自戀是把原慾壓制着，因而引起痛苦，引起憎恨）[21]。

　　水仙子守在水池旁邊等待他的影像作為實在的愛情客體（love object）出現，可是終屬徒然，所以他說：

　　人在哪呢？

　　心在哪呢？

　　　小小的淚潭邊
　　　只有蜜蜂

〈雪人〉

《英兒》說得更具體：他驚訝地注視着自己，他不能擺脫的愛和
願望。他沒有放過一次機會，逃走；他的神是他的影子，而他要
擺脫的恰恰就是他自己，那個跟他一起奔走的宿命、他的死敵。
當我涉足這個秘密的時候，我所看見的一切，彷彿就都變成真切
的象徵了（頁133）。這兩段話使人想起〈我的幻想〉最後的兩
句：

　　　幻想總把破滅寬恕，
　　　破滅卻從不把幻想放過。

他對着影像說話，但得不到回應，便變得自言自語。顧城說：
"每天說點痴言妄語。"（頁109）"但是想要用語言表達你心裏
的感覺、寫詩的時候，（語言）規則不能總是幫助你，它還會使
你誤入歧途。……我無法對人說話，可我必須說話……。我尋找
屬於我的聲音，我想對人說話，但這是一個悖論。"（《朦
朧》，頁37-38）淩恩（R. D. Laing）認為水仙子永不說出要說
的話，同時言不達意[22]。史明也說："說話是顧城的長處，也是
他生存形式，自說自話，不及其他。"（《朦朧》，頁169）他的
朦朧詩可能歸功於這個精神現象。巴赫（Sheldon Bach）指出，對
他這類的人，語言並不在於傳意功能，而在於建立一種安穩感覺
和避免自尊的喪失。他舉一個病人作例子，那病人說："我的話
空洞，虛假；它們沒有意義。"[23]他的詩，有些特別難解，甚至
不能解，那是否因為它本身並無意義呢？

　　提瑞西阿斯的寓言說：“只要他永不了解自己，便會長壽。”（〈我不知道怎樣愛你〉說：“別說了，我不知道/我不知道自己”）可是，命運卻要他探尋自己。正如他在〈一代人〉所說的：

　　　　黑夜給了我黑色的眼睛

　　　　我卻用它尋找光明

由於他的自戀，他對外面的人和物都無所介懷，也因此而沒有朋友。他非常自負，他說：“（聰明）是給我的，留着我在這世上用的，有這寶貝就沒有這世界了。”（頁30）又說：“雷，你喜歡人，我不喜歡人。……人沒意思。”（頁202）這些話說明了他是如何的自我中心（egocentric）。

　　對於具有水仙子性格的人來說，他生活在自己一手構築的世界裏，讓時間靜止，這樣他才可以把感情傾注在他的影像上面[24]。他說：“我覺得時間好像離開了我，我沒有時間觀念了。一睜眼天就亮了，一閉眼天就黑了，也沒有季節，只有雨季和旱季。有一天我看見鋼釬和石縫之間迸出花來，才發現天已經黑了，山影在傍晚重疊起來，樹上一隻黑色的鳥停在很大的月亮裏，邊上的大樹已經開滿了鮮花（多少天來我並沒有注意它）。我像一個嬰兒那樣醒來了，因爲我不知不覺把我的思想、我自己全都忘記了。幾年之後忽然我醒了，像一個孩子那樣新鮮地看着這個世界，我才發現一切非常的美。我看不見這世界是因爲我的心像波動的水一樣。當我的心真正平靜下來的時候，我就看見了這一切”（《朦朧》，頁43－44）換句話說，他沒有明天：

　　　　我看不見

　　　　我佈滿泡沫的水了
　　　　甚至看不見明天

　　　　　　　　　　〈傾聽時間〉

　　他要擁有一切。顧城説："全部是我的,我要的是全部。這就是
我在這個世界上的瘋狂所在。我要的是全部,哪怕是在空氣裏,
哪怕是在一瞬間。"（頁97）

　　　他預感到死亡,在《英兒》裏,他説:"我的靈魂都是死亡
所生,它願意回到那裏去,就像你們願意回家,這是個無法改變
的事情,……我需要死,因為這件事對於我,是真切的。"（頁
99）在〈就義〉這首詩裏,他已預言他會早逝：

　　　　同伴們也許會來尋找,
　　　　她們找不到,我藏得很好,
　　　　對於那效野上
　　　　積木般搭起的一切,
　　　　我都偷偷地感到驚奇。

　　　　風,別躲開,
　　　　這是節日,一個開始；
　　　　我畢竟生活了,快樂的,
　　　　又悄悄收下了,
　　　　這無邊無際的禮物。……

詩中的"禮物",令人想起《英兒》的一段話："我看見你,我
説:我愛你,我想讓你走進來,到我的牢房裏來。我説的不是像
他們説的那樣,我要給你我所有活着的日子,我説的是,我要給

你靈魂和死亡。……我需要把它給你，因爲我覺得這是一個很好的禮物，……我甚麼也沒有，你知道，除了我的靈魂，除了和這靈魂在一起的不太長的生命。你要它。"（頁99-100）引文中的你是指謝燁，他要在死的時候，也把謝燁帶走。不是嗎？在神話中，厄科是爲水仙子而死的。不幸的是，顧城真的在1993年10月8日把謝燁帶走了：

　　然而，今天
　　是我們——
　　我和你，要跨過
　　這古老的門檻
　　不要祝福　，不要再見
　　……
　　把回想留給未來吧
　　就像把夢留給夜
　　把淚留給海
　　把風留給夜海上的帆

　　　　　　　　　　　　　　〈贈別〉

　　爲了清楚地了解顧城的心理，我們不得不引錄下面的兩大段文字。第一段是顧城的，第二段大概是謝燁寫的。

　　第一段：
　　見頁110－112

　　第二段：

見頁116－120

根據上面文字的描述，我們可以解釋那些看來費解的行爲或心理。現在分別説明如下：

（1）他不願長大，同時"反抗着他的性別"

水仙子是個少年，所以顧城不願長大。他説："我的最深處從來没過八歲。"（頁274）"他的心態停留在某一點上，始終没有發育成熟。他像一個孤僻的孩子那樣，……情願落入怪誕飄渺，或淫亂的幻象之中，……他並不是真的要住一個城堡，或者過一種高於現實的理想生活，在他的內心燃着一種不可理喻的獨佔的瘋狂。"（頁312）在〈簡歷〉這首詩中，他説："我是一個悲哀的孩子／始終没有長大"。又在〈我是一個任性的孩子〉中説："也許／我是被媽媽寵壞的孩子／我任性"。像張愛玲〈紅玫瑰與白玫瑰〉中的佟振保一樣，顧城没有長大。王嬌蕊和英兒細小的身體就影射他們的不成熟[25]（英兒亦被形容爲小女孩〔頁59〕）。

他因爲有戀母情意結，便把謝燁内射爲好母親。（已見上文）。阿本海瑪説："不是所有内向的情況都屬自戀症。只有爲了要逃入一個幻想的樂園或一個内射的好母親這個潛意識目的而變得内向的情況，才是自戀症。"[26]這就是他所以説"雷我愛你，我敬你呀，不是愛你"（頁25）的原因。亂倫的禁忌，使他疏遠謝燁。後來謝生下了小木耳（Samuel），顧不許小孩和他同住，在心理學來説，他產生了"兄弟競爭"（sibling rivalry）情緒。謝燁説："最可笑的是……他認爲兒子搶走了我對他的愛。"（《朦朧》，頁118，參頁114）對顧來説，她是女皇（《朦朧》，頁200），不可褻瀆。如果不從這角度看，我們不會明白這幾句話的意思：

　　她的輕巧給了我一種放肆的可能，一種
男性的力量的炫耀，這是我在你面前所無法
做的，你無言的輕視，使我被羞愧和尊敬所
節制。

　　……　……　……

　　英兒有回低低地問：在那邊你敢嗎？她
是指這樣（性愛）。

　　我說：不敢。

　　她輕笑而不平地說：你就敢欺員我。

（頁44－45）

　　費耶克指出："在第一場景中，厄科是聲音，水仙子是身
體。在第二場景中水仙子是他全部的身體，而那影像只是她臉的
影像，是代表全體的一部分。在神話的第一場景中，厄科作爲敵
體（counterpart），是個女的，而水仙子的臉的影像是男性的，這
使他因愛上這張臉而變爲女性。"[27]根據這一學說，顧城的想法
就並非怎樣驚世駭俗了。事實上，他的戀母情意結，引致"閹割
恐懼"（castration fear）[28]，爲了避免和父親衝突，他就傾向於
女性世界。

（2）他的創造力，和他的帽子

　　無可否認，顧城是個天才，是個高智能的人。克恩伯（Otto
Kernberg）談及這類水仙子人物時説：有水仙子性格的聰明人會表
現出相當有創造力。他們會是工業界或學術界領袖，亦會是某些
藝術領域中的表表者。但長期下來，我們會發覺他們的浮淺和變
動不定，缺乏深度，和在光輝後面的空虛[29]。顧城的詩，當然有

一定的文學價值。它們並非常人可以寫得出來。只有水仙子可以
體驗得到。"他們對時間的經驗，不是連綿不斷，而是不相連
續。他們和小孩一樣把時間空間扭曲，目的在體驗對環境更多的
控制。他們的幻想時常違反了時、空、和因果律。例如，把自戀
症的特徵──分隔──加以否認，就違反了空間的限制；又同時
提出了一個命題：所有都互相關連，所有即一，所有即我。"[30]
顧城就像郁達夫〈沉淪〉的主角，因智能高而發展了他的浮誇自
我（grandiose self），把真實自我（true self）掩蓋[31]。他自我陶
醉。顧城說："我喜歡我好看。"（頁26。〈十二歲的廣場〉
說："我喜歡我好看。"）又說，"生命不太可惜，可惜不在它
希有，在它聰明。……它是給我的，留著我在這世界上用的。有
這寶貝就沒這世界了。"（頁30）

　　他那頂古怪的帽子，其實是有心理學意義的。他"一天到晚
戴着（它），高高的一個圈圈，總不脫下來。'這是我的思維之
帽，可以把外界的紛擾隔絕。'……'我怕冷呢，所以總戴
帽。'──這是另一版本。……看來帽子的象徵性比實用性
大。"這是宋曼瑛給它的解釋（《朦朧》，頁106）。而謝燁則認
爲"上天只在極少數人的心裏保持了通往天空的道路。"（同
書，頁104）那麼，我們不妨叫它做"通天冠"吧。他戴着它無非
是一種炫耀。他用它建立一個浮誇和暴露狂的自我形象（grandiose
and exhibitionistic image of self）[32]。斯法拉基契（Dragan M.
Svrakic）等人指出：自戀症人格失衡（narcissistic personality
disorder）和其他的人格失衡的可靠的分別，在於那浮誇感，對別
人的羨慕的强烈反應，貶低別人，和高度的成就。事實上，自戀
症患者可以達到專業或社會的高位，這可說是由於他尋求讚美的
行爲所引起。……所有自戀症人格失衡的病人都在外在世界找尋
讚美來支持他的病態的自戀症[33]。他可能要掩飾對自己的憎恨，
故衣着特出[34]。綜言之，顧城的帽子就是浮誇自我的表現。

（3）反自我，反社會，離羣

　　上文已説過，水仙子人物只知愛己，不知愛人；他不能合羣；他反社會，反自我；爲了保護自己，他常常戴上了面具來隱蔽自己的自憎心理。自戀把原慾壓抑，引起憎恨。他有一個饒有深意的夢："他是一個八歲的男孩，赤裸的小性器上沾着沙粒。他在找自己的鞋子，他的手上提着一隻，沙灘上除了他，只有這一行腳印。……他看見了。她是從海裏來的，……把潔白耀眼的身體和那隱秘之處，都暴露在晨光中。……她走過去，男孩已經沒有了，唯一的鞋子裏長著小樹。"（頁183－184）他曾説自己只有八歲大，所以小孩是他。鞋子就像灰姑娘（Cinderella）故事中的一樣，象徵性愛[35]。他對母親的性器產生了恐懼，這是因倫理禁忌產生的恐懼，霍尼（Kare Horney）叫這種心理爲"美杜莎恐懼"（Medusa dread）[36]。（這種心理引致小孩把原慾壓抑。）在《英兒》中，我們見到的顧城是與世爲仇，與己爲仇；不知道是不是真的愛過。他憎恨一切生殖的，社會的產生的事物，倫理；他無法表達他的愛（見頁116－120）。

　　他遠居小島，就爲了避開其他人。這和〈沉淪〉的主角一樣，要住在偏遠的地方。克恩伯稱這種生活是"宏大的離居。"（Splendid isolation）[37]斯圖阿特認爲水仙子人物是退藏的人[38]。他像躲在蠶繭裏面[39]（"真像蛋殼一樣。"［頁24］）。所以顧城説："生命一次次離開死亡、離開包裹著你的硬殼，變得美麗。"（《朦朧》，頁87）他知道，人爲了生活，人要承擔一些事，但他卻認爲"對所有人都對的事，對於我不對。"（頁188）同時感到"人没意思"（頁202）。總之，他要藏起來（頁311），別人將找不到他：

　　　　同伴們也許會來尋找，

她們找不到，我藏得很好。

〈就義〉

由於謝燁不讓他出去，他＂喜歡這種安全。＂（頁25）就如
阿本海瑪所說，他＂期盼在沒有衝突情況下得到安穩和滿
足。＂[40]顧城小的時候，＂他越來越想躲開人，躲開眼睛，躲開
喧囂的激越的聲音，只想去那沒人只有天籟的世界。＂（《朦
朧》，頁59）正如水仙子注視倒影時一樣，他因爲有了英兒，所
以要遠離世界（頁107）。

（4）水池，影像，愛情，憤怒

神話中的水仙子面對着水池中的影像，不能得到沒有主體的
客體（ subjectless object ）[41]的愛情，逐致鬱鬱而死。當他面對水
池時，他希望世界一切事物（包括時間）都停止，因爲這樣，影
像才能凝聚不散。他的愛情，其實是個假象。在他沉醉在自己的
影像時，他成爲英雄。那時全世界都在他腳下。由於他就是宇
宙，所以他的戰利品是死亡。換句話說，他的勝利就是自己前途
的毀滅（＂我要把自己分散在敲擊之中／我要聚成她水面的影
子。＂〈叠影〉。他希圖在無衝突情況下自我得到滿足，同時又
保護自己不受自我毀滅傾向的侵擾。因此，他要控制他人。爲了
使自己安心，他會去愛別人，但那被愛者永不是被看作是個本身
值得別人去愛的人。所以愛情是他的自衛手段[42]。……麥加斯基
爾（ Norman D. Macaskill ）說：＂水仙子的個人形象是非常不穩定
的；而爲了保持它而設計的防衛，隨時可以一觸即發，這就引致
對讚美、注意和歌頌的需求，用它們來支撐這個人形象。這種對
別人的依賴使他和別人的關係惡化，强烈的不安全感覺和被擯棄
的恐懼引致對人的狂虐、控制和報復性的狂暴。如果防衛失敗，
就會引致極端的苦惱、恥辱和内心的破碎。＂[43]

顧城覺得英兒"可以映照那個倒影，卻不能把它吹動；他細微直了地激起我的欲望，讓我的想像留在虹的兩種顏色之間。"（頁181）"在他的內心燃着一種不可理喻的獨佔的瘋狂。……他拒絕服從。他在修一堵牆，他默默無言高聲咒誓，都是在對自己說話，……他固執地阻隔了自己，毀滅自己。……他最可怕也最軟弱的是，始終不願意承認別人的情感。"（頁312-313）他接觸不到愛情客體，便說："我只看見圓形的水在搖動/是有世界/有一面能出入鏡子/你從這邊走向那邊/你避開了我的一生。"（〈我承認〉）在他的詩中，也有這些詩句：

　　　我只有沉默
　　　用傲慢或謙卑
　　　來待厭棄
　　　　　　　　　　〈遠古的小船〉
　　　我唱呵，唱自己的歌
　　　直到世界恢復了史前的寂寞
　　　細長的月亮
　　　從海邊向我走來
　　　輕輕地問：為什麼？為什麼
　　　你唱自己的歌
　　　　　　　　　　〈我唱自己的歌〉
　　　然而，我是有罪的
　　　我離開了許多人
　　　也許是他離開了我
　　　我沒有含笑花
　　　沒有分送笑容的習慣

在聖人面前經常沉默

〈給一顆沒有的星星〉

他不大和人說話，斯圖阿特說，水仙子有一個名字叫"寡言"（Taciturn）[44]。黎頓（Lynne Layton）指出：水仙子不是用語言來傳意，而是用作調節自尊[45]。淩恩認爲他不會說出他要講的，或是所講的不是他的原意[46]。顧城自己說："在我成爲世界的時候，世界也就成爲了我，這聲音就是我的語言。……我無法對人說話，可我必須說話，並且生活。"（頁37）更重要是這一段話："我尋找屬於我的聲音，我想對人說話，但這是一個悖論。在最絕望的時候我放棄了對別人說話的企圖。因爲我說話的時候，人贊成的，並不是我，別人不贊成的，也只是他們想像的我。"（頁38）顧的朋友史明說："說話是顧城的長處，也是他生存的形式。自說自話，不及其他。"（《朦朧》，頁169）

他像佟振保一樣，要做他自己世界的主人。所以他勞役謝燁，對英兒亦無愛可言（已見上文）。比較來說，他們相當於孟煙鸝和王嬌蕊。佟對孟的懷疑就和顧對謝的看法相似（"我隱約覺得你的身體有一個歷史。……可是疑惑……。在第一個夜晚……你一下就開放了。這不是我準備好的事情。"〔頁48〕）。佟和嬌蕊做愛之後，"其實也說不上歡喜，許多唧唧喳喳肉的喜悅突然靜了下來，只剩下一種蒼涼的安寧，幾乎沒有感情的一種滿足。"至於顧城又怎樣呢？他說："說實在的有的是讓人疲倦和乏味，可另外一種炫耀卻繼續着。"（頁55）所謂炫耀，是男性的征服感。例如：英兒想像被人强姦，就顯出他的男子氣概（"她喜歡想像自己被捆綁，被搶到山上，她被更强大的身體所支配、摧毀、無望地哀吟着，更顯出小女孩的柔弱。"頁46）他的男子氣概"像樹林一樣强。我的願望無窮無盡，一直一直生長起來。"（頁54）（"我要匯入你的湖泊/在水底靜靜地長成大樹/我要在早晨明亮地站起/把我們的太陽投入天空。"〈南國之秋〉他像上帝一樣，有一種全能的感覺[47]。

當謝燁和英兒不順從他的意思時，他就產生"自戀的狂怒"（narcissistic rage）。當謝拒絕他求婚時，"他變得患情萬端，憤世嫉俗起來。"（頁12）後來，英兒背叛他，使他受到自戀的創傷（narcissistic injury），遂引致殺人自殺的事件。克恩伯說："水仙子被棄或感到失望時，表面會有情緒低落，但骨子裏卻是憤怒，怨懟，充滿了復仇之念。"[48]科赫特（Kohut）認為水仙子自殺之前並沒有罪咎感，但卻有不能忍受的空虛和了無生氣的感覺。他又指出，當人的攻擊性和浮誇自我互相依附時，它將是最危險的。他在受到自戀的創傷後，便產生自戀的狂怒，他要復仇[49]。他"要給世界留下美麗的危險的碎片/讓紅眼睛的上帝和老闆們/去慢慢打掃。"（〈有時，我真想〉）

（5）死亡意願，死亡

上文已指出顧城有死亡意願（"我是屬於死亡的。"頁100）。他認為死不是空虛的，是密集的（頁24）。可能像心理分析學家所說的那樣吧，他的死不過是反回出生前的無機狀態中，免再受到傷害[50]。在臨死時，他想到水（頁40，151）。它就是胎水（amniotic fluid）[51]，代表着母親的胞胎。他說："現在，我卸下了一切/卸下了我的世界/很輕，像薄紙迭成的小船/當冥海的水波/漫上牀沿/我便走了/飄向那永恒的空間。"（〈最後〉）正如福利（Wallace Fowlie）所說，這類型的人物希望一切都靜止，使他可以看到自己，但當他要觸摸自己的幻影時，他就會知道死亡的滋味，因為幻影破滅了。他的理智和感情都專注在他自己本身的主觀幻影中。當他抓不着他的幻影時，他向自己解釋那是因為自己命途多舛。他看到他自己的幻影時，他便開始要了解自己和探

索自己。他的勝利使一切都不存在——除了那毀滅"時間"的意
願之外。在高潮的一刹那，他的自我發現和自知之明都要把自己
的生命毀滅，得來的只是"雖生猶死"的生活。他把自己放逐在
勝利中，就在這一刻中，未來的時間，也被包含在裏面[52]。明白
了這個道理，就可以了解顧城爲什麼說：

> 活得沒有興趣了就該死了。（頁149）
> 我不屑於讓人讚歎，但我這會兒要勝利。勝
> 也沒意思，但敗是不可能的。（頁20－21）

他的死，就是他的勝利。史圖阿特亦說，水仙子不應知道的不單
是人必要死，同時是他不適宜生存下去。由於他不能愛人，也不
能使人愛他，他便覺得生不如死，因爲死了就不知道這一切了。
又說："水仙子的另外一個名字可能是死亡。"[53]是的，顧城說
過："睡吧！合上雙眼/世界就與我無關。"（〈生命幻想曲〉）
對他來說，他回到出生前的喜樂境界[54]。

　　上面的分析雖未能達到一絲不漏，但已足以令我們驚詫於顧
城悲劇的可分析性，就像一個病人向着醫生自白一樣。儘管我不
是心理醫生（shrink），或許沒有人認爲我過於誇大（magnify）顧
城的心理狀態吧！無論怎樣，從心理分析角度來看顧城、《英
兒》，和他的詩，總可以有些新發現。

　　跋：顧城死後，我在聯合報發表了〈顧城：現代的水仙子
——《英兒》簡析〉一文。那時是根據《九十年代》所載的概要
而寫。後來看到全書和其他有關他的資料，便繼續寫成這篇，補
充了一些見解，提供多一些理論根據，同時，又糾正了一些不成
熟的看法。

　　寫完這篇論文之後，頗覺對顧城和他的詩有了一些了解。我

在論文中的意見，大概可以提供給學者們作一參考。

　　此外還有三點可以補充一下：

①我們可以推想：當顧城受到國際文藝界注意時，他的浮誇自我就更膨脹了。國內的讚譽和謝燁的“奉侍”已滿足不了他，於是產生了困擾（frustration）。他進入了“短暫的無聊”（idle interval）。這時，他會有自戀的狂怒，貶抑別人和退入“宏大的離居”（splendid isolation）。他避居激流島，就是這時期發生的。據他自己說，他找到這地方後，終於跨過了這個倒霉的世界，開始新的生活了。但不久，這種所謂桃花源式的生活也滿足不了他。他說：“有的時候我就像發瘋一樣在這個島上快走，我停不下來，也不想吃飯，精神大得不得了。最後沒有辦法，我找了塊大石頭在懷裏，才能慢下來走回家。那真是個絕望的時候，因爲我把最後的幻想放在這上面，而這上面甚麼也沒有。本來無一物，明鏡亦非台，菩提本無樹，我第一次心如死灰。”（《朦朧》，頁43）所謂“心如死灰”，就是指“自戀症缺乏補償狀態”（narcissistic decompensation）。在這狀態之下，一切自戀的心理活動都停止了。其後，英兒去到島上，他過着齊人的生活，於是他的浮誇自我再次得到滋養，便又生氣勃勃了。後來，英兒跟人跑掉。這給予他很大的創傷，於是觸動了“自毀機制”（self–destructive mechanism），因爲他了解到失敗的原因來自他自己。參 Dragan M. Svrakic, ‘Pessimistic Mood in Narcissistic Decompensation,’ American Journal of Psycho-analysis 47:1(1987), pp. 58–71.

②顧城說在1985年聽到聲音，當他像一滴水安靜下來時，他和這個世界的衝突結束了。根據佛埃爾史東（Robert W. Firestone），這聲音是不正常或誤導性的自我保護或防衛，它的作用是保存個人負面的自我概念和心理平衡，而放棄了他（個人）的發展。見“The Voice: The Dual Nature of Guilt Reactions,”

The American Journal of psychoanalysis 47:3〔1987〕, p.221.

③水仙子神話的另一說法是：他把水池中的影像當作是他死去了
的孿生妹妹；由於他不能和他結合，故憂鬱而死（見 Karl M.
Abenheimer, op. cit, p.327）。巧合的是，顧城寫的〈疊影〉，就
和這神話非常相似：

　　　　　假如我有妹妹，我希望像她
　　　　　相像得靈魂都無法分辨
　　　　　她在前，她在後，靈魂在中間
　　　　　長髮濕濕的浸透了晨衣

　　　　　她不會讓黑髮在泉水中散開
　　　　　她不會在閃亮的杉木林裏
　　　　　每棵樹下溪流都薄得發亮
　　　　　遲鈍的鐵斧在深處敲擊
　　　　　…………
　　　　　杉木林，只有它日夜閃光
　　　　　一段段組成了水中小路
　　　　　紅貝殼是她住所的屋頂
　　　　　她關上了木門，就再不出來
　　　　　…………
　　　　　我要清澈地熱愛她，如同兄妹
　　　　　如同泉水中同生的小魚
　　　　　我要把自己分散在敲擊之中
　　　　　我要聚成她水面的影子

　　有些人對心理分析的研究方法，仍然抱有懷疑態度。可是上面所述的如果是巧合的話，未免太多了吧！更重要的是，我們有了一些了解他的詩和小說的線索。這些線索是那些從社會原因作研究基準的學者所不能提供的。

註釋

[1] 《外國神話傳說大詞典》（北京：中國國際廣播公司，1989），頁590。

[2] 楊周翰譯：《奧維德》（香港：上海書局，1975），頁69－71。

[3] 同註［1］，頁590－591。

[4] Tobin Siebers, The Mirror of Medusa(Berkeley: University of California Press, 1983). p. 72.

[5] Grace Stuart, Narcissus: A Psychological study of Self－love(London: George Allen & Unwin Ltd, 1956), p. 85陳炳良：〈水仙子人物再探〉，《中國現代文學新貌》（台灣：學生書局，1990），頁57。

[6] A. Fayek, "Narcissism and the Death Instinct," International Journal of Psycho－Analysis 6 2(1981), pp. 309－310, 313－314, 321.

[7] Tobin Siebers, op. cit, pp. 66－67.

[8] See Bela Grunberger, Narcissism: Psychoanalytic Essays(tr. Joyce S. Diamanti), (New York: International Universities Press 1971), pp. 216－218.

[9] Karl M. Abenheimer, "On Narcissism－Including An Analysis of Shake－speare's King Lear," British Journal of Medical Psychology 20(1945), p. 323.

[10] Annie Reich, "Narcissistic Object Choice in Women," Jounal of the American Psychoanalytic Association 1(1953), pp. 25, 26, 28. 艾斯勒（K. R. Eissler）認為：有些通常是非常堅强和有效率的人會感到愛情有賦予某些價值給客體的效果。他們所積極接觸到的任何事物（只要是值得他們欣賞的）都給予他們一種尊貴的光輝。如果後者使他們失望，將會是個嚴重的自戀創傷，致使他們忽視甚至於否認後者的缺點。" Death Drive Ambivalence, and Narcissism，"

The Psychoanalytic Study of the Child 26(1971), p. 52. 艾杜堡（Ludwig Eidelberg）也有相類似的解釋：利人主義代替了利己主義，客體會被視爲非常重要，我們可以說它吸收了自我。See Encyclopedia of Psychoanalysis(New York: The Free Press, 1968), p. 258.

[11] Annie Reich, op. cit. , pp. 28, 43.

[12] Wallace Fowlie, Love in Literature: Studies in Symbolic Expression(Bl - oomington: Indiana University Press, 1965), pp. 118 - 127.

[13] Karl M. Abenheimer, op. cit, p. 324.

[14] Gerald Schoenewolf, Sexual Animosity between Men and Women(Lon - don: Jason Aronson Inc, 1989), p. 50.

[15] Tobin Siebers, op. cit, p. 59.

[16] A. Fayek, op, cit, p. 310.

[17] See Michael Robbins, "Narcissistic Personality as a Symbiotic Character Disorder", International Journal of Psycho - Analysis 63 (1982), pp. 469 - 471.

[18] 同註12。

[19] 參 Lynne Layton, "From Oedipus to Narcissus: Literature and the Psy - chology of Self", Mosaic 18:1, (1985), pp. 98 - 99.

[20] 同註12。阿本海瑪亦指出他期盼在沒有衝突情況之下得到安穩和滿足；op. cit, p. 325.

[21] Grace Stuart, op. cit, pp. 21, 58, 88 - 89, 110, 125, 129, 138, 159.

[22] R. D. Laing, The Divided Self: A Study of Sanity and Madness(Chicago: Quadrangle Books, 1960), p. 122.

[23] Sheldon Bach, "On the Narcissistic State of Consciousness, "International Journal of Psycho - Analysis 58(1977), pp. 210, 219.

[24] 同註12。

[25] 參陳炳良：《 張愛玲短篇小說論集 》（ 台北：遠景，1983 ），頁76。

[26] Karl M. Abenheimer, op. cit, p. 326；又見陳炳良等譯：《 神話即文學 》（ 台北：東大，1990 ），頁164。

[27] A. Fayek, op. cit, p. 313.

[28] See Gerald Schoenewolf, op. cit, p. 49；also Jack L. Rubins, "Narcissism and the Narcissistic Personality: A Holistic Reappraisal, "The American

Journal of Psychoanalysis 43 : 1 (1983) , pp, 8 , 9. 阿本海瑪認爲暴露狂是對强烈閹割情意結的補償，而男性暴露狂會拒抑對女性的性要求，而精神上閹割自己。見 op, cit, p. 324.

[29] Otto Kernberg, Borderline Conditions and Pathological Narcissism(New York : Jason Aronson, Inc, 1975) , pp. 229 – 230. 自戀的人格失衡的特徵在於浮誇感，對別人羨慕的强烈反應，貶抑別人，和高度成就。事實上，水仙子人物可以達到職業上或社會上的高位，這大概是尋求別人讚賞的行爲所得到的副作用。那些不能有效地達到高位的人，就在幻想中享受這種浮誇感覺。見 Dragan M. Svrakic et al, "Developmental, Structural, and Clinical Approach to Narcissistic and Antisocial Personalities, " American Journal of Psychoanalysis 5 1 : 4 (1001) , p. 419. 參 Rubins, op. cit. p. 9, 他會嘗試成爲某一方面的出色人物，如此，他便可以避過競爭的衝突，和自我批評的痛苦。見 Karl M. Abenheimer, op. cit. p. 325.

[30] Lynne Layton, op. cit, p. 102.

[31] Edith Jacobson, The Self and the Object World(New York : International Universities Press, 1964). p. 200. See also Francis J. Broucek, "Shame and Its Relationship to Early Narcissistic Developments, " International Journal of Psycho – Analysis 63(1982). pp, 372 – 377 ; 他認爲浮誇自我是由羞恥所引起的。

[32] Barbara A, Schapiro, The Romantic Mother : Narcissistic Patterns in Ro – mantic Poetry(Baltimore : The Johns Hopkins University Press, 1983) , p. 13 ; also Thomas Freeman, " Some Aspects of Pathological Narcis – sism. " Journal of the American Psychoanalytic Association 12(1964) , p. 554 ; Dragan M. Svrakic et al, op. cit, p. 419. 史達爾（ Schilder ）亦認爲衣飾是身體形象的一部分，充滿了自戀的原慾。見 Grace Stuart, op, cit, p. 68.

[33] Dragon M. Svrakic, et al, op. cit, p. 419.

[34] R, D. Laing, op. cit, p. 122.

[35] See Ann and Barry Ulanov, the Envied and the Envying(Philadelphia : The Westminster Press, 1983) , p. 60.

[36] Philip E. Slater, the Glory of Hera : Greek Mythology and the Greek Fa – mily(Boston : Beacon Press, 1971) , pp. 20 – 21.

[37]　Otto Kernberg, op, cit, p. 230.

[38]　Grace Stuart, op. cit, p. 21.

[39]　Arnold H. Modell, "A Narcissistic Defence Against Affects and the Illu —
sion of Self — Sufficiency, "International Journal of Psycho — analysis 56
(1975)p. 276.

[40]　Karl M. Abenheimer, op. cit. p. 325.

[41]　A Fayek, op. cit, p. 316.

[42]　Karl M. Abenheimer, op. cit. p. 324.

[43]　Norman D. Macaskill, "The Narcissistic Core as a Focus in the Group
Therapy of the Borderline Patient, "British Journal of Medical Psycholo —
gy 53 (1980), p. 137.

[44]　Grace Stuart, op. cit p. 21 ; also Karl M. Abenheimer, op. cit. p. 327.

[45]　Lynne Layton, op. cit. , p. 103.

[46]　R. D. Laing, op. cit. , p. 122.

[47]　Christine Olden, "About the Fascinating Effect of the Narcissistic Per —
sonality, "American Imago 2 : 1 (March, 1941), p. 353 ; also Jack L. Ru —
bins, op. cit. , p. 5 ; Sheldon Bach, op. cit. , p. 223 ; Bela Grunberger, op.
cit. , p. 61.

[48]　Otto Kernberg, op. cit. , p. 229.

[49]　Heinz Kohut, Self Psychology and the Humanities : Reflections on a New
Psychoanalytic Approval(New York : W. W. Norton, 1985), pp. 139 —
140, 141, 143. See also Robert D. Stolorow, "The Narcissistic Function
of Masochism(and Sadism), "International Journal of Psycho — analysis 5
6 (1975), p. 446 ; 參 Charles Hanly, "Narcissism, Defence and the Posi —
tive Transference, "ibid, 63 (1982), p. 438.

[50]　A. Fayek, op. cit. p. 318.

[51]　Bela Grunberger, op, cit, pp. 24, 107.

[52]　同註12。

[53]　Grace Stuart, op. cit, pp. 109, 161.

[54]　Stephen Frosh, Identity Crisis : Modernity, Psychoanalysis and the Self
(London : MacMillan, 1991), p. 87. 自殺是在母親懷裏酣睡。見
Bertram D. Lewin"Sleep Narcissistic Neurosis, and Analytic Situation, "
The Psychoanalytic Quarterly 23(1954), p. 498 ; Jack L. Rubins, op, cit,

p.13.同時，自殺是把內射的客體殺死。在顧城而言，英兒是他內射的客體。參 Henry Harper Hart, "Narcissistic Equilibrium,"International Journal of Psycho‐analysis28(1947),p.107.

《蠶癡》短評

　　舒非是一位專欄作家，她的詩集《蠶癡》（香港天地圖書有限公司）的出版，真有點令人驚喜。從她的詩中，可以看到她的另一面──不同於專欄中所表現的浮光掠影的一面。

　　大體來說，她比較接近傳統的女性，對愛情、婚姻、家庭的看法，和現代的鬥爭性的女性主義可說是大相逕庭。詩集中第一首詩〈祝福〉就說：“你是一棵樹/…不像我/是嬌弱的花/時時渴望有人呵護”。這種“絲蘿非獨生、願託喬木”的願望在〈海風〉（“你能否承我載我/浪跡遠方”）、〈敞開的心扉〉（“我敞開心扉/…即使你根本/只是虛情假意奉承/…也任由它罷/因為我已沒有設防/而且是那樣的/心甘情願”）和〈花之歌〉（“怕雨淋濕的小花/躲在大樹下/為的是怕傾盆的雨呵/打濕了嬌嫩的她”）都可以看到。從女性的角度出發，舒非把愛情心理描寫得很細膩。例如壓卷之作〈蠶癡〉，它描寫少女情懷可說是妙到毫顛：

　　　萬縷千絲
　　　由米粒般小口嘔出
　　　纏綿細膩

　　一一牽扯自心底

　　若拉長

　　應是無極無限

　　宇宙才可比擬

　　一絲不苟

　　只為編織那遙遠的夢

　　其他如〈彩蝶〉〈望〉對愛情的渴望。當然，愛情是要清純的，
詩人"但願，那是一鑑/明麗潔淨的湖/…只等待/遠方的那片白雲
/飄過來，緩緩飄過來/然後/重重地印在湖心上"（〈湖〉）。這
幾句使我們想起了徐志摩。而"有一搭沒一搭（的談話），有一
片無一片的雲朵，有一聲無一聲的鳥鳴"就是詩人對愛情所採的
隨緣態度。但在詩中的女子卻是欠缺主動的。她"想涉/又怕沾濕
/華麗衣裳/…只能怯怯唱支歌"/（〈怯〉）。這好像是《詩經・
國風》的綜合體：〈褰裳〉的"褰裳涉溱"，〈大東〉的"豈不
爾思，畏子不奔"，和〈考槃〉的"獨寐寤歌"。總之，她希望
對方採取主動。

　　昇華了的愛情，當然是"璀璨"的（〈雨後〉）；像"清脆
悅耳"的風鈴一樣（〈買風鈴的日子〉）；更有點"微醺的感
覺"（〈微醺〉）。當愛情使二人"渾然為一"時，詩中的我
"閉上雙眼/花如春雨/紛然灑向大地/天地在飛旋/剎那間/朝暉已
將花朵/一一點明"（〈夜花〉）。

　　除愛情外，舒非也關心人世間事。生存在混濁的社會中，一
般人都無奈地、無力地活下去。在大染缸中，"出淤泥而不染"
的理想，談何容易。〈泥地〉一詩會令我們想起了龔自珍的"及
長周旋雜痴黠"：

> 大雨後的泥地
> 稀爛不堪
> 多少人的腳
> 千萬次踩進
> 踏出
> 腳跡連疊着腳跡
> 早已分不清
> 誰是誰的
>
> ……
>
> 堅定的個性
> 自我的感情
> 統統
> 淹沒在腳印裏
>
> 泥地的面目
> 愈來愈模糊
> 愈
> 　　來
> 　　　　愈
> 　　　　　　模
> 　　　　　　　　糊

這和〈湖〉所說的——"明湖豈能纖塵不染"同一意思。所謂
"世事洞明皆學問",詩人就說:"歲月賜給它/成熟的標誌/

……走向圓融與深沉"(〈竹椅〉)。在處世方面，有時不免用
"橫眉冷對千夫指"的態度來應付，舒非則以熱笑來對付冷笑，
更見幽默感（見〈冷笑熱笑〉）。

　　作為一個女性，詩人對以色相維生的人加以鄙棄。"白雪般
的肌膚／印滿污濁的疤痕／臉上／卻還裝着迷人的嬌羞。"這幾句話
是何等的嘲弄。而〈淡〉描寫了在生活掙扎中一無所得的人。他
們"恢復往昔的木然"，"咀嚼曾經的風華"。在末段，詩人饒
有禪意地說"竹林深處的小徑上／朝暉灑灑地擲下／無數閃閃金幣／
彷彿咣噹有聲／欲怎麼樣也抓不住"。

　　親子之愛也是詩人的素材，在〈喚〉中的母親，給兒子的呼
喚聲在死亡邊緣上叫醒。而〈海邊小景〉更描繪了一家的歡樂。
這個主題在新詩中是不多見的。

　　總的來說，舒非的詩清新暢順，偶然也有點朦朧。從批評的
角度來看，這容易流於浮滑。不過，比起其他矯揉造作，故作朦
朧的詩，我寧願看些平易流暢的作品。所謂"欲觀詩語妙，惟造
平淡難"，想舒非當知其中三昧。

輕性女性
舒非〈窗外紅花〉析論

　　在嚴肅文學和通俗文學之間，我認為應該加多輕性文學這一個種類。所謂輕性文學是指那些文字流暢，容易閱讀，內容不怎樣深廣，但卻時有巧妙（subtle）描寫的文章。如果以古典文學為例，北宋的詞和晚明的小品都可算是輕性文學。有些唐人絕句也是輕性文學。例如王維的〈雜詩〉三首之二：

> 君自故鄉來，應知故鄉事，
> 來日綺窗前，寒梅著花未？

這四句明白流暢，淺人也能明白。只是末句微妙之處，就不容易看到。第三句的"綺窗"出自〈古詩十九首〉：

> 西北有高樓，上與浮雲齊，
> 交疏結綺窗，阿閣三重階。
>
> ．．．．．．．．．
>
> 願為雙鴻鵠，奮翅起高飛。

加上＂故鄉＂和＂來＂的重複，更强調了別離之苦。因此，末句
並不衹問花開未，而是問閨中人別離之創傷已平服了沒有？因爲
在冬天，梅花開放便會給人添上一點生氣、一線希望。如果我們
把三、四兩句照字面意義來解釋，這首詩就不見得有甚麼突出的
地方了。黃叔燦《唐詩箋注》說：＂寫來眞摯纏綿，不可思議。
着＇綺窗前＇三字，含情無限。＂（見劉拜山、富壽蓀：《唐人
絕句評注》〔香港，中華書局，一九八〇〕，頁三七引）。畢寶
魁認爲＂來日＂兩句具體意蘊難以確定，但一定有深刻的內容，
所以稱讚這兩句 詩凝鍊深刻，意蘊委婉（見孟慶文等：《唐詩三
百首精華賞析》〔海口：南海出版公司，一九九一〕，頁五二
六）。根據這組詩的第三首末兩 句，＂心心視春草，畏向玉階
生＂（即怕想起別離之苦，有《詩經》＂其室則邇，其人實遠＂
之意），上面關於＂綺窗＂兩句的解釋是可以接受的。

　　一般來說，很多非通俗小說都可算入輕性文學的範圍內。最
近我看過的一些小說，我覺得其中不乏輕性作品。例如舒非的
〈窗外紅花〉就是一篇輕性的小說（發表在《星期天周刊》）。
它敘述女主角余瑛有一天接到一個小學男同學的電話，說他剛經
過香港，要見見她。這使她勾起了一連串的回憶。她又記起前一
次和他見面的時候，已經是分別了二十年了。

　　在這個表面看來平淡的短篇中，我覺得有一點最值得我們欣
賞的地方，那就是傳統女性的含蓄。作者用相當巧妙的文字來傳
達這種傳統女性的微妙（delicate）心情。當女主角回憶那小男生
時，她說：＂我至今不知道，是（他）的＇存在＇使我注意了
（他家）那扇窗子那盆鮮（紅的）花，還是那盆艷麗的花，使我
注意了那座陳舊的樓房裏的一扇明亮的窗子？＂當她知道他和小
蓮要好時，她＂不再瞥他＂，＂也不再抬頭望 那扇高高的窗 子和

那盆紅紅的花”。

　　這些句語，把情竇初開的小女孩暗戀的心理很細膩的描畫出來。這些句語也回應了上文那幾句話：

> 他有點驕傲，走路高昂起頭，直着腰板——
> 後來我才知道，我對腰桿挺直的男士是有好
> 感的。

　　在第一次重逢時，他說：“我印象中的你，非常害羞，非常內向，永遠不敢跟男生講話……”女主角的反應是：“不管如何，那時候（他）眼中的我，肯定就是這個樣子的了。”晚上，她夢見了那扇陳舊的但擦得很亮的窗子，高高在上，窗台，有一盆盛開的紅花。

　　顯然，女主角觸動舊日情懷。在這種情況之下，今日的女性可能會引以爲傲，或者藉此重度昔日璀燦的一刻。但作者用一個逆轉的手法（ peripateia ）把整個故事收束：

> 我想我應該再給（他）掛個電話。
> “……今天晚上我有公事不能跟你吃飯了。
> 等下回再找機會吧？好嗎？”
> 電話筒沉默了很長時間。
> 最後，一把很低沉的嗓音傳過來：“好吧，
> 不再打攪你了。”

　　這段話，頗爲費解，但卻耐人尋思。它雖然没有張愛玲的辭

采，但人物（男女雙方）的微妙心理卻很傳神地寫出來，和張愛玲的手法有異曲同工之妙。

　　我覺得描寫思想開放和性開放的女性主義文學作品比較容易吸引讀者的注意。但像〈窗外紅花〉那樣平淡如絕句詩的作品就不容易寫得好。它要 " 神氣內斂，不煩繩削 "，尤其能 " 曲終奏雅，含蓄無盡 "，實在難得。可算是輕性文學的表表者。

〈窗外紅花〉的"閱讀"

　　我曾經用"文學流暢、意義含蓄"的角度分析過舒非的〈窗外紅花〉。現在我想再用這篇小說來談談現在流行的"讀者反應"或閱讀理論。

　　所謂"讀者反應",簡單地說,就是讀者參與作品意義的創造。以往的想法,是作者把他要表達的思想或情感通過作品傳給讀者,就像用一個郵包把東西寄給別人一樣。收件的人,所得到的東西就和投寄的一樣,不多也不少。這種傳統的想法,已被否定,因爲如果所有讀者得到的意義都是相同的話,就無所謂文學批評,更不要說詮釋學(中國古代"章句之學")了。劉勰《文心雕龍》說:

> 　　然才有庸俊,氣有剛柔,學有淺深,習有雅
> 鄭,並情性所鑠,陶染所凝,是以筆區雲
> 譎,文苑波詭者矣。

這段話說的雖是文學創作,但亦可用於文學評論方面。"情性所鑠,陶染所凝"兩句大致上和西方所說的"文學能力"(literary compretence）和“詮釋社群”（interpretive community）相似。前者指個人的學問修養在文學評論上表現的功力，後者則指社會或教育制度給予文學評論的影響。

　　既然讀者可以參與創造文本的意義，因此理論家們就有“具體化”（concretization）、“空白”（blank）和“不穩定性”（indeterminacy）的說法。簡括地說，它們都指出讀者可以在文本中某些文字中加入自己的理解。舉例來說，李煜的“流水落花春去也，天上人間”，就是“空白”，就是“不穩定性”。至於能否“具體化”，就見仁見智了。我認爲“天上人間”是句“不必解”的詩（見明朝謝榛《四溟詩話》）。即使解出來，也覺辭費，正如新批評“闡釋即異端”的說法（heresy of paraphrase）所反對的一樣。

　　爲了要讀者參與文本意義的創造，作者在有意無意之間故意賣關子，例如破壞文字結構等手法，來誘發讀者的想像。王維〈雜詩〉（“君自故鄉來，應知故鄉事，來日綺窗前，寒梅着花未？”）所問，有乖常理。（不問家人安好，而問梅花開未？）就是伊澤爾（Wolfgang Iser）的“呼喚的結構”。再加上“綺窗”的“文本互涉”（intertextuality）（見〈輕性女性——舒非《窗外紅花》析論〉更使讀者着意去推敲了。

　　舒非那篇小說用結尾的逆轉來作“呼喚的結構”。這種手法，在絕句中，往往見到。例如李白的：

　　　　越王勾踐破吳歸
　　　　義士還家盡錦衣

宮女如花滿春殿

只今惟有鷓鴣飛

前三句線性發展極合戰勝的歡樂，然後用拗句（" 滿春殿 "）作
爲" 呼喚的結構 "，引出末句的逆轉──" 固一世之雄也，如今
安在哉！"

　　舒非用平淡的手法描述電話約見，引起暗戀情懷和前次會面
的回憶。這些回憶雖然未必美好或甜蜜，但肯定並不苦澀。用這
些背景作爲參照，讀者會期望故事中的女主角會和舊友見面暢
叙。正如胡塞爾（ E. Husserl ）所說：" 每一種原始的構成過程都
受持續時間的推動，它構成並且收集即將產生的東西的種子，從
而使這些種子結果。"（伊澤爾著，霍桂桓、李寶顏譯：《 審美
過程研究 》［ 北京：中國人民大學出版社，一九八八 ］。頁一百
四十八引）但讀者突然遇到逆轉（ 女主角取消約會，舊友無奈地
說：" 好吧，不再打擾你了。"）令人出乎意料之外。英伽登
（ Roman Ingarden ）認爲：" 在完成對一個句子的思考之後，我們
就得準備思考它在另一個句子形式中的' 延續 '；當一個句子和
另一個句子有聯繫時，情況尤其是這樣。通過這種方式，讀者對
文本的閱讀過程就可以順利地向前發展。但是，如果偏巧第二個
句子無論如何和第一個句子沒有可以感知的聯繫，那麼就需要檢
查這個思考進程。或多或少的生動的驚奇或者煩惱都和由此而來
的脫 漏有關。如果我們要重新開始我們的閱讀進程，就必須克服
這個障礙。"（上引書，頁一五〇引）當然，作者沒有解釋女主
角爲甚麼這樣做，這就是" 呼喚的結構 "。正如後結構主義者德
希達（ J. Derrida ）所認爲文本的文字並非彰明較著（ without posi-
tive terms ），是以意義是沒有決定性的（ undecidability ）這一說

法。對於〈窗外紅花〉的最後幾句話，一些讀者會感到沒有意義，可能還覺得女主角有些怪僻。但如果把傳統婚姻道德作爲參照，那麼意義便突顯出來了。伊澤爾說："每一個閱讀時刻都對讀者的記憶施加刺激，這樣被它們喚起的東西就能夠以這樣一種方式激發視野，使它們不斷地相互修改、並且通過這種互相修改，都得到具體化。我們的例子清楚地表明，閱讀並不純粹是向前進行，被讀者回憶起來的閱讀片斷也具有一種回溯影響，用現在改變過去。由於對叙述者視野的召喚消弱了人物視野中明確宣佈的東西，這樣在文本中就出現了一種具體的意義。"（同上書，頁一五四）這個說法給我們詮釋過程作一個簡單的介紹。

雖然〈窗外紅花〉的作者提出了傳統婚姻道德的主題，但是她也把傳統的男/女、主動/被動的等級制顛覆了（即德希達的subversion of hierarchy）。女主角主動地取消了約會，使小男生顯得無奈。從女性主義的角度來看，倒也是相當現代的。

我們又可以從俄國形式主義的角度來看上面討論的"閱讀"問題。俄國形式主義者認爲上文所說的逆轉，是一種乖離（deviation）。它也屬於"前景化"手段（foregrounding）之一。這種乖離不在文字運用上（相當於"陌生化"），而在於文本以外傳統、習俗等方面。一般讀者都以爲〈窗外紅花〉的女主角會欣然赴約，但結果適得其反。這顯然超出常理。故此這一類的乖離是"統計上的乖離"（statistical deviation）。這種手法的效果是：（１）令人記憶，（２）令人耳目一新，（３）重要性的增加，（４）引發討論（參考 Willie van Peer, Stylistics and Psychology: Investigations of Foregrounding）。

總言之，我希望通過上面的討論，把西方的閱讀理論介紹給

一般讀者，希望他們能打破以往的以作者或/和作品爲中心的概
念，以便建立詮釋文學作品意義的合理性。

鍾玲短篇小說集《生死冤家》序

　　一個出色的作家會處理一些特別的主題，表達一己的觀點和信念。在文字技巧方面，又能獨出心裁，別闢蹊徑。當這兩方面配合起來的時候，就做成作者個人的印記（signature）。古人說："文如其人"。布封（Buffon）說："風格即人（Le style est l'homme meme）"都是這個意思。但是我們不能把小說裏人物的經驗看作是作者自己的，否則，我們便忽視了文學的"虛構性（fictionality）"和作者的"創造性（creativity）"了。

　　鍾玲早年以詩和散文知名，來港以後，寫下了〈美人圖〉組詩和幾篇小說。從這些作品來看，鍾玲已變成了一個完完全全的女性主義作家。她用女性的叙事觀點（point of view）來講述她的故事。邵窩忒（Elaine Showalter）指出，美國女性文學經過了三個階段：一・女性的（feminine），二・女性主義的（feminist），三・雌性的（female）。第三階段的時候，女士們會追求並要得到她們所需要的。根據這一個看法，鍾玲的作品已踏入第三階段了。

　　不錯，〈鶯鶯〉的女主角雖是黃花閨女，但是對異性亦有慾求。一開始，作者就描述了鶯鶯的性幻想：

　　我喜歡騎馬的趣味，就像此刻，在回暖的初
春，青嫩的葉芽在夾道的榆樹上閃亮，我雙
腿夾著健碩的馬腹，即使隔著層絲棉夾褲，
隔著層鋪在馬背上的薄毯，我仍然感受到這
匹馬悸動的肌腱，感受到牠賁張的血脈。這
種顛簸好刺激……

母親把她關在普救寺內，不許她外出，隱喻了禮教的壓抑。她的
綺夢促使她去捕捉短暫的愜意。縱使知道對方是高門世族，而自
己只是富商之女，婚姻是無望的，卻還不顧後果，委身給他。這
種自尊和情慾交戰的描寫，雖然比不上湯瑪士·曼（Thomas
Mann）的《魂斷威尼斯（Death in Venice）》所描寫的那麼驚心動
魄，鶯鶯的內心矛盾作者也作出交代。在《魂斷威尼斯》中，男
主角阿森巴赫亦是個守身如玉的有地位的人，但一旦遇上美少年
達秋之後，便拋卻自尊去追求心中所愛，終於導至死亡。而鶯鶯
則覺得在一個月後，她和元維之會各奔東西，難以見面，於是便
不計較“自獻之羞”，放下閨女的尊嚴，做出越禮之事了。較之
元稹原作，在鍾玲筆下，鶯鶯態度的轉變自有可能（plausible）·
值得注意的是鍾玲把元稹的男性觀點倒轉過來，對女性情慾的糾
纏提出新的看法。小說的末尾也暗示鶯鶯的母親亦會有越軌的行
為，這強調了女性情慾的合理性。

　　還有一點，劉以鬯也曾把《西廂記》改編成〈寺內〉。他用
美學距離（aesthetic distancing）的手法來處理情慾的問題。容世
誠指出“〈寺內〉交織着多種不同不同的聲響：作者的、敘事者
的、講唱者的、〈寺內〉的鶯鶯的、君瑞的、紅娘的、其他西廂

故事裏的鶯鶯的、君瑞的……等，他們分別在不同時空背景裏，向讀者說話。而這些不同背景的說話，分屬兩個範疇：作品裏面西廂故事人物的聲音，和作品裏敘事者的聲音，前者是西廂故事以內，後者是在它背景以外的。"（〈本文互涉和背景：細讀兩篇現代小說〉見《香港文學》六十五期，一九九○年五月，頁二三）相對來說，鍾玲用第一人稱的觀點，更容易引起讀者的同情。

　　另外一篇改編自宋人話本〈碾玉觀音〉的故事和〈鶯鶯〉一樣都只是情節上的重新安排。這種新安排（俄國形式主義者稱之為"蘇熱特"［sjuzet］配合第一人稱的女性敘事觀點，使故事的開展更為順暢。璩秀秀和鶯鶯一樣，自覺長得美麗，雖然出身商家，卻要嫁入詩書門第。小說中，兩人都幾乎落入粗暴的武人手中。所以當她們碰到了溫文俊俏的後生時，便狂熱地愛上了他。她們出身商家，禮教似乎沒有多大的約束力。她們直接地、毫無做作地去追求她們的意中人。當然，在故事中，她們都是不幸的。鶯鶯被元維之拋棄，秀秀則被郭立害死。元和郭兩人都要追求富貴。相形之下，鶯鶯和秀秀可說是率性而行了。鍾玲筆下的女性感情是不受社會規範或功利思想所限制的。鶯鶯覺得：這些日子他的確真心待我，那也只好不管長久不長久了。當維之離開時，她：

　　　　不許自己在他面前流淚。像他這種高傲的
　　　　人，淚水是留不住的。

至於秀秀，她為了要得到崔寧，她對自己說：

> 我不管了，郡王睜圓的怒目，差役高舉的長
> 棒，我都不管了。我要做一隻飛翔的鳥，不
> 做繡死在郡王錦襪上的一朵葵花。

報了仇後，她不願意成爲孤魂野鬼，而是要把崔寧帶到陰間：

> 我向來追求的都是在流變的歲月中，兩個人
> 堅如美玉的深情。不，我絕不放棄崔寧。我
> 需要他，他也需要我；沒有我，他不過是個
> 藝匠，有我，他才能發揮創意。

秀秀的愛情可說是生死不渝的。我以前曾指出過，鍾玲筆下的愛情是濃烈的，經歷過死亡的。秀秀的故事使人想到外國的電影「Ghost」（港譯「人鬼情未了」），但是從情節來看，前者更爲感人。

在〈生死冤家〉中，秀秀精魂得以不散的原因是因爲她身上有一個玉佩。鍾玲喜愛鑑藏古玉，她的〈過山〉中，女主角紫燕也是通過一個古玉鐲回到古代的時空，更化身爲南越國王的妃子姝艷；還經過了亂倫、殉葬、李代桃僵的傳奇故事。在這篇小說裏，女主角也抗拒男性（尤其是年紀大的男性）的愛。這種愛是單向的。說得明白一點，那是一種慾的發泄——向弱質無助的年輕女子的淫虐。下面的引文可見一斑：

> 陛下枯瘦的手抖索地向我伸來，手背上撒遍
> 滿地錢似的老人斑，……陛下湊在我耳邊
> 說，我嗅到他呼出來的惡臭，……他的手依

戀在我軟綿綿的細腰上。（〈過山〉）

當晚我我做了個離奇的夢。有個粗壯的大鬍
子緊抱住我策馬飛奔，馬鞍上還掛了三個切
下來的和尚頭顱。他的鬍子亂針一般地猛刺
我的脖子。忽然，他被人砍下馬去，一雙有
力的手抱我上了另一匹馬，我在元維之的馬
上，他只輕輕地扶住我的腰。（〈鶯鶯〉）

他胸口的灰色長毛，肚臍下一層層肥肉，那
個又黑又皺的難看事物，都令我發毛。……
他龐大的背部猛搖，汗像黃梅天牆上的水
珠，不斷滲出來，背上的疤紅亮起來，一條
條蠕動的蚯蚓。我努力引導我的想法，他保
衛疆土身受的刀疤箭創，不應該厭惡，但卻
忍不住聯想到戰場上堆積的屍體，好噁心。
（〈生死冤家〉）

"屍體"這個辭也暗喻咸安郡王所曾臨御的姬妾。

　　三篇小說中的少女都追求她們理想的對象，姊艷和秀秀雖然
面對死亡也不退卻；而鶯鶯：

　　　自從那禁不住的夜
　　　為了舒解一種渴懷
　　　登上鋪滿月輝的床

　　　　絕望就開始蠶食我

　　　　因為你一個字也不說

　　　　不說明天，不說未來

　　　　　　　（〈鶯鶯讀《會真記》有感〉）

但她並不後悔，因爲：

　　　　只有那夜拂牆的花影

　　　　記得一度純美的愛情

　　　　因為拂過你堅貞的面容。

　　　　　　　　　　（同上）

（上面的詩發表在《聯合文學》一九九一年四月號。內容大約和
〈鶯鶯〉相同，故借用以說明。）爲了一刹那的愛情，對鶯鶯來
說，一切的犧牲都是值得的。鍾玲在〈黑原〉中描寫主角找到愛
情時的感受：

　　　　劃然天地又裹在閃閃銀光之中，他的手輕撫
　　　　着我的，我聽見他的耳語：「你看，開花
　　　　了。」黑原上，遍地怒放着黑色的花朵，一
　　　　直到天際。

　　總結第一組的三篇小說來說，作者首先把讀者帶進古代的時
空，感受一下男權社會下女性的掙扎和懸望。女主角雖曾爭取得
短暫的燦爛愛情，結果還是以悲劇或死亡終場。她們的無力與無
助，和一時的歡娛的對比令人不勝欷歔。我相信讀者不會說中間
的一些描寫是過於淫鄙的。

　　第二組共有四篇，包括＜刺＞、＜女詩人之死＞、＜逸心園＞和＜望安＞。第二和第四篇，我都曾作過深入的討論；我也談及＜刺＞（見＜照花前後鏡＞、＜三棱鏡看下看望安＞、＜水仙子人物再探＞）。只有＜逸記園＞一篇，還沒有討論過。

　　作者在＜逸心園＞敘述了一件怪事。一間公寓內的三個房客，先後都遇上不幸的事故。第一個房客的新婚妻子不能和他共處。第二個則生意失敗，變成經濟犯。第三個也因生意失敗而患了精神病。這故事雖不尋常，但也不算很突出。作者在其中穿插了一些性和婚姻的細節後，就使作品多了一層意義。吉村的太太"不適應過婚姻生活。……結婚以後住在一起，才發現彼此沒有辦法相處。"譚先生"一叫叫兩個……香港的雛妓。"而最後，女房東認爲第三個房客魯賓遜先生"除了在香港商場上敗下陣來，承受不了心理壓力，必然另外還忍受不了那方面﹝按指性﹞的苦悶，才發了瘋的。"從這些文字看來，作者似乎對婚姻有着命定的看法，因爲住在那瀰漫着陰森之氣的公寓裏的人都沒有愜意的、正常的婚姻。

　　此外，作者又把愛和死牽在一起。當她第一次目擊車禍後，她想起了她快要來臨的初夜：

　　　　想來人生會跨過一些重要的門檻，其重要性
　　　　有如一本書的第一頁第一行，明天我跨的門
　　　　檻可能混合一些疼痛、新奇、親密。對今天
　　　　車禍中的那個女人而言，她跨越的門檻應該
　　　　充滿了絕對的驚恐。

通過門檻的意象，作者用新婚比喻死亡。在西方神話裏，愛
（eros）和死（thanatos）是二而一、一而二的。因此，目擊第二
次車禍後，女房東又聯想起性來：

> 原來竟有那種感覺上極度的舒暢，應該就是
> 所謂的高潮。……這種事，其實是一種道家
> 的境界……。我忘了利達（丈夫）的存在，
> 利達也忘了我的存在，但我們的知覺，極敏
> 銳、極放縱的知覺，業已融成一片。

愛和死這個母題（motif）是鍾玲很喜歡寫的。在〈女詩人之死〉
和〈望安〉都涉及這母題。我曾經說過：

> 在我看來，鍾玲追求的是至死不渝的愛情。
> 但是，作為一個現代的受過西方教育的女
> 性，她並不希罕男性的給予（參考〈焚書
> 人〉，見《芬芳的海》，大地出版社，一九
> 八八），她要探索。黎海華說："〈輪回〉
> 裏的男主角之死喚起女主角心靈的新生。"
> 他的死觸發了女主角對愛情的初步認識：愛
> （縱使是單方面的，一廂情願的）可以變成
> 激情或是迷戀（obsession），它可以轉化為
> 死亡。其後，〈永遠不許你丟掉它〉（見
> 《鍾玲極短篇》）顯出了作者通過了一張舊
> 照片上的題字希望留得住青春。這點使我們
> 想起了《紅樓夢》裏面薛寶釵的項圈上面的

題字——"不離不棄，芳齡永繼"（第八回）。不過，正如夏志清和蒲安迪（Andrew Plaks）等人指出，《紅樓夢》裏面的大觀園實在不能庇蔭那一群要保持清純的少女。水池中的影像終會破滅，正如唐婉在綠波的身影，縱使用整個春天等待陸游重臨，一定是徒然的（參考〈唐婉〉，見《芬芳的海》）。一旦情愛襲來，它是不可抗拒的，〈蓮花水色〉（見《鍾玲極短篇》）中的流雲和尚便"一夜之間老了二十年"。《紅樓夢》的愛情故事只印證了佛家的"求不得苦"和"愛別離苦"這兩種人生現象（〈三棱鏡下看望安〉）。

在其他三篇小說中，我最喜歡的是〈女詩人之死〉和〈望安〉。前者着重在心理的刻畫，後者則涉及神說原型（archetype）。〈女詩人之死〉中的歐陽潔秋和白先勇〈芝加哥之死〉中的吳漢魂不同。吳是因爲疏離感（sense of alienation）做成了身分混淆（confusion of identity）的感覺。當他要面對社會時，便無所適從，唯一的方法是返回母胎（冬天時，他住的地方像愛斯基摩人的雪屋［igloo］，亦是母胎的象徵）。而潔秋則因爲自戀而自殺。

從心理分析的角度來看，歐陽潔秋對自己含有很深的愛意。在她的幻覺裏，藍鳥是她的情慾的化身，所以她從金字塔的玻璃窗看到自己和一個男人做愛，而那男人又是潔秋自己（見修改本）。作爲一個水仙子人物，她孤高自賞，所以她心目中的對象是要手創自己的塑像。她對自己的了解做成了對自己的憎恨,跟着,面對死亡。事實上,她的死是回到生前的無機狀態。另外,她亦可以說是存有"戀父情意結(Electra Complex)"。她記起在童年時代,父親答應買一隻烏娃娃給她;但是爸爸死了,變得支離破碎,而她的自我也支離破碎了。

我們可以在鍾玲的三篇小說(〈女詩人之死〉、〈刺〉、和〈過山〉)看到女主角的身外身(alterego),她們對肉慾都加以鄙視。〈刺〉裏面的凌珂也和其他女孩子一樣,有着戀父的傾向,她親眼看到母親和另外一個女人搶奪她的父親,同時,她母親又告訴她,沒有一個男人是好的,因此把戀父的心理壓抑着,並且把好母親(good enough mother)內射(introjected),來減少內心的衝突。

如果我們用"戀父"這一個母題來看鍾玲的〈女詩人之死〉這三篇小說,或許我們可以說,〈女詩人之死〉描述小女孩對男器——父親的羨慕,〈刺〉就指出這種心理對母親的影響,而〈過山〉就更進一步警告戀父是一種亂倫行為,是會受到懲罰的。這是一種禁忌(taboo),是不能觸犯的。

最後要談到〈望安〉。顯而易見,它的主題是追尋(追尋啓雄曾祖母的墳和胡麗麗的自我)。故事的結構和坎貝爾(Joseph Campbell)所提出的"單元神話(monomyth)"相似。胡麗麗進入無人地帶,經歷了內心的掙扎,進行了聖婚,得到了啓悟/自我的發現。這故事也和得墨忒爾(Demeter)找尋女兒珀爾塞福涅(Persephone)的神話很相似。它們都叙述生殖能力失而復得的故事。得墨忒爾本來是玉米女神。她曾在犂過的田裏野合,因此她被視為增殖女神。〈望安〉中胡麗麗就有這樣的感覺:

　　他是船，划我，犁我的大船，銳利的船身剖
　　開我。

犁田是性愛的隱語。中國古代藉田禮就是增殖儀式。而在心理層面上胡麗麗也有戀父情意結。她把阿公投射在啓雄身上，解開了心理障礙，只希望替他生個孩子。

　　總的來說，這幾篇的小說都貫串着作者的女性主義精神、對愛情的看法、奇情的佈局、流麗的筆調。它們還涉及心理學上的問題（例如自戀〔narcissism〕、戀父情意結〔Electra complex〕、閹割情意結〔castration complex〕等），和神說原型（指坎貝爾的單元神話或啓悟模式，和伊利阿地〔Mircea Eliade〕的永劫回歸〔eternal return〕）。這使她的小說值得讀者深入探索其中所包涵的意義。它們的藝術價值和很多當代作家的作品比較起來，是相當突出的。洪範書店把它們裒爲一集出版，可說是讀者們的福氣。

　　　　　　　　　　一九九一年十月一日寫於
　　　　　　　　　　香港嶺南學院現代中文文學研究中心

形式、心理、反應：中國文學新詮 / 陳炳良著
. -- 臺灣初版. -- 臺北市：臺灣商務，
1998 [民87]
　　面 ； 公分

ISBN 957-05-1431-0 (平裝)

1.中國文學 - 評論 - 論文，講詞等

820.7　　　　　　　　　　　　86015279

形式、心理、反應
——中國文學新詮

定價新臺幣 300 元

著 作 者	陳 炳 艮
責 任 編 輯	蔡德慧／雷成敏
封 面 設 計	吳 郁 婷
發 行 人	郝 明 義
出 版 者 印 刷 所	臺灣商務印書館股份有限公司

臺北市重慶南路 1 段 37 號
電話：(02) 23116118 · 23115538
傳眞：(02) 23710274
郵政劃撥：0000165-1 號
出版事業
登 記 證：局版北市業字第 993 號

- 1996 年 12 月香港初版
- 1998 年 1 月臺灣初版第一次印刷

本書經商務印書館(香港)有限公司授權出版

ISBN　957-05-1431-0 (平裝)　　　　b 14317000